Jacqueline PATRIARCHE

Anesthésie
Amour et Fantaisie

Société des Ecrivains

Sur simple demande adressée à la
Société des Écrivains, 147-149 rue Saint-Honoré, 75001 Paris,
vous recevrez gratuitement notre catalogue
qui vous informera de nos dernières publications.

—

Texte intégral

ISBN 2-7480-2830-9

JEUNESSE et APPRENTISSAGE

Je n'ai pas eu besoin de deux où trois années d'analyse pour savoir et comprendre que c'était le comportement de mon père, et le sort fait à ma mère, qui ont inspiré mes choix de vie. Très jeune – je devais avoir une quinzaine d'années – je savais déjà comment je vivrais mon avenir et ma vie de femme. A cette époque, c'était au sortir de la dernière guerre, notre famille, comme toutes les familles françaises, reprenait lentement le chemin de l'équilibre, du travail et de la sérénité. Il y avait encore quelques restrictions alimentaires et ma mère avait bien du mal à préparer les repas pour les cinq personnes que nous étions à la maison : nous faisions cuire beaucoup de légumes, dans un grand faitout, avec un peu de viande ou de saucisse, et cela, tous les jours... Mes deux sœurs avaient trouvé du travail à Paris et, comme tous les banlieusards, prenaient le train matin et soir pour s'y rendre. C'était moi, la petite dernière, qui, restant davantage à la maison, aidais ma mère à éplucher tous ces légumes. Nous avons donc eu ensemble de longues séances d'épluchage, pendant lesquelles ma mère me racontait sa vie, sa jeunesse, son travail, sa guerre (celle de 14-18) et son mariage. J'aimais beaucoup ses histoires. Cela m'a appris beaucoup de choses et a tout à fait contribué à mon éducation, sans être assorti de jugements où d'interdictions. C'était des tranches de vie, qui avaient entraîné des résultats divers et avaient abouti à des destins différents pour ma mère et les femmes de son entourage. J'y voyais là ce qu'il fallait faire ou ne pas faire, selon que le sort final était bon ou mauvais. Une façon d'éduquer, sans le couperet du « tu dois, tu ne dois pas, il faut, il ne faut pas » Rien d'interdit, rien d'imposé, mais je voyais clairement comment toutes ces personnes menaient leur vie, selon les choix qu'elles avaient faits. Ma mère me racontait ce qui se disait dans son atelier de couture où, pendant que les petites mains s'agitaient pour faire de belles robes aux dames de la ville. Les langues des cousettes allaient bon train pour se raconter ce qui se passait chez les notables, et parmi toutes ces jeunes femmes, ses compagnes, les sérieuses et les pas sérieuses, les mariées et les célibataires... Et il y avait beaucoup de célibataires, puisque c'était les années 1915-17 et que les hommes étaient à la guerre. Dès

1917, beaucoup de ces ateliers fermaient car il n'y avait plus d'argent ni l'envie de faire de belles robes, pour habiller les dames. Il n'y avait plus d'hommes dans les usines pour faire tourner les machines, et dans toute la France, les ateliers de couture se déversaient dans les ateliers de mécanique et les usines De ce fait, beaucoup de femmes s'adaptaient à un travail d'homme où elles réussissaient aussi bien qu'en couture où à la cuisine. C'était le cas pour ma mère, elle disait avoir été plus heureuse en ouvrière qu'en cousette. Et c'est dans une usine de Toulouse qu'en 1919 elle rencontra mon père. Le temps que les choses prennent leur place dans une vie civile retrouvée, jeunes femmes et jeunes gens se sont côtoyés quelques temps dans les ateliers et usines de France pour faire tourner les machines. C'est là qu'ils ont appris à revivre ensemble, à se fréquenter, à se séduire : ce n'était plus depuis quatre ans le premier objectif. Travailler ensemble, sortir avec les copains et les copines d'atelier, c'était une découverte de leur jeunesse oubliée. Ils aimaient beaucoup le chant et l'opéra, ils se retrouvaient souvent pour aller au Capitol, applaudir les artistes depuis le « poulailler » les places les moins chères, parce qu'il n'y avait pas beaucoup de sous dans leurs escarcelles. Ensuite, en sortant, bras dessus bras dessous, les garçons et les filles chantaient en chœur les beaux air d'opéra où d'opérette qu'ils venaient d'entendre : c'était un partage joyeux, prémisse à une vie plus complète enfin retrouvée. Mon père trouvait ma mère bien jolie, douce et intelligente, et le lui disait, en la raccompagnant jusque chez elle. Des compliments, des bisous… la jeune fille commençait à comprendre où il voulait en venir, mais, me disait Maman en me racontant tout cela, il ne parlait pas mariage ! « Tu comprends, à mon âge (elle avait six ans de plus que lui) je n'allais pas me lancer dans une aventure sans lendemain. J'ai vu autour de moi trop de pauvres filles abandonnées, souvent avec un enfant, rejetées et perdues dans une société sans pitié » Alors quand elle a vu que le jeune homme devenait trop pressant et ne parlait toujours pas mariage, elle a décidé de partir. Par ailleurs, il n'y avait plus de travail pour elle à l'usine. Petit à petit, les hommes reprenaient leur place, et les jeunes femmes, mariées, faisaient des bébés. Elle est venue rejoindre à Paris une nièce qui venait tout juste de se marier et de s'installer : « Je fuis Jeannot qui ne se décide pas à demander ma main – Tu as raison, tu es la bienvenue »

Drame pour mon père soudain privé de sa Margot, partie sans laisser d'adresse. Mais elle avait un frère dans la région, que mon père est allé voir pour s'expliquer.

« Je suis sérieux, je veux l'épouser, la Margot – Alors, il faut le lui dire – Où est-elle ? A Paris – Bon – Je vais la retrouver » Mon père a tout quitté, le reste de famille qu'il avait à Toulouse, son travail, et a décidé de « monter » à Paris pour y faire sa vie et retrouver la fiancée qu'il s'était choisie. Quelle aventure !... Ma mère me racontait tout cela avec force détails qui me décrivaient la vie de l'époque. Elle avait une façon espiègle et joyeuse de raconter son départ : en somme, elle avait joué un bon tour à mon père pour le forcer à se déclarer. Je trouvais, moi, que c'était là une bien belle histoire, plus tard confirmée par mon cousin, l'époux de la nièce de Maman. « Ta mère était une très belle femme et ton père en était fou, c'est pour cela qu'il est venu la chercher à Paris, et qu'ils se sont mariés » Ah ! L'amour, le mariage ! De quoi faire rêver la petite jeune fille que j'étais alors ! Mais pour moi, le sens du réel a toujours pris le dessus, et je ne voyais que la suite de la belle histoire : leur mariage et leur amour d'aujourd'hui, que moi je trouvais lamentable...

Mon père était un homme assez remarquable, bien planté sur de solides jambes, les épaules carrées, la stature bien droite et le regard ferme. Tout à fait l'aspect d'un homme qui tient les rênes de sa vie bien en main. C'était un *self made man* comme il y en a eu beaucoup, après la première guerre puis la seconde guerre mondiale. Pour moi, un mauvais père et un mauvais mari, mais par ailleurs, un homme droit, honnête et courageux qui n'a jamais compté que sur lui-même pour avancer et progresser dans la vie. Pour la petite fille que j'étais, leur belle histoire d'amour se terminait dans le désordre et le mépris. Il y avait des cris et des colères presque tous les jours à la maison ; mon père reprochait toujours quelque chose à ma mère : le travail de maison qui traînait, le courrier perdu, la course oubliée, les repas tardifs... Les enfants ? Il n'en parlait jamais, il ne s'intéressait pas à nous : bonjour, bonsoir, et c'était à peu près tout. Il fallait le respecter, et en avoir peur ! C'est tout le souvenir d'enfant que j'ai de lui. Ma mère se disait incomprise et non soutenue, lui se disait mal servi. Ma mère l'exprimait silencieusement et douloureusement, mon père, lui, le clamait très fort en tonitruant des reproches, que moi je trouvais très humiliants pour ma mère. A travers elle, et à travers toutes les femmes, je me sentais diminuée et humiliée moi aussi. Alors, au cours de nos séances d'épluchage, je demandais à Maman : « Mais pourquoi tu restes avec un homme qui crie tout le temps ? Vous ne vous comprenez plus, il n'y a plus d'amour entre vous. – Mais, ma fille, que veux-tu que je fasse ? je n'ai pas de métier, et avec mes trois enfants, où veux-tu que j'aille ? » C'est évident ! Là, j'ai reçu le message cinq sur cinq. « Alors, moi, dis-je, je ne me marierai jamais, j'aurai un métier, et pas plus de deux enfants pour être bien sûre de pouvoir les élever seule. Puisque l'amour et le mariage ne durent pas, j'aurai des amants, beaucoup d'amants, pour ne vivre que l'amour et ne pas connaître le fiasco que je constate autour de moi » Ma mère était affolée de cette conclusion… « Oui oui… De l'amour, mais pas de mariage, et tout le reste, je m'en charge, pas besoin d'un homme pour ça. – Mais, malheureuse ! On ne peut pas vivre comme ça ! Tu es une femme, tu ne peux pas faire n'importe quoi – si si – non non – me disait-elle en me poursuivant autour de la table, dans un sens puis dans l'autre, pour me persuader par une petite tape, que j'étais dans l'erreur. Ça finissait toujours en riant et en se jetant dans les bras l'une de l'autre, pour plein de bisous. N'empêche… le message était bien reçu et bien enregistré et j'ai bien mené ma vie comme je l'ai dit. Aujourd'hui, la table d'autrefois est dans ma cuisine, et en y prenant mon petit-déjeuner, je pense souvent à ma mère et à mon père. Depuis, j'ai appris que les choses ne sont jamais aussi simples, les relations entre hommes et femmes me sont un peu plus compréhensibles, et je le sais maintenant, beaucoup plus ambiguës et ambivalentes que je ne pouvais le supposer à l'époque.

Alors, puisqu'il fallait un métier, il fallait y penser, et s'y préparer.

A quinze ans, j'ai fait ma rentrée scolaire dans un lycée mixte, ce qui était rare à l'époque, pour y terminer mes études secondaires. Toujours dans l'idée de pouvoir exploiter le plus vite possible mes connaissances dans un emploi, j'ai choisi la section commerciale, qui se terminait par le passage d'examens, qu'on appelait brevets commerciaux, et qui sont devenus aujourd'hui les « bac pro » avec beaucoup plus d'orientations diverses, que ce qui était proposé à la fin des années quarante.

J'ai beaucoup aimé ce lycée de banlieue : une vie studieuse et sportive au bord du lac d'Enghien-les-Bains. Je n'étais pas particulièrement brillante, sauf peut-être en français, où je remportais facilement les premiers prix. Il faut dire que depuis mes dix ans, je lisais avidement tout ce qui me tombait sous la main : la Comtesse de Ségur, Jules Verne, la collection Verte, Conan Doyle et Flaubert, Victor Hugo et Agatha Christie, en passant par Confidence (ce qui était les Harlequin de l'époque) mais aussi Paul Valéry, Bernanos et Balzac… et bien d'autres encore. J'aimais beaucoup Balzac qui me fascinait et dont j'admirais les interminables narrations, cette superbe cascade de mots qui véhiculait pour moi les images et les émotions avec tant d'acuité et de précision que j'en avais le tournis : c'était comme un envoûtement de littérature, comme, plus tard, j'ai ressenti ce même envoûtement, en me fondant en quelque musique : le boléro de Ravel, par exemple. C'est dans ce lycée que j'ai commencé la danse classique. A seize ans, beaucoup trop tard pour faire une vraie danseuse. J'ai pourtant aimé passionnément danser, et c'est sûrement ce que j'aurais aimé faire toute ma vie, si j'avais pu m'y préparer toute jeune. Pendant les cinq années consécutives où j'ai fait très régulièrement de la danse, je suis allée plusieurs fois voir des spectacles de ballets. J'étais et je suis encore en admiration devant ces artiste au corps parfait dont ils jouent si aisément, semble-t-il, pour s'allier à la musique dans un enchantement de mouvements éphémères. L'art de la danse m'a toujours donné de belles émotions. J'admire que l'on puisse avoir une telle maîtrise de son corps, et j'admire comment le corps humain répond à l'acharnement et à la passion de celui qui veut en faire un instrument pour servir l'art, le sport et la beauté. C'est le cas aussi des patineurs et de tous les sportifs. Regarder les épreuves d'athlétisme à la télévision m'enchante, aujourd'hui aussi. Je crois que j'ai eu très tôt, un certain culte du corps humain, et lorsque, après quelques essais dans un bureau de commerce, j'ai décidé de faire des études d'infirmière, et que j'ai appris et compris comment fonctionnait cette merveilleuse machine humaine, le voyage intérieur du corps humain n'a pu que me conforter dans ce culte. L'esprit n'a peut-être pas besoin de corps pour « être », mais pour pouvoir le connaître et le capter, il nous faut absolument un corps, et c'est la Vie. Quand notre corps disparaît, l'esprit continue probablement un voyage, que ni moi, ni vous, ni personne ne connaît

Je suis donc devenue infirmière soignante, paramédicale, tout cela aux frais de l'état, en passant le concours pour intégrer l'Ecole d'Infirmières de l'Assistance Publique de Paris, la seule Grande Ecole publique existant à Paris, dans les années 40-60, en internat, et bien avant l'ouverture des écoles externes dans presque tous les grands hôpitaux...

J'ai aimé cet internat, qui prenait en charge tous nos problèmes avant même qu'ils ne se posent : logées, habillées, nourries, études et transports payés : il ne restait plus qu'à étudier sérieusement, ce que les quelques cinq cents élèves de l'école, en deux promotions, faisaient de grand cœur. Bien sûr il y avait un contrat de travail avec l'administration pour cinq ans... mais, cinq ans, ce n'est pas très long, et c'est bien à l'hôpital que l'on peut parfaire ses études et son métier. Je n'ai pas compris pourquoi l'Assistance Publique a supprimé cette formule d'études... Dans les années 90 avec la récession économique et le chômage et toutes les difficultés auxquelles se sont heurté les familles et les jeunes, j'imagine que beaucoup d'entre eux auraient opté facilement pour une formule d'études aussi peu onéreuses et avantageuses ; d'autant que dans cette profession on n'atteint jamais le plein quota. Cela ne m'a pas empêchée, ni moi ni mes jeunes collègues de l'époque de vivre ma vie, les amours et les aventures extérieures. Mais, au moins dans notre maison école, nous étions a l'abri de tous soucis, cela aide à pouvoir bien travailler.

Dès le début de mes études, j'ai rencontré Robert.

Un samedi, après un mois de travail assidu, mes copines me proposent d'aller danser. Danser ? Ah ! oui, ça, j'aimerais ! Mais où ça ? A la cité universitaire, il y a bal aux Provinces de France, c'est le lieu idéal pour danser, draguer et s'amuser... plus provinciales que moi, mes copines sont mieux renseignées

Nous voilà parties chez les étudiants, une dizaine de filles aimant danser. Tangos, Rumbas, Paso dobles... Mon premier danseur dansait bien, il a dû penser que je dansais bien aussi, en tout cas, il n'a pas voulu changer de partenaire. Quatre ans après, il était toujours là. C'était Robert.

Entre temps, j'étais devenue infirmière, pendant qu'il continuait ses études de médecine.

STAGIAIRE INFIRMIERE

Tout de suite, dans mes stages, j'ai été en prise directe avec la misère humaine. Quand on est jeune, on pense que les malades sont les victimes, des virus et autres microbes, de toutes sortes de maux et de dérèglements dûs à la fatalité. Certes, il y en a, mais il y en a tout autant dûs à l'ignorance, la misère, le laisser aller et l'absence de bon sens, dans notre monde dit civilisé. Entre ceux qui ont trop mangé, trop bu, trop fumé, qui ont consommé n'importe quel produit néfaste à la santé, et même à la vie, et ceux qui ont fourré leur sexe partout où il n'aurait jamais dû aller... on se dit c'est ça les malades? mais ils n'avaient qu'à ne pas faire... ils se sont rendus malades eux-mêmes... Il faut un peu de temps pour comprendre que, quelle qu'en soit l'origine, il n'y a bien, en effet, que des victimes.

Très vite, dans mes stages, j'ai été confrontée en maternité ou en chirurgie, aux fausses couches provoquées qui étaient le pain quotidien de ces services. Avant de m'y trouver mêlée, je savais déjà que cela existait, et que c'était le sort de beaucoup de femmes. Dans le milieu médical que j'abordais, on en parlait plutôt moins ouvertement qu'à l'extérieur, tout en apportant des soins corrects à ces femmes qui en avaient besoin. Beaucoup de médecins affichaient un mépris évident pour ces femmes, quand bien même ils prodiguaient les soins nécessaires. Je me souviens d'une scène qui a suscité mon indignation, et qui m'a posé de lourds problèmes de réflexion. Il s'agissait d'une femme d'une trentaine d'années, qui n'était pas rentrée pour fausse couche, mais pour une infection gynécologique. On avait demandé pour elle une radio de l'abdomen, et, cliché en main, entouré de son aréopage habituel, l'assistant du service s'est adressé à cette femme, sans ménagement. Sur la radio qu'il brandissait et faisait passer de mains en mains, on pouvait voir un objet très visible, ressemblant plus à une pièce de plomberie qu'à du matériel chirurgical. On voyait, à hauteur de l'utérus une pièce en Y qui me semblait être métallique. Mais était ce possible? Je ne savais que penser.

« Madame, ce qui vous arrive est de votre faute, quelle idée de se faire poser un engin pareil! C'est en Suisse n'est-ce pas qu'on a eu cette brillante idée ? Vous n'assumez pas votre féminité, vous ne pouvez vous en prendre qu'à vous-même ! Vous avez su trouver quelqu'un pour vous placer cet engin infernal, et aujourd'hui que rien ne va plus, c'est moi que vous venez voir pour réparer les dégâts… Je vais voir ce que je peux faire, mais je ne promets rien ». Et de parler entre eux, sur l'incongruité de vouloir s'empêcher d'avoir des enfants… « Vous êtes faite pour porter des enfants, si vous n'en vouliez pas, il ne fallait pas vous marier ni avoir de relations sexuelles » Et allez donc, c'est tout simple !

Mais l'amour, l'amour, tout le monde le fait ! Est-ce normal de parler de la sorte à une femme en difficulté ? Et qui a seulement cherché à gérer au mieux sa procréation ? Mais quelle hypocrisie, je n'en reviens pas ! Toutes les personnes présentes, y compris moi-même, ont ce problème. Tout grand chef qu'il est, le médecin qui parle doit l'avoir également. Quelle méthode emploie-t-il ? Ogino ? Maîtresses, et pourquoi pas, professionnelles pour passer son envie mais aussi éviter trop de grossesses à son épouse ? Et tous ces jeunes gens qui acquiescent en rigolant pour mieux lui plaire ? Ils ont à coup sûr le même souci… et les jeunes femmes, infirmières ou autre, ici présentes, elles qui portent les enfants, ou qui font les fausses couches, comment peuvent-elles tourner tout ça en dérision, alors qu'elles sont les premières à pleurer quand arrive une grossesse indésirée ? Tant d'hypocrisie me désoriente. C'est sûr, je n'ai pas su dire tout haut ce que je pensais tout bas, malgré mon indignation. Mon petit galon bleu sur mon voile blanc ne me donne aucun droit dans la hiérarchie du monde médical. Je n'ai pas osé exprimer tout haut mes interrogations et mon désarroi. J'étais pourtant bien curieuse de savoir ce qu'était exactement cet objet bizarre que l'on voyait sur la radio. En quoi il était, comment on avait pu l'implanter dans l'utérus, et comment il pouvait empêcher une grossesse… Car si cette femme avait une infection, indésirable sûrement, elle n'était pas enceinte… donc, c'était possible de ne pas l'être ? Je n'ai rien appris ce jour là : pas même que cet objet était : « un stérilet »

Tout le monde est parti dans un grand frou-frou de blouses, de voiles et de piétinements, en laissant la femme, avec un bon traitement antibiotique, mais seule avec son problème de procréation. Contraception ? Connais pas ! Vous avez un ventre pour faire des enfants. Point.

J'étais la dernière du groupe, je me suis approchée d'elle et lui ai serré amicalement le bras, en lui souriant. Elle a eu l'air étonné, très étonné même, puis à son tour elle m'a souri sans rien dire. Et c'est elle qui m'a réconfortée. J'ai pensé qu'une femme pouvant sourire, après tout ce qu'elle venait d'entendre, devait avoir assez de ressources en elle, pour continuer à chercher ses solutions, et surtout pour ne pas tomber tout droit dans le chaudron de la culpabilité.

MOI, COMME LES AUTRES

J'avais, à cette époque, déjà essuyé par deux fois le problème de la grossesse indésirable. En première année d'études, un an exactement avant la scène dont je viens de parler, je m'étais trouvée enceinte pour la première fois. Je l'avais compris très vite, avant même le retard de règles. D'ailleurs, j'ai été quatre fois enceinte dans ma vie, et chaque fois j'ai eu, en moi-même, comme une certitude, avant les doutes qu'apporte le retard de règles. Je pense que c'est là la reconnaissance d'une grande complicité que j'ai toujours eu avec mon corps. Avec Robert, on essayait bien de « faire attention », comme on disait à l'époque. Repérer la période féconde, c'était la méthode Ogino, la seule connue, le préservatif ayant très mauvaise presse parce que assimilé aux professionnelles du sexe, et bien sûr, l'acte interrompu, ou pas de rapports du tout, très prisé par les gens « bien pensants », c'est à dire, tout le monde. De tout cela, on ne parlait qu'à mots couverts, et pas du tout dans le milieu médical. Là, c'était le silence total, puisque envisager autre chose que la conception était passible de représailles judiciaires, pour tout le corps médical. Cette méthode Ogino avait plus d'une grossesse et pas mal de naissances à son actif. Cela a bien été le cas pour moi. La méthode a fonctionné cinq mois d'affilée, mais pas la sixième fois.

Ce jour là, j'avais eu une permission de sortie. J'étais allée voir mon ami. Nous avons passé un bon moment ensemble, puis il est parti prendre son repas au « resto U », et moi, je suis rentrée à l'école pour le repas aussi. Nous prenions peu de repas ensemble, car la pauvreté de nos bourses ne nous permettait pas de déroger à nos droits d'entretien acquis par nos études respectives.

Je rejoins le réfectoire, un peu tardivement, mais on n'était pas trop regardant sur l'heure de la rentrée à l'école, il fallait seulement être là pour la nuit. On pouvait aussi sortir pour la soirée, après avoir fait signer un bon de sortie : nous étions de grandes personnes, à nous de savoir organiser notre temps.

Je vais donc au réfectoire, quand tout le monde commence à le quitter. On me sert une assiette de purée avec deux saucisses, genre Montbéliard : c'était un plat qui revenait de temps en temps, et que j'adorais. Je mange tout ça de bon appétit. Un petit bout de fromage, une pomme, de l'eau, et hop ! au galop je traverse l'école pour rejoindre l'aile où je suis logée et commence à monter les cinq étages pour rejoindre ma chambre.

Le premier étage, tout va bien, le deuxième, je commence à sentir une drôle de sensation à l'estomac, le troisième étage… mais, oui, j'ai envie de vomir… Le quatrième étage, je n'ai que le temps de me précipiter aux WC qui sont installés à chaque début d'étage, et tout passe dans la cuvette ! Ah ! ça ! Moi qui ai toujours eu une digestion parfaite ! Je dis toujours que je pourrais digérer même des briques… Je rejoins ma chambre, déjà soupçonneuse et inquiète. Je me précipite sur mon calendrier : j'aurai mes règles la semaines prochaine, mais la semaine dernière, j'ai aussi rencontré Robert. C'est mauvais ça ! Bon. Je me dis que les saucisses étaient peut-être trop salées où trop poivrées, mais j'ai des doutes… dont je ne peux rien faire pour le moment, alors je prends mes livres et mes cahiers pour étudier, me promettant de suivre ça de très près.

Je n'ai pas eu d'autre vomissement, pas même des nausées, mais la semaine suivante, je n'avais pas mes règles non plus. J'en parle à Robert. « Tu crois ? Pourtant nous faisons attention – Je suis jeune, en bonne santé, fertile probablement, que veux tu que ce soit ? – Tu as sans doute raison, mais il faut être sûr, il vaut mieux voir un médecin qui pourrait éventuellement t'aider – oui – Tu en connais ? – Non – Il est étudiant en médecine, moi infirmière, mais dans ce domaine, nous sommes comme tout le monde : particulièrement démunis. « Tu ne connais vraiment personne ? Peut-être que si. Au studio Waker, où je prends mes cours de danse, j'ai plusieurs fois entendu parler des filles qui étaient « embêtées », je pense que l'entraide fonctionne bien dans ces cas-là. Je vais essayer de savoir à qui elles s'adressent. J'y vais jeudi prochain. Le jeudi suivant, j'étais plus sûre que jamais d'être enceinte. Je prends le cours de danse comme d'habitude… Aujourd'hui, il y a plein de lieux où l'on peut pratiquer la danse, mais en 1951, il y en avait très peu, et, au studio Wacker, on pouvait rencontrer quelques amateurs dont je faisais partie, mais aussi beaucoup de professionnels qui venaient parfaire leur technique, et s'entraîner plusieurs par fois par jour, en plus de leur théâtre ou lieu de danse habituel. J'y ai croisé les danseurs de l'époque : Jean Babilé, Violette Verdi, Zizi Jeanmaire, Roland Petit, Yvette Chauviré, et tant d'autres moins connus, et parfois même, qui venait voir les danseurs, Jean Marais, si beau, au sourire éclatant. Bien sûr, je ne me suis pas adressée à ceux là, mais je n'ai pas eu beaucoup de mal à trouver la solution. Après le cours, je me rhabille dans le vestiaire, en compagnie des danseuses du même cours que moi. Quand il n'en reste plus que quelques unes, je pose mes deux mains sur mon ventre que l'enlèvement du maillot vient de dénuder… Ah ! là là, j'ai bien du souci, dis-je « Allons bon ! Toi aussi, me dis une jolie brunette que je connais à peine – Eh oui, avec mon ami, on est bien ennuyés – Il faut que tu vois Micheline, je sais qu'elle a vu un médecin très gentil, la semaine dernière… parle lui en, elle t'aidera – Je ne l'ai pas vu aujourd'hui ? – Non, mais elle sera là samedi après-midi, elle répète en particulier avec *Madame*, pour un film qu'elle doit tourner aux Etats-Unis. – Bon, je viendrai la voir. Merci. »

Déjà, dans mon enfance, j'avais vu et compris cette solidarité entre femmes : toute simple, directe et facile. La plupart des femmes savaient que beaucoup d'entre elles faisaient des avortements… On ne pouvait tout de même pas avoir un enfant tous les ans ! Les bonnes adresses couraient sous le manteau, et l'entraide existait sans culpabilité. La culpabilité est apparue plus tard, quand tout cela est venu au grand jour, et qu'on a crié bien fort aux femmes que ça n'était pas bien du tout d'avorter. J'ai vu plusieurs formes d'entraide, et c'est plutôt à l'hôpital que j'ai rencontré celles qui étaient seules, souvent très jeunes, perdues, sans argent, à la merci du n'importe qui, du n'importe quoi, mais tout aussi déterminées pour avorter. Tomber dans la misère, la honte et la réprobation générale, ça ne séduisait pas beaucoup de femmes.

De l'argent, je n'en avais pas non plus. Ce n'est pas la petite allocation mensuelle, tout juste de quoi s'acheter un paquet de thé et quelques gâteaux secs par mois, qui pouvait me servir dans ces circonstances. J'ai pensé à Francine, mon amie d'enfance, elle qui était devenue danseuse, véritable artiste de revues, gagnant très bien sa vie. Elle m'annonçait des sommes exorbitantes, que je ne risquais pas de gagner jamais, même en fin de carrière. Tout ça dans le plaisir chaque fois renouvelé du spectacle. C'était bien pour elle, pour le moment, car chacun sait qu'il y a beaucoup de retraités précoces dans ce métier. Je savais que je pouvais compter sur elle.

En sortant du studio, j'entre dans une brasserie pour lui téléphoner. « Je dois consulter un médecin, mais je n'ai pas d'argent. – Bien sûr, je vais t'aider, tu me rembourseras quand tu pourras. C'est peut-être cher ? – Il parait que non »

Nous nous sommes rencontrées et elle m'a remis une somme que je trouvais conséquente. Puis j'ai pris rendez-vous à l'adresse donnée par Micheline.

J'ai été reçue par un petit médecin, souriant, à qui je n'ai pas dit que j'étais élève infirmière, (prudence oblige) Pour lui, j'ai été bien sûr danseuse, ce qui ne l'a pas étonné du tout. « Ah ! Ces danseuses, aucune ne veut faire d'enfant ! – Vous êtes absolument sûre de vos dates ? – Absolument – C'est très rare de voir une femme si tôt, mais vous êtes bien enceinte, et puisque vous êtes si sûre que cela, nous allons essayer une méthode hormonale, et si ça ne marche pas, il sera encore temps, la semaine prochaine pour une autre méthode.

Sur l'ordonnance délivrée par lui, il y avait le nom d'un produit qui était dans toutes nos pharmacies (bien sûr utilisé à d'autre fin que l'avortement) : deux jours, puis un autre produit que je connaissais également. J'ai revu Robert pour lui rendre compte de ma visite chez le médecin. Oui, j'étais bien enceinte. Quelques secondes il est resté muet, tendu, incertain… Qu'a-t-il dit ? Qu'a-t-il fait ? Je lui ai expliqué la méthode, et, comme moi, il est resté dubitatif, car il n'en avait jamais entendu parler. « On peut toujours essayer », et c'était bien plus simple que nous le pensions. Nous n'étions irresponsables ni l'un ni l'autre, mais chacun de nous savait bien qu'il était impossible d'assumer une naissance, en tout début d'études, comme c'était le cas. Nous sommes restés silencieux un petit moment. Puis Robert m'a pris dans ses bras, et me cajolant me dit « Alors comme ça, tu serais prête à nous faire un petit ? – On dirait bien – » Le sourire est revenu sur nos visages, et nous avons fait l'amour, joliment, sans retenue aucune, puisqu'il n'y avait plus rien à empêcher. Je crois que, quelque part, nous étions plutôt contents de nous savoir fertiles.

J'ai donc fait comme prescrit sur l'ordonnance, avec un certain doute, et curieuse du résultat. Après quarante huit heures, j'ai eu de violentes coliques utérines, soudaines et brutales. Je me suis précipitée aux toilettes, et j'ai… littéralement pondu un oeuf, complet, de la taille d'un oeuf à repriser les chaussettes. J'étais suffisamment avertie pour comprendre que je venais de faire une fausse couche complète, et que dans ce cas, je ne risquais plus rien. J'étais bien soulagée de ne pas avoir à me faire hospitaliser.

Quand je suis retournée voir le gentil médecin, et que je lui ai raconté ce qui m'était arrivé, il a eu l'air tout content ! « C'est assez rare que l'on puisse utiliser cette méthode, qui cependant est intéressante. Vous êtes un très bon exemple. »

J'entendais sans cesse dire autour de moi qu'il ne pouvait exister d'expulsion d'oeuf complet en fausse couche provoquée, et que c'était la fragmentation de l'oeuf qui donnait les saignements, très importants, parfois meurtriers. Comme quoi, certaines certitudes n'en sont pas ! Se peut-il qu'au début des années cinquante, un médecin et peut-être plusieurs, aient déjà eu l'idée du R 486 utilisé seulement depuis les années quatre-vingts ? Ce n'est peut-être pas impossible. J'ai bien rencontré une femme médecin qui, autour de ses cinquante ans, s'était prescrit et appliqué toute seule le traitement de la ménopause, bien avant qu'il soit proposé au plus grand nombre. Et cette femme médecin, lorsqu'elle a mis en route une consultation pour ménopause et voulu convaincre ses collègues et ses consultantes des bienfaits du traitements, elle avait déjà plus de soixante ans, alors que c'était le tout début de ce traitement pour toutes les autres femmes. Aujourd'hui, tout le monde reconnaît que c'est un traitement utile, qui protège bien les femmes, mais pas plus que la contraception et surtout que l'avortement, l'idée de changer quoi que ce soit à la soi-disant « bonne nature », n'a été facilement acceptée par le corps médical et par les femmes elles-mêmes… pourtant bénéficiaires, Ô combien ! de toutes ces nouveautés.

Pour nous deux, la vie a repris : études et petites rencontres. Nous pensions être tranquilles, mais cette tranquillité n'a pas duré longtemps. Quelques mois après, j'étais de nouveau enceinte. Et là, je n'ai ressenti aucune complaisance, ni dans ma tête, ni dans mon corps. J'étais seulement atterrée et furieuse. Je m'en suis douté très tôt également. Je n'ai pas eu de vomissement, mais un jour, brutalement, j'ai senti une douleur en torsade dans le bas ventre, et j'ai de suite pensé que mon utérus pouvait travailler pour une nidation. Je me suis sentie fâchée contre moi-même, je ne voulais pas de grossesse, et mon corps me trahissait. Quand j'en ai été sûre, j'en ai évidemment parlé à Robert, qui lui aussi était atterré.

« Je ne peux pas revoir le D^r^ K… Francine est en tournée, je n'ai pas d'argent, toi non plus, et de plus, nous sommes en plein examen du diplôme d'état et je ne peux pas me permettre une éventuelle absence pour hospitalisation. – Alors, comment faire ? – C'est très tôt, je peux attendre un mois. Je ferai le nécessaire toute seule, après les vacances, où je suis inscrite pour faire une colonie de vacances comme infirmière. Je m'en occuperai après. En rentrant, je prendrai ce qu'il faut dans le service, et je me débrouillerai moi-même. J'ai davantage de connaissances maintenant, et je pourrai faire ce qu'il faut. « Tu crois ? Tu vas rester toute seule avec ça pendant un mois ? Tu sais que je vais à Oran dans ma famille ? – Oui, mais je n'agirai qu'à ton retour, nous serons de nouveau ensemble. – Si tu penses que c'est possible… – Il n'y a pas d'autre solution »

Je suis donc partie en Bretagne, dans une colonie de bord de mer, où je n'ai pas eu beaucoup de travail. Le soir, les enfants avaient quelques bobos à soigner. Des petites choses, il n'y a rien eu d'important. Dans la journée, j'étais peu occupée, alors je donnais un coup de main aux monitrices. Sur la plage, il n'y a jamais trop de surveillance. Je jouais avec le groupe et je faisais beaucoup d'acrobaties, des sauts et autres entrechats, ce qui faisait beaucoup rire les enfants et les autres surveillants. Tout le monde voulait faire comme moi, et s'étonnait d'une difficulté qu'ils ne soupçonnaient pas. C'était de bonnes parties de fou rire et de bousculades… qui n'ont dérangé en rien ce qui se tramait dans mon ventre.

En rentrant, j'ai fait comme j'avais prévu. C'était juste avant ma première affectation dans le service où je ne me suis pas adaptée. Une période difficile à tous égards pour moi. Mais la situation n'avait pas changé, on ne pouvait pas devenir parent, et je n'en avais pas envie du tout. J'avais la sensation de vivre depuis quelques semaines avec un intrus qui occupait mon ventre sans permission. Mon ventre est à moi seule, et j'en fais ce que je veux. Je ne ressentais que de la colère et du dégoût. Je n'ai jamais varié ma décision des premiers instants. J'ai seulement attendu le moment le plus propice pour agir, et je me suis occupée de mon corps moi-même. Puisque mon corps n'obéissait pas à ma tête, mes mains feraient le travail.

Ça n'a pas été facile du tout. J'ai dû m'y reprendre à plusieurs fois. Chaque fois, ma colère montait. C'est ma vie à moi qui était en jeu, et je ne supportais pas l'idée d'être obligée de vivre autre chose que ce que moi, j'avais décidé. Enfin, après plusieurs essais, j'ai réussi a tout mettre en bonne place, et j'ai attendu. Un jour… deux jours… et j'ai fait une fausse couche qui ressemblait à toutes celles que je voyais à l'hôpital, en moins grave. Je m'attendais à être hospitalisée pour curetage, mais ça s'est fini au plus simple, et avec le traitement que je savais devoir faire, tout est rentré dans l'ordre en deux ou trois jours. Cette simplicité était pour moi dans l'ordre des choses de ma vie, et mon corps et moi-même, nous sommes redevenus amis.

Bien sûr j'ai retrouvé Robert qui se voulait confiant, mais était tout de même un peu inquiet. « Alors, tu as pu faire ? Ça a été difficile ? – Oui, très. Ce n'est pas à la portée de n'importe quelle femme. En plus des connaissances anatomiques et des précautions d'asepsie à ne pas oublier, il faut aussi une bonne dose de souplesse, pour ne pas dire des dons acrobatiques ! – Mais tu as tout ça – Oui, je suis une femme privilégiée » Robert a souri en me berçant tendrement contre lui… et au bout d'un petit temps « Il ne faut plus que ça nous arrive, c'est trop dur – Bien sûr, mais comment faire ? – Tu me donneras chaque mois ton calendrier, pour que je sache exactement où tu en es, et nous ne nous rencontrerons pas dans ta période fertile. » En somme, c'était la méthode Ogino, doublée d'abstention. Ça ne me plaisait pas beaucoup, mais je ne voyais pas d'autre solution possible. Nous n'avions jamais évoqué les préservatifs, peut-être, Robert n'osait tout simplement pas en parler, pas plus que moi, ou bien en acheter. En 1952, c'était la rigolade et la honte qui dominaient ce sujet.

Au fil du temps, je me suis rendu compte que nous ne nous rencontrions plus pendant dix à douze jours. Je trouvais ça difficile, surtout à partir du moment où j'ai été diplômée et où j'assurais un service. J'avais beaucoup plus de temps libre que lorsque j'étais étudiante, et davantage encore, quand je suis retournée à l'école d'infirmières pour y être monitrice, car nous avions droit à des vacances presque scolaires. C'est sans doute parce que j'avais trop de temps libre que j'ai décidé de faire une spécialité, très encouragée par Robert qui, lui, était toujours étudiant, et prenait de plus en plus d'importance dans le travail hospitalier, en tant qu'externe.

Je ne savais pas qu'en choisissant la spécialité d'anesthésie, j'allais, et pour longtemps, supprimer bien des temps libres de ma vie.

INFIRMIERE DIPLOME D'ETAT JE SUIS

Le premier poste que j'ai eu après le diplôme était un service d'enfants à l'Hôpital Necker. Je m'y suis présentée, sans méfiance et sans préjugés, pensant que j'allais retrouver là l'ambiance de mes stages d'élève. En fait, c'est de toute ma carrière le seul endroit où je me suis sentie mal à l'aise et pas à ma place.

Je me présente à la surveillante générale du service : petite menue, sèche et revêche. Après m'avoir posé quelques questions, elle me donne un bon pour obtenir mes habits de travail, et me dis que je serai infirmière volante sur les trois étages du service, de 15 heures à 23 heures. C'était souvent le sort des jeunes infirmières, quand ce n'était pas carrément le service de nuit, qui à l'époque était imposé et non choisi. « J'aimerais autant ne plus entendre parler de vous, me dit-elle, on va voir ce que vous savez faire... Allez » Quel accueil chaleureux et charmant ! Mais, bon ! C'est vrai que je suis débutante. Les collègues vont bien m'aider à m'intégrer dans ce nouveau service... J'y suis restée à peine un an, et ça a été le pire moment de toute ma carrière professionnelle. Tout d'abord ce n'était pas évident de changer tous les jours de patients et de collègues, même si c'est un peu répétitif sur les trois étages, par les mêmes configurations, en lieux et matériel de travail. Il me semblait pourtant avoir une bonne faculté d'adaptation... mais là, j'ai été à rude épreuve, et j'ai fini par préférer partir. Il a fallu que je m'adapte aux horaires, différents de ceux de mes stages, également aux enfants, très jeunes, de O à 2ans et de 2ans à 16ans, et je n'avais jamais fait de stages en ces services. Je pensais que mes nouvelles collègues comprendraient cela et seraient prêtes à m'aider et à m'instruire. J'ai dû de suite être antipathique à toutes, et je n'ai jamais compris pourquoi. Quand j'arrivais, à 15 heures, l'infirmière principale me désignait l'endroit où je devais aller et me mettait la transmission en mains en me disant : voilà ton travail du jour. Chaque infirmière avait une aide soignante avec elle pour une douzaine d'enfants. A aucun moment, avec celles-ci comme avec les soignantes, je n'ai trouvé gentillesse, compréhension, partage. Je me suis sentie en permanence surveillée, observée sans complaisance... jugée, sans doute. Peut-être aurais-je dû aller vers elles... je n'ai pas su, ou pas osé. Je n'ai eu droit à aucune avance, aucun sourire. Des rires moqueurs, derrière mon dos, oui, mais aucun contact direct. Au lieu de m'épanouir, je me suis fermée comme une huître. J'ai cru que je devais tout savoir et tout comprendre seule, d'autant que l'on me disait bien que puisque j'avais mon diplôme, je devais savoir me débrouiller...

Au bout de trois mois de service de garde seulement, je suis venue travailler le matin deux fois par semaines, toujours volante, d'un étage à l'autre. Le travail était plus intéressant, parce que, en plus du nursing, on faisait la préparation des médicaments, les examens et la mise à jour pour chaque patient après la visite des médecins. C'était aussi plus fatigant et contraignant, le début du service se faisant à 6 heures et demi du matin. Si j'avais été soutenue, j'aurais peut-être fini par m'y plaire, mais là, je me suis sentie de plus en plus gauche et maladroite... voire inutile.

J'ai pourtant eu quelques satisfactions, et, de ce service, je n'ai pas que des mauvais souvenirs. Celui, par exemple, d'un petit enfant d'origine asiatique, 3 ans, qui est resté dans le service plus d'un mois. Il m'avait d'emblée conquise, par sa douceur et sa grande demande de caresses. Dès que j'entrais dans le box, il me tendait ses bras frêles, je le prenais contre moi, il posait sa tête dans mon cou, poussait un soupir d'aise, et accrochait ses petites mains à ma blouse, pour bien rester contre moi. Moi, je fondais de tendresse, et ne faisais rien pour le repousser... mais ça ne plaisait pas, autour de moi! « On ne fait pas un lit avec un enfant dans les bras. Pose-le sur le fauteuil. Tu n'as pas à avoir des préférence. Tu ne peux rien faire de bien avec lui dans les bras: pose le » Mais lui ne voulait pas me lâcher... et peut-être que j'avais autant besoin de tendresse que lui!

J'ai aimé aussi suivre la visite des médecins: le Patron, les internes, les externes. J'étais très intéressée par les commentaires médicaux, et ravie d'apprendre enfin quelque chose sur la pathologie de ces enfants pour lesquels je faisais les soins, et appliquais les prescriptions données chaque jour. J'étais étonnée de voir comment le Patron parlait aux enfants, comment, dès qu'ils avaient 5-6 ans, il les considérait comme des partenaires. A une époque où beaucoup de médecins parlaient peu aux patients, et faisaient les commentaires aux étudiants au-dessus de leurs tête sans leur accorder un regard, l'attitude de notre Patron m'émerveillait. Je me souviens d'un petit enfant de 6 ans, une néphrite aiguë, pâle, très calme, ralenti par la maladie, mais sûrement très éveillé et intelligent, en d'autres temps. Dès que le Patron entrait dans le box, la conversation s'engageait avec l'enfant « Comment vas-tu ? où en sommes nous avec les médicaments ? Y a-t-il un examen aujourd'hui ? Et l'enfant répondait, tranquille, parfaitement au courant du déroulement de sa maladie et de son traitement. J'étais très étonnée. Quelle patience et quelle attention chaleureuse avait-il dû déployer vis à vis de cet enfant, peut-être exceptionnel, pour pouvoir converser de la sorte avec lui. Ensuite, il s'adressait aux étudiants, bien sûr en des termes plus savants, pour les informer, parfois les interroger et leur faire partager cette médecine qu'il dirigeait et appliquait. Avec les enfants comme avec les étudiants, il était toujours très clair, direct, mais chaleureux : j'étais en admiration ; et j'avais bien raison de l'être : notre Patron s'appelait Jean-Bernard.

Mais tout cela ne plaisait pas à mes collègues revêches : « Tu n'as rien à faire avec les médecins, tu seras en retard dans ton travail, laisse la première s'occuper des prescriptions et ne reste pas dans le box pour la visite » Là, c'est vrai que j'ai rechigné un peu à obéir !

Et puis un jour mes chères collègues ont réussi à m'écœurer complètement.

Quand la troupe des médecins étaient partie et que les surveillantes étaient dans leurs bureaux, elles se permettaient quelque récréation. Ce qui ne me semblait pas répréhensible : il faut bien se détendre un peu, pour être plus efficace ensuite... c'est plutôt leur manière de le faire qui ne me convenait pas. Autour d'une tasse de café, que souvent on oubliait de m'offrir, c'étaient des rires et des réflexions salaces, des sous-entendus très clairs relatifs aux relations amoureuses, où bien d'interminables palabres au sujet des marques de slips et de chaussettes de leurs maris et de la bonne lessive qu'il convenait de prendre pour les garder bien blancs. Elles glissaient dans la conversation des paillardises que moi je trouvais grossières, faisant attention que ça parvienne bien à mes oreilles, tout en suggérant que je ne risquais pas de comprendre. Un jour, elles ont fait passer entre elles une boîte à chaussures, bien mystérieuse, qui de l'une à l'autre déclenchait des rires hystériques. Après plusieurs passages, rigolards en diable, elles me l'ont abandonnée sous le nez, retournant au travail en se tapant sur les cuisses : j'ai vu, bien dressé sur du coton, un épis de maïs, flanqué de deux mandarines roses et d'un reste de paille raidie, jaunâtre, comme en ont tous les épis de maïs quand on les écarte de leur feuille. Ah! Oui, bien sûr! Une verge... le pénis! Elles avaient bien raison de supposer que moi, je ne saurais pas le reconnaître! Moi, qui, justement, ne me lassais pas de découvrir avec délice celui de mon premier amant.

Nous étions ensemble depuis maintenant un peu plus d'un an, Robert et moi, et amoureux, on l'était! de plus en plus. Depuis notre première rencontre, aux Provinces de France, j'étais devenue sa maîtresse, facilement, sans problème, puisque c'est seulement cela que j'étais décidée à vivre. Très vite, dès les premiers jours, il m'a honnêtement prévenue: « Il ne faut pas compter sur moi pour le mariage, je ne veux pas me marier maintenant et de toute façon, je suis juif, je ne me marierai qu'avec une juive – Bon! C'est parfait, je ne veux pas me marier, moi non plus, c'est un engagement auquel je ne crois pas: c'est bien ainsi » Il a eu l'air étonné mais n'a pas fait de commentaires. Cela ne nous a pas empêchés de vivre une belle relation qu'aujourd'hui, je considère comme un premier amour.

Il me plaisait beaucoup, ce Robert. A peine plus grand que moi (je n'aime pas trop les grands hommes, j'aime bien que, dans leur bras, tout soit à la même hauteur). Très brun, un beau visage lisse, des yeux noirs très doux et très attentifs, une belle chevelure bouclée noir corbeau, un corps bien balancé, brun lui aussi, et poilu, poilu de partout! C'est le seul homme que j'ai vu avec une telle toison. Mais cela m'amusait beaucoup. J'aimais promener mes doigts et mon nez tout le long de cette toison drue et brillante, qui sentait bon le frais. Devant, la poitrine était largement garnie, frisée, mousseuse, descendant de plus en plus finement, mais toujours bien fournie vers le nombril et plus bas encore pour retrouver son foisonnement mousseux sur le pubis. Dans le dos, il avait aussi de belles traces poilues, épaisses, couvrant les omoplates et en descente le long de la cambrure des reins, jusqu'au dessus des fesses à la peau lisse et dorée, pommées a souhait. Tout cela faisait ma joie et mon plaisir. J'aimais promener mes mains et mes lèvres tout le long de ce chemin soyeux, puis Robert se retournait et offrait à mon regard ébahi un pénis bien dressé, doré, tout velours, tout tendresse à mes lèvres amoureuses et qui allait m'emmener avec force et délicatcssc au pays du plaisir. Rien à voir avec l'épis de maïs avec lequel, en effet, je ne voyais aucune ressemblance.

Je rencontrais Robert, surtout le Dimanche, en rentrant de chez les parents. On se retrouvait aussi, un soir par semaine, et parfois, le samedi après-midi. Petit à petit s'installait une relation que, longtemps, j'ai crue provisoire. Je me sentais bien avec lui, et j'étais chaque fois plus heureuse de le retrouver. Apparemment, c'était la même chose pour lui, mais nous n'en avons jamais parlé. Pas de projets, pas de promesses non plus entre nous. Dès le début, une fois l'idée de mariage écartée, je ne pensais pas qu'il pouvait y avoir d'autres filles que moi ; et nous étions tellement occupés par les études, que je ne voyais pas bien où il pourrait trouver le temps d'avoir d'autres relations : pareil pour moi. Une fidélité simple, non surveillée, dont nous n'avons jamais parlé non plus.

D'ailleurs, à cette époque, les dialogues entre couple, et même entre amis, étaient rarement introspectifs et analytiques. Il était de bon ton de ne pas trop étaler ses émotions et ses convictions. Certains avaient des principes auxquels ils se référaient pour conduire leur vie. Ils justifiaient leurs choix, en proférant les lieux communs connus de tout le monde. Être marginal ne se portait pas bien du tout ! Personnellement, je n'avais pas trop de références, sauf celle du travail et de la responsabilité de soi-même et de ses actes. Je voulais vivre librement, sans religion et suivant ma morale personnelle, qui n'excluait pas pour autant, la dignité et le respect dûs aux autre et à soi-même. Je ne voulais pas être jugée, je ne jugeais pas non plus. Mais… prudente, dans ce monde d'hypocrites, je n'ai jamais fait étalage non plus de ma façon de vivre… On me jugeait souvent sérieuse et modérée… et c'était bien mon avis.

Et le temps a passé. J'ai fini ces premières études. Robert qui en avait pour 7 ou 8ans, est resté étudiant tout le temps de notre relation.

Nous étions toujours amoureux. Quand c'était possible, on faisait quelques sorties ensemble : surtout des concerts, un peu de théâtre, et au printemps Versailles et son parc, pour nous aérer. Nous sommes même partis en vacances ensemble, une fois, en Espagne : je me souviens de ce grand bonheur !… la plupart du temps, il retournait dans sa famille, à Oran. Et moi, je partais seule, ou avec une amie, en Corse, ou en Espagne, surtout après la fin des études, puisque les jeunes infirmières devaient se contenter de prendre les vacances en Septembre ou même plus tard, alors que tous les parents où amis avaient fini les leurs depuis longtemps. C'est de cette façon que je suis partie seule, en Septembre pour l'Espagne et les Baléares, après ma première année de travail, dans ce service où je ne me suis pas adaptée du tout.

Au retour, j'avais ma mutation pour l'école d'infirmières, en tant que monitrice. J'avais dû laisser un bon souvenir à la directrice, qui après une visite de ma part, a demandé à l'administration ma mutation que celle-ci a accepté.

Mais avant de commencer cette nouvelle vie, j'avais droit à mes vacances.

AVENTURE ESPAGNOLE

Je suis donc partie, seule et en Septembre, cela prolongeait d'autant notre séparation d'avec Robert, peu disponible en Juillet à cause d'un remplacement d'externe à l'hôpital, et en Août à cause de son voyage en Algérie. Rendez-vous est donc pris pour fin Septembre... ça va être long ! Tant pis ! J'ai quand même besoin de repos, de changement, de chaleur et de soleil... car à Paris, le temps n'est pas bon.

L'agence de voyage que je consulte me propose trois jours à Barcelone, le reste de la semaine à Majorque, et la deuxième semaine à Ibiza. Ça me va très bien, promenades, nage et repos : bon programme.

Je pars en train. Voyage bien long, jusqu'à Cerbère, où un changement de train s'impose, les rails du train espagnol n'étant pas les mêmes que celles du train français... l'Europe est encore loin !

Les journées à Barcelone se passent bien. Je suis contente de retrouver les « Ramblas » que j'ai arpentées l'an passé avec Robert. Je retourne visiter la Sagrada Famillia, si étrange église qui nous a beaucoup étonnés tous les deux, les petits restaurants où nous avons dîné et le retour à l'hôtel, le soir où « El Séréno » vient ouvrir la porte après 22 heures en faisant tintinnabuler son imposant trousseau de clefs. Dans ces souvenirs, je suis un peu avec Robert. Je ne me sens pas trop seule, c'est plutôt une façon de mieux apprécier encore ces journées de bonheur que j'ai vécues ici avec lui. Puis vient Majorque. Là, tout est nouveau, et le paysage, la plage, la baignade, m'enchantent et finissent de me redonner toute mon énergie. Je pense plus mollement à Robert. Au jour dit, je me présente au port pour la traversée vers Ibiza où j'imagine passer une semaine de bon repos : promenades et baignades sont seules au programme.

Le bateau est de moyenne importance, et la traversée doit durer quelques heures seulement. Je n'ai pas de cabine, je voyage sur le pont... Au début, tout va bien. Le soleil est là, la mer est assez calme. Je suis à l'arrière d'où je contemple le sillage. Mais petit à petit, le temps change. Le ciel devient gris, très nuageux, la mer grossit, le sillage aussi, jusqu'à imprimer au bateau de grands mouvements de bascule. Ça m'amuse beaucoup. Pour mieux profiter du spectacle et du mouvement qui s'amplifie d'instant en instant, je m'arrime à une sorte de rambarde, un peu plus haute et à quelque distance du bord du bateau. Le temps devient franchement mauvais, les vagues de plus en plus hautes, brillantes et sombres. Je me dis que cela ressemble à une tempête, mais nous sommes en Méditerranée, et je n'y crois pas vraiment. Ça m'amuse toujours autant. Les mains bien serrées sur la rambarde, le corps bien souple, les genoux jouant les amortisseurs, je me laisse aller dans le mouvement du bateau et du vent qui à travers mes cheveux longs, gifle de plus en plus fort mes joues et mon cou. Je trouve ça tout à fait excitant et délicieux. Je n'ai pas peur, je n'ai pas froid. Je me sens seulement emportée dans une étrange sensation, celle, sans doute, ressentie dans les fêtes foraines, dans les grands manèges. Au bout d'un moment, ça bouge tout de même très fort et je me pose la question de savoir comment les autres passagers prennent ça. Je me retourne et… oh ! surprise ! il n'y a plus personne autour de moi. Je vois seulement un marin en uniforme, jolie casquette et galons dorés, aidant les deux dernières personnes encore là à rentrer à l'intérieur du bateau, et portant leurs valises. Le marin a les yeux fixés sur moi, tout en poussant ces dernières personnes. Tout ce petit monde disparaît, et je me retrouve seule sur l'arrière du bateau. Je vois ma valise, restée seule elle aussi, contre la cloison de l'habitacle. Je me dis qu'il faut rentrer, je lâche la rambarde, et je me dirige vers ma valise. En quelques secondes et quelques pas chaloupés, je me sens l'estomac au bord des lèvres et ressens de violentes nausées, qui, soudain, m'inquiètent plus que la puissance du vent tout à l'heure. Je me demande si je vais pouvoir atteindre ma valise ! A ce moment, réapparaît le marin, il vient me chercher. Il prend la valise, me tient le bras, et m'emmène vers l'intérieur. Je me laisse faire, d'ailleurs je n'ai plus aucun contrôle de mon corps et je m'appuie franchement sur cet homme qui me semble être le salut du moment. Il a le pas assuré et me tient fermement contre lui. Il m'emmène… je le suis, jusque… dans sa cabine. Je ne m'en rends pas compte tout de suite. Soudain, c'est le calme. Il me fait asseoir sur quelque chose de haut, une table peut-être, et reste devant moi à me tenir les épaules. Son visage est tout près du mien, les yeux dans les yeux. Je vois qu'il est tout brun, de beaux yeux noirs et des cheveux drus et raides dépassant de la casquette galonnée. Je vois aussi sur les manches de sa vareuse, deux cercles dorés… un officier, je pense. Je me sens envahie d'une chaleur et d'un soulagement bienfaisants.

Ça va mieux dit-il ? – Oui –

« Vous avez une belle face (il prononce fesse) J'éclate de rire… d'habitude on met ça au pluriel ! bien que je comprenne qu'il parle de mon visage qui est tout près du sien… confusion avec le mot anglais… ?

– Mais c'est une vraie tempête ? – Bien sûr ! – Je croyais qu'en Méditerranée, il n'y en avait jamais – Oh ! Si. Et même de très fortes, l'étroitesse de la mer rend les vagues parfois plus hautes et dangereuses que dans l'Atlantique – Ah ! Bon. Je n'aurais jamais pensé ça. Elle est si étroite que ça, la Méditerranée ? – Par rapport à l'Atlantique, oui. C'est une navigation particulière, différente des océans » Il parle assez bien le français, avec des petits ratages d'accent où d'expression, que, moi, je trouve adorables. En parlant, il se rapproche de moi, me tient à distance. « Que vous êtes belle ! Quelle femme merveilleuse ! » Je commence à trouver qu'il n'est pas mal non plus ! Ce corps qui a redonné équilibre et confiance au mien me semble familier. Il me prend dans ses bras, me caresse et m'embrasse de plus en plus goulûment, tout en se dirigeant vers… sa couchette. Je me laisse faire, envahie d'un joli désir, comme si je retrouvais un amant bien aimé… C'est la joie, le plaisir, le bonheur, et… c'est souverain contre le mal de mer ! Et je m'endors, quelques instants peut-être, contre ce beau corps, tout brun, fin et racé, si merveilleusement rassurant. Il bouge et me réveille. « Nous arrivons à Ibiza. Il faut que j'aille faire mon travail, pour l'accostage et le transfert des passagers – Il y a toujours la tempête ? – Ça bouge encore, mais moins que tout à l'heure. Reste ici, tu as tout le temps de te préparer, je viendrai te chercher plus tard – Mais je vais manquer la navette de mon hôtel – Oh ça ne fait rien, tu viendras avec moi, nous restons ensemble, je t'aime » dit-il en m'embrassant. Il se rhabille, enfile son bel uniforme, veste et casquette à boutons dorés, et le voilà parti. Je reste seule, toute pantoise et éberluée. Qu'est-ce que je fais ici ? Comment j'y suis arrivée ? Tout me revient petit à petit… Peut-être, Ramon (c'est son prénom) a-t-il eu un coup de foudre pour moi, en m'observant de loin, luttant, mais aussi abandonnée, dans ce vent et cette tempête à laquelle je ne croyais pas. En tout cas, je viens de partager quelque chose de beau et de fort, avec un inconnu, qui, en deux heures à peine, ne l'est plus du tout ! Je réalise qu'à part lui, le vent et la mer déchaînée, je n'ai vu et parlé à personne depuis Barcelone, comme si tout cela n'avait qu'une finalité évidente :

l'amour de Ramon. Je l'aime aussi. Je suis dans un bel élan d'amour, sincère et fort, sans aucun doute… Je m'habille, me recoiffe, me prépare à partir. Il revient me chercher, nous sortons tous les deux, bras dessus bras dessous de la cabine. Il n'y a plus de passager nulle part. La nuit est tombée. Le bateau bouge doucement tandis que je découvre le port d'Ibiza, toutes lumières allumées, dans l'ombre noire du ciel.

C'est tout ce que je connaîtrai d'Ibiza, cette année là.

Ramon tient ma valise d'une main, et de l'autre, bien fermement contre lui, mes épaules. Nous descendons la passerelle, salués au passage par deux ou trois marins, qui eux, restent à bord. Nous allons à son hôtel, pas très loin. C'est là qu'il descend régulièrement, au cours de ses traversées du continent aux îles. Puis nous allons dîner dans une petite auberge sympathique, pas très loin de l'hôtel, où nous avons tout le temps de faire – enfin – connaissance… Dans cette aventure là, tout est arrivé dans le désordre, à l'envers de toute convention, mais l'authentique et le merveilleux sont bien là, et nous en sommes tous les deux, tout étourdis !

Au matin, nous sommes retournés au bateau. Ramon devait faire lever l'ancre pour revenir à Barcelone. Il m'a installée dans sa cabine, et lorsque son travail à été moins prenant, après le départ du bateau, il m'a rejointe, pour que le temps ne me semble pas trop long, et pour bavarder.

Tout était facile avec lui. Il me parlait en français, et nous avons pu échanger des idées, des souvenirs et des projets. J'avais l'impression de le connaître depuis longtemps, lui aussi, me disait-il. Après notre arrivée à Barcelone, et avant sa nouvelle traversée de fin d'après midi, il m'a installée à l'hôtel, et nous avons eu le temps de faire une promenade sur les Ramblas : toujours aussi amoureux, détendus, heureux… Je ne pensais plus à Robert.

« Demain, je pourrai passer la journée avec toi, après mon retour du matin. Et après demain aussi, je ne reprends la navigation que jeudi, nous aurons du temps pour être ensemble. Mais pour ce soir, et pour que tu ne t'ennuies pas, je vais demander à mon ami Carlos de te tenir compagnie, vous pourrez dîner ensemble, la soirée te paraîtra moins longue – Mais non, je n'ai pas besoin de compagnie, je dînerai à l'hôtel, puis je lirai, j'amène toujours de la lecture pour les moments de creux ; j'aime la lecture et je ne m'ennuierai pas du tout – J'aime aussi la lecture, mais mon ami Carlos est très gentil, et il sera ravi de me rendre ce service : ta soirée sera plus gaie avec lui »

Il m'a donc présenté l'ami Carlos, juste avant son départ et nous l'avons accompagné à son bateau, sur le quai.

Carlos était peut-être très gentil, mais ne parlait pas si bien français que Ramon et j'ai eu très vite l'impression que nous n'avions rien à nous dire. J'avais beau me creuser la tête pour retrouver quelques expressions espagnoles, il ne me venait que quelques mots et j'espagnolisais mon français, avec l'espoir qu'il devinerait : ça ne donnait pas grande conversation !

Il conduisait une petite 4cv Renault grise, dans laquelle il m'a fait monter, pour nous rendre au restaurant, près de Barcelone, dans un lieu campagnard, c'est en tout cas, ce que j'ai cru comprendre. Nous avons roulé a peu près vingt minutes, et nous nous sommes arrêtés au bord de la route, où j'ai vu une auberge, ressemblant à celles de nos banlieues parisiennes. Nous entrons. De suite, un réceptionniste se précipite et nous conduit au premier étage, à notre table. J'imagine que Carlos a prévenu de notre arrivée par téléphone. Le garçon s'occupe de nous comme si nous étions des monarques. Je prends la chaise qu'il me présente, m'installe, et regarde autour de moi : Quel étrange lieu ! A ma gauche, une grande alcôve tendue de tissus rouge masquant à peine un lit, et à droite, plus discrètement, une porte de couleur verte, entrebâillée, me laisse supposer un cabinet de toilette. On ne peut être plus clair ! J'avoue qu'en espagnol comme en français, j'en reste sans voix ! En somme, c'est un petit cabinet particulier, pour des ébats tranquilles. Carlos ne perd d'ailleurs pas de temps, il me sourit et passe son bras autour de mes épaules pour m'attirer à lui : je résiste, il approche sa chaise plus près de moi, et commence du genou et des mains, un travail de confirmation de ce que mes yeux viennent de comprendre. Je le repousse de plus en plus nettement « Solamente por Ramon » je dis, de plus en plus vite. Dans le même style, il répond « Ramon, amigo, amigo » Que puis-je dire d'autre ? Je n'ai pas le langage… Je n'ai jamais autant regretté une langue commune à toute l'humanité, qu'a ce moment là. A moi, l'Espéranto ! Mais qu'est-ce que tout cela veut dire ?

Le serveur nous apporte le premier plat. Carlos laisse ses mains tranquilles, mais pas pour longtemps, dès le départ de l'intrus, il recommence de plus belle… ses mains sur ma poitrine, ses bises dans le cou, il cherche ma bouche… Manifestement, la nourriture ne l'intéresse pas du tout, moi non plus. Il insiste et se colle contre moi : je n'ai pas le mal de mer mais il va bien réussir à me donner des nausées !

Se peut-il que ce soit un coup monté ? Je revois le bon visage de Ramon, ses yeux bruns si doux, son sourire franc… Je décide que c'est celui-ci le fourbe, ses yeux bleu-gris fendus en amande, me parlent de trahison. Mais que puis-je faire ? Dans un dernier et retentissant « Solamente por Ramon » je me lève, ramasse mon sac et me sauve en courant. Je sors à l'air frais. Entre temps, la nuit est tombée. Je m'engage vivement sur la route déserte. C'est de quel côté la ville ?

Mais que m'arrive-t-il ? Dans quoi me suis-je fourrée ? Amigo, Amigo… qu'est-ce que cela signifie ? Sont-ils amis d'enfance ? Viennent-ils de se rencontrer ? Ont-ils l'habitude de partager leurs conquêtes ? Ramon a-t-il voulu me mettre à l'épreuve ? Je suis bien obligée de penser que mon amour pour Ramon ressemble à une aventure légère… Mais mon corps et mon cœur me disent que non… et pour les fréquenter de longue date, mon esprit sait qu'à ces deux là, je peux faire confiance.

Pourtant, je sais aussi que je ne suis que de passage dans la vie de Ramon et lui dans la mienne. L'idée de mariage et d'amour durable est toujours un thème aussi incongru dans mon esprit. A Paris, il y a le travail et Robert. C'est pour moi l'ordinaire d'une vie bien remplie et satisfaisante. Mais, sous le beau ciel espagnol des vacances, pourquoi refuser un si tendre partage amoureux ? Que vais-je dire à Ramon ? Car je n'ai aucun doute d'avoir à le retrouver demain. Je ne dirai rien, c'est certain. Il m'est impossible de comprendre quelle sorte d'amitié partagent ces deux hommes… peut-être sont-ils amis de longue date… à quoi bon risquer de jeter le désordre entre eux, pour un amour de passage ?

J'en suis là de mes réflexions quand j'entends derrière moi un bruit de moteur. C'est la 4cv grise de Carlos. Il s'arrête à ma hauteur, ouvre la portière passager, et me fait signe de monter. Sur cette route déserte, la nuit, en pays étranger, je n'ai pas d'autre choix. Je monte, il ne dit rien, moi non plus. Je n'ai pas du tout envie de reprendre un dialogue de sourds à consonance de voyelles expressives. Il semble que ce soit le cas pour lui aussi. En silence, nous roulons vers Barcelone. (je le suppose, tout de même sans peur). Arrivés devant mon hôtel, il arrête la voiture, sort, vient m'ouvrir la portière et m'aide à descendre. Je dis en bon français « Au revoir » de même il répond « au revoir » Parole aussi fausse et vaine que tout le reste de la soirée.

Le lendemain, Ramon vient me chercher, comme convenu. De suite je retrouve le sourire franc, les bons yeux bruns et l'émouvante précipitation d'un homme amoureux. Bien sûr, avant la promenade dans la ville, nous faisons un délicieux détour par le lit. Mais là, rien de concupiscent, seulement l'expression d'une jeunesse ardente, dans l'accomplissement d'un beau désir spontané et sain.

J'ai passé trois jours merveilleux avec lui, mais il fallait bien nous quitter. Il a pu m'accompagner à la gare et nous nous sommes dit adieu, dans un dernier baiser, comme tant d'autres amoureux avant nous. A l'autre bout du quai, à Paris, Robert est là. Surprise pour moi, je ne m'attendais pas à cette marque d'attachement. Lui aussi, beaux et tendres yeux bruns et sourire franc. C'est mon amour ordinaire, mais mon amour sans aucun doute.

Avec lui, la conversation va bon train : tant de choses à nous dire, de part et d'autre ! Bien sûr, je fais l'impasse sur Ramon et Ibiza... Oui, la mer est si bleue et les plages sont si belles... Je lui parle plutôt de Barcelone, que nous avons découverte ensemble l'année passée... Il ravive ses souvenirs avec joie... Il ne se doute de rien, en tout cas, ne pose aucune question. Notre pacte libertaire, jamais signé entre nous mais toujours respecté depuis le début de notre relation, fonctionne parfaitement cette fois encore. Quelque part, je regrette un peu qu'il ne semble pas avoir de doute. J'aurais aimé qu'il « voie »... quelque chose. Sans me l'avouer, j'y vois, moi, la confirmation d'un amour de passage, même si le passage est plus long... Mais c'est bien ce que je veux ? Oui... alors tout est en ordre.

Ramon m'a écrit plusieurs fois, pendant un an. Nous étions convenus que j'essayerais de prendre de prochaines vacances à Bilbao, sa ville de résidence. Mais ici, à Paris, après avoir repris ma vie ordinaire, tout cela m'a semblé tenir du rêve. Ramon m'écrivait en espagnol et je lui répondais en français. L'écriture étrangère, lorsqu'elle n'est pas maîtrisée, est encore plus difficile à manier que le langage oral, on devait bien perdre, chacun, une bonne moitié de cette correspondance. A quoi bon continuer ? Un amour de vacances est un amour pour les vacances... Celui là est resté en moi, comme un beau souvenir, à ne jamais regretter.

JE DEVIENS MONITRICE

En rentrant de mes vacances espagnoles, je me présente à l'école d'infirmières, comme convenu, pour y prendre mon nouveau poste. Et je retrouve là une ambiance et des personnes connues, et, de suite, je m'y sens bien. J'ai aimé cette Ecole en tant qu'élève, et elle ne m'a pas déçue lorsque je suis passée du côté des organisateurs et des enseignants.

J'ai fait là l'expérience de l'enseignement, auquel je n'avais jamais pensé. Cela m'intéressait de retrouver les cours et les stages avec les élèves. Mon premier contact avec elles a été plutôt impressionnant : se trouver face à un amphithéâtre rempli de jeunes filles en voiles blancs et en capes bleu est assez émouvant. Etre répétitrice dans cette ambiance là est une sorte d'exploit, bien que les jeunes filles, tout juste adultes, soient très motivées et donc attentives. Des médecins venaient faire des cours magistraux, et nous, les monitrices, reprenions avec les élèves ce qui avait été dit et noté par elles pendant les cours. Il y avait aussi des contacts plus directs et plus faciles, avec des répétitions en petits groupes, et là, on avait le temps de faire connaissance. C'était plaisant de redire ensemble le plus important des cours, à retenir absolument, de faire des travaux pratiques, et de répéter le nom des instruments de chirurgie. Se connaissant mieux, on plaisantait un peu, et on échangeait des réflexions, des anecdotes que le contact avec les malades apporte journellement. Elles aimaient et souhaitaient parler de leur expérience toute fraîche, et moi qui n'en avait que très peu de plus qu'elles, je comprenais bien leurs émois, leurs peurs et leurs doutes. Nous en parlions facilement, pour compléter les apprentissages, mais aussi pour retrouver un peu de sérénité. Avec mes collègues aussi je n'ai eu que des bons contacts. Elles m'ont bien encadrée et aidée à me mettre au courant de mes nouvelles fonctions, presque un nouveau métier. C'était des conversations riches d'idées et d'histoires vécues du milieu qui nous entourait, bien plus intéressantes que celles du lessivage familial de mes premières collègues.

J'y suis restée trois ans, pour l'enseignement ; puis il a été nécessaire de penser à se spécialiser. Rester à l'école impliquait faire l'école des cadres, cela me tentait peu. J'hésitais plutôt entre kinésithérapie et anesthésie. J'admirais les orthopédistes, ces bricoleurs de génie… les suivre et les aider à faire reprendre le mouvement à celui qui l'a perdu me semblait être une noble tâche. Mais je n'avais pas trop envie de me remettre à étudier l'anatomie qui doit être parfaitement intégrée, dans la tête et au bout des doigts… toutes ces incidences des muscles, des os, des articulations, toute cette géométrie dans l'espace à connaître et comprendre, pour faire que le squelette et les muscles puissent fonctionner dans un accord sans défaut… Si le résultat du bon accompagnement d'un « kiné » est passionnant, l'apprentissage est aussi ardu et ludique qu'une colonne de chiffres à retenir par coeur. J'ai donc choisi anesthésie dont l'étude me semblait être plus sentimentale et littéraire que cette anatomie si précise. Ce que j'ignorais, c'est que j'allais devoir apprendre, comprendre et connaître très bien toutes les astuces de notre système nerveux, qui est double et ô combien complexe !

JE DEVIENS ANESTHESISTE

On ne peut pas dire que l'on se soit fait promener « en bateau », ou « fait dorer la pilule », non, et si l'hypocrisie était souvent de règle à l'époque, là, le médecin inspecteur et organisateur de nos cours d'anesthésie ne peut en aucun cas en être accusé ! Si on est resté pour devenir anesthésiste, c'est que, vraiment on avait envie de l'être ! Le cours inaugural de notre médecin inspecteur, le Dr Bauman, responsable de notre formation, ne nous a laissé aucun doute là dessus.

« Il y a une grande pénurie d'anesthésistes, la spécialité telle qu'on la conçoit aujourd'hui est nouvelle, et il y a un manque impressionnant de personnes formées à l'anesthésie moderne. Cela va plus vite de former des infirmiers que des médecins. Vous serez utilisés rapidement, on a partout besoin de vous. Pour le moment, vous serez accueillis à bras ouverts, vous serez chouchoutés, cajolés, et demandés partout dès vos premières connaissances acquises. Mais lorsque les médecins anesthésistes seront assez nombreux, on vous fera reprendre votre place d'auxiliaires sans ménagement. Alors, ne vous prenez pas pour des médecins, vous serez des « aides anesthésistes », même si pour le moment il n'y a pas beaucoup de médecins à aider... ça peut durer dix... quinze ans peut-être, puis les fonctions se normaliseront » Pour ma part, cela a duré vingt ans, où j'ai été très souvent seule anesthésiste à bord, pour que puissent travailler chirurgiens et obstétriciens. La suite du cours inaugural n'a pas été plus doux... « Vous vous engagez dans une spécialité difficile à apprendre et à pratiquer. Il vous faudra une solide santé, tout ce qui ira mal sera de votre faute, et on ne vous dira jamais merci... être anesthésiste est un métier dangereux, vous manipulerez des produits puissants qu'il faudra connaître et utiliser habilement. Rappelez vous, en permanence que vous ne pourrez jamais retirer ce qui aura été injecté à vos malades, et qu'il vaut mieux être économe des produits que vous utiliserez. Inscrivez en en-tête de vos cours et retenez bien la formule : « La façon de donner vaut mieux que ce que l'on donne » C'est constamment valable en anesthésie. Il faut toujours prévoir le pire, tout en priant pour que ça n'arrive jamais. Je vois que vous êtes très nombreux aujourd'hui, l'amphithéâtre est plein, mais beaucoup ne résisteront pas à la difficulté des cours et à l'angoisse des stages. De toute façon, il n'y a que soixante places.

Prévenus, on l'était bien, de toutes les manières! Puis il est passé à l'historique de l'anesthésie, puis, dans les grandes lignes, aux différentes méthodes pour donner une anesthésie. Après le découragement, il a enfin suscité l'intérêt pour la chose elle même. Globalement, on a compris qu'il y avait beaucoup à apprendre, et qu'il faudrait appliquer en simple, ce qui semblait si compliqué à comprendre. Nous n'avons jamais revu ce bon Monsieur Bauman. Nous avons eu d'autres intervenants pour détailler de très près ce que nous devions savoir, mais je n'ai jamais oublié les mises en gardes brutales, mais tellement réelles qu'il nous avait prodiguées aussi crûment.

MES PREMIERS STAGES

En ce début de novembre 1956 je me présente à l'Hôtel-Dieu, en chirurgie, lieu de mon premier stage. Nous sommes six stagiaires infirmières, reçues par le médecin et l'infirmière anesthésiste responsables du service. On nous explique que celui-ci comporte 4 salles d'opérations, 2 grandes, 2 petites, et que l'on y pratique la chirurgie générale, avec une pointe de chirurgie gastrique. Un seul médecin, une seule infirmière. Comment dans ce cas ne pas recevoir des stagiaires à bras ouverts ? C'est ce qui se passe, et l'on nous dit que très vite, on va compter sur nous. Pendant une semaine, les deux professionnels nous répartissent avec eux, puis rapidement nous laissent seules avec notre patient. Les interventions les plus importantes sont assurées par eux, et les plus bénignes par nous ; et quand tout est en place, ils naviguent d'une salle à l'autre pour surveiller et conseiller. La deuxième semaine de stage, nous sommes trois stagiaires en petite salle, pour endormir lors d'une appendicectomie. L'une d'entre nous, belle brune à l'air décidé, prend les choses en mains, et pendant que nous finissons de préparer, commence l'anesthésie. Le patient est un jeune homme blond de 17ans. Dès le début de l'anesthésie, après avoir perdu conscience, il déclenche un fort hoquet. « Je sais ce qu'il faut faire » dit la jeune stagiaire brune : elle ouvre grand le distributeur d'éther, fait couler de l'éther liquide sur une compresse qu'elle intercale dans le masque du patient et se met à le ventiler à l'oxygène par pressions rapides sur le ballon. En quelques secondes, le jeune homme n'a en effet plus du tout de hoquet, mais ne respire pas, est devenu tout blanc, et nous voyons dans sa pupille une mydriase énorme, ce que nous savons être un signe toxique. Une crécelle hurle dans ma tête… « Vous ne pourrez pas enlever ce que vous aurez injecté », et « la façon de donner vaut mieux que ce que l'on donne » Mais je n'en reste pas moins pétrifiée, tout autant que les deux autres stagiaires. A ce moment, la panseuse entre dans la salles d'op, en un seul regard, elle a compris la situation, elle ressort aussitôt, et quelques secondes après, l'infirmière anesthésiste entre dans la salle, se précipite vers le patient, l'intube rapidement, raccorde la sonde à l'appareil qui distribue les gaz et insuffle par petits coups un mélange oxygène-proto, après avoir coupé l'éther et purgé le circuit. Un petit temps après, le jeune homme respire tout seul. « Vous avez trop forcé sur l'éther, dit-elle, vous savez pourtant que c'est un gaz toxique, et qu'il ne faut jamais arriver jusqu'à la surcharge ? » Oui. Tout le monde savait ! « Vous aurez sûrement assez d'anesthésie pour aller jusqu'à la fin de l'intervention, surveillez le seulement, avec peut-être quelques gouttes de Pentho, si c'est absolument nécessaire » Et elle repart, vers le malade qu'elle a sans doute laissé seul pour venir nous dépanner. Aucune d'entre nous ne parle. Le chirurgien entre et opère, sans problème. Je suis la dernière à rester près du malade. J'ai eu très peur. Je veux être sûre qu'il se réveille bien et peut même me parler. Ça prend du temps. Le temps d'éliminer l'anesthésique qu'il a reçu en trop, et bien sûr, je me promets bien de ne jamais utiliser cette façon de faire passer un hoquet à mes malades. Il y a d'autres méthodes, peut-être moins rapidement efficaces, mais moins brutales, et moins dangereuses. J'ai tout de même appris, au passage, comment on rattrape une bêtise, et comment on garde la maîtrise de son anesthésie. C'est le début de l'expérience, ce qui, ajouté à de bonnes études, fait les bon professionnels.

Un peu plus tard je suis seule dans une salle, pour endormir une hernie. Tout se passe bien, le chirurgien travaille en silence, parlant peu à son aide qui est probablement l'externe du service et ne s'occupant pas du tout de moi. Du moment qu'il peut travailler à l'aise c'est que l'anesthésie est correcte. A l'époque, on parlait beaucoup d'anesthésie en circuit fermé. Surtout dans le grand public (on dirait aujourd'hui les média). Chaque fois que dans mes rares moments privés je disais ce que je faisais, c'était l'exclamation : « Ah ! Oui, vous donnez des anesthésies en circuit fermé, c'est la grande découverte d'après guerre, le meilleur de ce que l'on fait aujourd'hui ! » Bien sûr j'avais appris que c'était en effet une méthode que l'on pouvait choisir. Mais pour ma part, chaque fois que j'ai eu à l'utiliser, je n'en ai pas été satisfaite, et je trouvais que cette méthode ne méritait pas la gloire qu'on lui accordait. Ce jour là, seule avec « ma hernie », ne sachant pas encore très bien interpréter les premiers signes de dé-curarisation et de réveil, en une seconde, je me trouve confrontée à « un endormi » qui va se réveiller d'un seul coup si je ne fais rien, et le chirurgien, pas content, va pousser une grosse gueulante à mon endroit. Alors je décide de passer en circuit fermé, il suffit pour cela de fermer les valves expiratoires, et je donne trois, quatre bouffées d'un gaz appelé Cyclo-Propane, et qui ne s'utilise justement qu'avec ce circuit dit fermé : ce gaz anesthésiant passe à l'expiration sur un bac à chaux sodée qui est supposé retenir le CO2 rejeté. Certes mon patient retrouve très vite une profondeur de sommeil suffisante pour supporter l'intervention, mais il se met aussi a transpirer à grosses gouttes, ce que je sais être mauvais pour lui. Alors j'ouvre toutes les valves pour retrouver « le circuit ouvert », et laisser respirer mon patient, comme nous tous en salle d'op, l'air ambiant, sans doute meilleur que celui qui passe sur la chaux sodée. Et je me promets bien que c'est là mon dernier essai. Probablement, d'autres anesthésistes ont comme moi peu apprécié cette méthode car peu de temps après, le Cyclo-Propane a disparu de nos appareils, puis un peu plus tard la chaux sodée a pris le même chemin. L'Ether a résisté un peu plus longtemps, car on pouvait le donner en circuit ouvert en prenant des précautions. Toutes ces méthodes, archaïques aujourd'hui, étaient très employées bien que dangereuses. Petit à petit « les têtes pensantes et décideurs en ce domaine » ont changé et fait progresser une anesthésie plus fiable, plus facile à manier et surtout moins dangereuse. Mais en ce qui me concerne, comme pour toutes les collègues infirmières de l'époque, j'ai bien dû faire mes choix seule, d'après ma propre expérience, puisqu'il y avait si peu de possibilité d'en parler au médecin anesthésiste mieux informé, et qui possédait une expérience plus importante, mais tellement absent à nos côtés ! J'essayais bien de lire toutes les revues médicales que je trouvais autour de moi, et qui pouvaient me tenir au courant des avancées et réflexions sur ce métier d'anesthésiste, mais c'était encore grâce aux discussions et réflexions entre infirmières vouées à l'anesthésie, quand on avait le temps d'en parler, qu'on pouvait le mieux parfaire son travail.

« La façon de donner vaut mieux que ce que l'on donne » a pour ma part présidé à tous mes actes, tant que j'ai dû faire mes choix toute seule.

A la fin de mon premier stage, j'ai remis au médecin responsable un rapport de stage fait de mes expériences en son service, qu'il devait me rendre, noté de sa main, pour remettre en final à l'autorité qui devait nous accepter ou non comme infirmière spécialisée en anesthésie. Pour ce premier passage, j'ai eu droit à une bonne note que j'ai oubliée, mais pas l'annotation qui l'accompagnait : « Deviendra probablement un bon élément : élève consciencieuse et assidue » Et où a-t-il vu tout ça ? Et comment aurais-je pu ne pas être assidue, quand mon nom était marqué sur le tableau opératoire, chaque matin pour une intervention dans l'une des deux petite salles... Ou peut-être était-il marqué parce que justement, j'étais assidue! Quoi qu'il en soit, ce médecin-là, je l'ai rencontré dix minutes en tout début de stage, et jamais par la suite.

Mon deuxième stage, je l'ai choisi plus confortable pour moi, car c'était un service dans le même hôpital que celui où j'étais logée. Ce qui supprimait le trajet, chose considérablement intéressante lorsque on se réveille à six heures pour ne pouvoir se coucher avant minuit! C'était pourtant un stage réputé difficile, avec, parait-il, un médecin exigeant J'en ai fait l'expérience, en effet, mais lui, au moins, il était là; et je n'ai pas pu retrouver ce confort avant les années 80.

C'était un service de neuro-chirurgie. Un médecin-anesthésiste, une infirmière-aide anesthésiste attachés au service, et une autre aide anesthésiste que le médecin faisait suivre avec lui, à l'hôpital et en cliniques. J'étais la seule stagiaire. Le médecin n'en voulait pas plus d'une à la fois, disant qu'il ne pouvait pas s'occuper de plusieurs en même temps, ce qui me semblait parfaitement exact. Moyennant quoi, il a été « sur mon dos » les deux premières semaines, vérifiant tous mes mouvements. « C'est pas mal ce que vous faites, mais il faut aller plus vite que ça! Il y a quatre interventions à assurer jusqu'à 13 heures, on ne doit pas traîner. » Et il tenait à ce que l'on soit le plus souvent possible deux personnes, présentes pour la même intervention C'était, certes, une excellente idée, qui ne l'empêchait pas de sortir de temps en temps pour fumer une cigarette. On opérait des cas importants. Les patients étaient dans des positions difficiles à surveiller pour les anesthésistes: assis, sur le ventre, en oblique, ou sur le côté, ficelés sur une table haute, de façon à ce que le chirurgien puisse avoir accès le plus facilement possible aux régions de la boite crânienne ou du rachis. Une fois recouverte des champs stériles, on s'accroupissait sous la table, assis sur un petit banc, pour garder le contrôle du tensiomètre. On n'avait que celui-ci pour nous parler de notre endormi, avec le contrôle d'un bras, pour les perfusions et transfusions, d'une main, des ongles, que l'on se gardait précieusement pour nos appréciations sur l'état du patient, d'autant plus qu'on le maintenait en tension basse pour que le chirurgien ne risque pas de dévier son scalpel à cause d'un mouvement intempestif, fut-il léger, dans un environnement de centres nerveux. Des interventions assez longues, je ne sortais bien souvent qu'après 14 heures et j'appréciais d'autant plus de n'avoir que la cour à traverser pour prendre mon service à l'école où j'étais monitrice, à 15 heures.

En fin de stage, c'était l'été, les vacances arrivaient, et tout le monde rêvait de mer et de ciel bleu… Le service fermait au mois d'Août. Les deux aides anesthésistes partaient donc le même mois. Micheline, qui faisait l'autre partie de son temps avec le même médecin, mais en clinique, souhaitait que sa collègue de la clinique puisse partir en même temps qu'elle. Elle m'a donc proposé de faire le remplacement de leur deux postes, à la clinique de Poissy. « Mais attends, je ne suis qu'à la fin de ma première année ! – Mais, tu te débrouilles très bien, tu es consciencieuse, et tu as du flair, je t'assure que tu peux faire le remplacement. La seule chose, c'est que nous remplaçant toutes les deux, tu vas être bouclée un mois entier dans la clinique. » C'est ce qui me gênait le moins, j'étais très habituée à n'avoir que peu de temps libre. « Il faut demander a notre médecin ce qu'il en pense. – Ah ! mais il est d'accord, c'est même lui qui me l'a suggéré, comme ça, tout le monde part en même temps : ici le service ferme, et à la clinique, on reprend ensemble en septembre. Et tu sais, pendant les vacances, il y a moins de travail. Et tu auras nos deux salaires, comme ça, tu pourras commander la voiture dont tu as besoin. » C'était là un argument important pour moi, car mon prochain stage n'étant plus devant chez moi, j'allais devoir traverser Paris, entre 14 et 15 heures, vite fait, entre stage et poste de monitrice à l'école. Notre médecin était en effet bien d'accord, « Ça arrange bien Micheline, et je sais que l'on peut vous faire confiance, quand on a assuré « La neuro chirurgie », on peut tout faire, me dit-il. J'en ai parlé au chirurgien de Poissy qui est d'accord aussi. Du moment que c'est son personnel qui lui présente les remplaçants, il n'a rien à dire. » Et la chose fut conclue. En même temps, il me remit mon rapport de stage, noté, une bonne note, et une appréciation mesurée, mais conforme à cette « permission » de travailler seule. Et lui, au moins, il avait pu m'observer tous les jours.

LA LETTRE

J'avais été reçue à l'examen d'entrée à la formation d'aides Anesthésistes, et je prenais mes vacances avec une amie. Robert n'avait pas pu cette année là partir avec moi. Avec cette amie, nous sommes allées aux Baléares : Majorque, et Ibiza, que cette fois, j'ai eu le temps de visiter en long et en large – c'est vraiment le cas de le dire – et de goûter tout le charme de l'Ile.

A mon retour, je pensais avoir des nouvelles de l'ami Robert, et le revoir de suite. Mais à mon arrivée, aucun signe de lui. J'étais un peu déçue, bien que pas tellement étonnée. J'ai passé presque tout le temps de notre relation à me demander chaque fois que je le voyais si ce n'était pas la dernière. Et cette fois-ci j'y croyais encore un peu plus, car avant de partir, nous avions eu des rencontres plus espacées, expliquées par un surcroît de travail m'avait-il dit. « Ce ne serait pas plutôt que tu m'apprécies moins, je te sens plus distrait et j'ai l'impression que tu fréquentes une autre femme ? » Les vagues dénégations qu'il m'avait servies, et le non, non, manquant de conviction m'avaient plutôt convaincue du contraire. Et cela durait depuis Pâques, où il avait fait un petit séjour en montagne, qui lui avait peut-être apporté l'opportunité d'une rencontre agréable. Mais, puisque l'on continue tout de même, c'est sans doute parce qu'il est hésitant, pensais-je. J'étais cependant partie avec l'impression d'avoir une rivale.

Avec mon amie, de retour de ce séjour idyllique où nous avions pris les jolies couleurs du soleil, et avant de reprendre nos activités contraignantes, nous sommes allées danser, un après midi, pour « un thé dansant » dans le bas des Champs-Elysées. Et c'est là que j'ai rencontré Roger. Il était venu avec plusieurs de ses amis, militaires comme lui. Après la danse, nous sommes allés prendre un verre sur les Champs, pour faire mieux connaissance. Deux hommes charmants, agréables et prévenants qui n'ont pas eu trop de mal à nous conquérir. Toutes les deux, nous nous étions trouvé un nouvel amoureux. Et pendant les semaines qui ont suivi, j'ai cru vraiment vivre un rêve. Je venais pourtant de commencer mes stages, et avec mon travail du soir, je n'avais pas trop de temps, mais Roger était là dès que j'étais libre. Il venait me chercher, et nous partions dans sa belle D.S. bleu. C'était le restaurant, le cinéma, les promenades :

Vincennes ou Versailles, les auberges de campagne. Et il était fou amoureux de moi. Il me disait que j'étais belle, superbe, une perle rare... Je n'en croyais pas un mot, mais comment ne pas être émue et conquise par tant de fougue, assortie de tant de gentillesse ?

J'en étais là de mes émotions, lorsque enfin Robert s'est manifesté pour me donner rendez-vous, tout à fait de la manière habituelle, sobre et sans passion. L'esprit et le corps tout entier habités par Roger, je suis allée le voir, comme toujours, chez lui, à la cité universitaire, pour lui dire que j'avais rencontré un homme qui me plaisait bien, à qui je plaisais aussi, et que dans ces conditions, c'était mieux de se dire adieu, que nous avions eu ensemble des moments très agréables que je n'oublierais jamais, mais que, entre nous, pour moi comme pour lui, l'amour n'existait plus vraiment. Il m'écoutait en silence, le regard droit, les yeux vagues. J'ai vu couler quelques larmes, du coup, je pleurai un peu aussi. « On me dit souvent que je suis indifférent, que je semble ne m'attacher à personne, que je n'ai pas d'affection... c'est à toi que j'en ai donné le plus. » A côté des déclarations fracassantes de Roger, c'était vraiment d'une étonnante sobriété ! J'ai pensé qu'il avait eu quatre ans pour en dire plus, et je suis partie sans plus de discours. J'étais réellement triste, cependant, car moi j'étais sûre de l'avoir aimé. Je le lui disais parfois, mais sa grande discrétion ne m'encourageait pas aux épanchements. Depuis le début de notre relation, il m'avait de suite signifié que je ne devais pas songer à me marier avec lui. J'en étais tout à fait d'accord et je pensais également que nous pouvions bien nous entendre sans cela. Jamais nous n'avions reparlé de l'éventualité d'un changement. Pour moi, la rupture était dans l'ordre des choses, et la page qui devait se tourner un jour, venait de se tourner ce jour-là. Mon seul étonnement venait du fait que ce soit moi, et non lui, qui la tournais.

A quelque temps de là, (j'habitais à cette époque avec ma sœur dans l'appartement parisien d'un cousin) à l'occasion d'un repas pris en commun, ma sœur me dit soudain : « Au fait, j'ai oublié de te dire que tu as reçu une lettre pendant tes vacances – Mais il y a plus d'un mois que je suis revenue ! – Oui, excuse moi, j'avais oublié. » Je prends la lettre, et là, surprise totale : elle est de Robert, datée de quelques jours avant mon retour. Je la lis, et en suis toute retournée. Je n'ai jamais reçu de lui une missive aussi tendre en quatre ans. Il ne me disait pas : « Je t'aime, tu es la femme de ma vie, je veux t'épouser... » Non, rien de tel, mais il exprimait son impatience à me revoir, son désir que nous fassions plusieurs sorties ensemble, sa joie de pouvoir partager avec moi de bons moments comme ceux dont il avait le souvenir, « Tu me manques beaucoup » Ainsi se terminait la lettre. Ma surprise était totale, et mon émotion intense. Il est tout à fait certain que, si j'avais reçu cette lettre en temps voulu, je ne serais pas allée danser avec mon amie de vacances, et je n'aurais pas rencontré Roger. Mais comment revenir en arrière maintenant ? Je revoyais le visage de Robert où les larmes coulaient doucement et j'en étais profondément émue. Et pourquoi ne m'a-t-il pas parlé de cette lettre ? Il a dû croire que je ne pouvais pas ne pas l'avoir reçue, bien que je ne lui en parle pas. De toute façon, l'ouragan Roger avait tout emporté. Lui n'avait pas besoin de temps pour savoir et me dire « Je t'aime, tu es trop belle, je suis fou de toi. » Même si je n'en croyais pas un mot, je n'avais pas envie de perdre cet étonnant bonheur. Le contraste entre la modération de Robert et celle de mon nouvel amour était troublant parce que j'avais tendance à croire que la vérité était plutôt du côté de la modération, mais je me suis dit que c'était le destin, et que je n'avais pas de raison de ne pas le suivre, alors que j'en étais si heureuse.

L'AMOUR DE REVE

Avec Roger, toute ma relation a été un rêve permanent. Il me disait sans cesse que j'étais belle, intelligente, « Tu es sculpturale, ton corps est doux, ferme, une vraie déesse ! ». C'était très bon pour mes derniers complexes. D'autant que, si je voyais bien, aux regards qui me suivaient dans la rue que je ne laissais pas les hommes indifférents, l'extrême discrétion de mon dernier amour ne me laissait pas supposer que je pouvais avoir un corps aussi intéressant ! Lui était un grand et bel homme, bien planté sur de solides jambes de cavalier. Je n'aime pas trop les grands hommes, mais lui portait sa grande taille avec panache, et il arborait sans cesse un vi sage rieur et mobile, qui m'incitait de suite à la joie. Je trouvais qu'il ressemblait un peu à Fernandel. Comme lui, il avait de grands yeux marron, une bouche lippue : un regard et des lèvres toujours en mouvement : on savait ce qu'il pensait, avant même qu'il ne l'exprime. J'allais avec lui dans les plus beaux restaurants de Paris : La Tour D'argent, La Grande Séverine, La Reine Pédauque, La Closerie des Lilas... Quand nous partions à la campagne, c'étais dans des grands Relais, des Châteaux... partout nous étions reçus avec l'attention légèrement obséquieuse réservée à ceux qui dépensent sans compter. C'était pour moi une grande surprise de me trouver dans ce milieu qui m'était très inaccessible habituellement. Capitaine dans l'armée française, il était à Paris pour y faire une formation supplémentaire à l'école d'Etat Major. Il était aussi cavalier dans la Garde Républicaine. Mais il avait surtout une grande envie de sorties et de bonheur. Ensemble, c'était des rires à tout propos, des joies soudaines... comme moi, et plus encore, peut-être, il connaissait le simple bonheur d'être vivant. Rien n'était important entre nous. Le matin, pour moi, c'était la dure réalité des salles d'opérations, mon attention soutenue, ma responsabilité, et parfois mes angoisses ; pour lui qui revenait d'Algérie, et savait devoir y retourner, c'était peut-être un entr'acte dans sa vie de militaire. Même si l'on a choisi d'être soldat, ce n'est sans doute pas toujours facile d'être au cœur de la guerre. Pour nous deux, nos rencontres étaient de véritables récréations, pleines de rires et de joie, d'amour, de gentillesse et de tendresse. Et puis, c'est tellement facile d'être heureux, quand on ne se doit rien !

LA Robe Mercière

Un jour, Roger me dit : « J'aimerais te faire un cadeau » Un cadeau ? et quoi donc ? Quelque chose pour ma chambre ? Mais non, quelque chose pour toi, un bijou ou un vêtement. C'est vrai que je n'étais pas superbement habillée : je passais le plus clair de mon temps en blouse blanche. Et pour sortir : une robe, un manteau et un tailleur… c'était à peu près tout. « Et bien, justement, j'ai vu pas très loin d'ici une robe qui me plairait bien ; si tu veux, on peut y aller de suite. Ce n'est pas loin – Dans ce quartier ? Je pensait plutôt aller rue Tronchet. Il n'y a sûrement rien de bien ici. – Allons voir, tu me diras si elle te plait ou pas » Quelques minutes, et nous sommes devant la boutique où la robe est en vitrine. « Quoi ! Une mercerie. Mais je veux quelque chose de très beau pour toi ! – Elle n'est pas si mal, en jersey qui semble bien, et elle me plait beaucoup ». Je vois à sa tête qu'il n'en croit rien, les yeux tombants, la bouche dédaigneuse « Allons voir ailleurs. – Laisse-moi quand même l'essayer, elle me plait vraiment » Nous entrons. Une petite bonne femme en blouse grise vient vers nous, un chignon bien serré sur le dessus du crâne, mais souriante. « Mais bien sûr, Madame peut essayer, c'est bien votre taille » Elle enlève la robe de dessus le mannequin de sa vitrine : dans ses mains elle ressemble à un tissu sans forme, et je vois le visage de Roger se décomposer encore, tandis que je passe derrière un rideau gris lui aussi, pour l'enfiler. Je reviens un petit temps après, et là je vois le visage de Roger complètement transformé. « Alors, toi ! tu sais ce qui te va » ! La robe est en jersey marron, fin mais de bonne tenue, pointillé de blanc, ce qui lui donne un léger reflet brillant, un beau décolleté, qui fait les épaules basses et flatte mon long cou, des manches courtes couvrant juste le haut du bras, un petit drapé passe entre les deux seins, et se termine à plat sur les hanches, comme deux mains derrière la taille. C'est d'ailleurs ce que fait tout de suite Roger dont le regard admiratif et stupéfait me met en joie. « Tu es superbe. » C'est la mercière qui est contente ! « Cela valait la peine d'essayer, n'est-ce pas Monsieur ? – Oui, oui. » Il n'en a plus rien a faire de cette mercière sortie d'un roman de Balzac. Nous partons, et il est si content qu'il m'embrasse fougueusement, sans s'occuper des passants. « Mais, si tu tiens à aller voir les robes de la rue Tronchet, nous pourrons y aller une autre fois ». Il rit à pleines dents. « Petite coquine! Pourquoi pas une robe de plus pendant que je suis décidé » Mais je vois bien que ma réflexion le met en joie, tout autant que la surprise de tout à l'heure. C'était là chose assez anodine, mais ça lui plaisait bien que je réclame encore. J'avais déjà remarqué, en d'autres temps, que les hommes aimaient bien se faire forcer la main. Pour beaucoup d'entre eux, une femme intelligente, c'était avant tout une femme qui savait bien les rouler. Certains y ont laissé pas mal d'argent, voire leur fortune, et parfois bien plus encore.

Nous sommes allés rue Tronchet. Nous avons choisi un ensemble en jersey, « Saint-James », une très bonne marque. Quelle classe! a dit Roger. Dans la foulée, un peu plus loin, nous sommes entrés dans une boutique de maillots de bains. L'été approchait, et je devais le rejoindre à Oran. Là aussi j'ai essayé. Dans la cabine d'essayage, Roger, qui voulait voir de lui même ce qui m'allait le mieux, n'arrêtait pas de me faire des chatouillis qui provoquaient mes gloussements, pendant que, discrètement, la vendeuse rangeait des boîtes à l'autre bout de la boutique. Elle en avait vu d'autres, certainement, et puis, si vendre peut en plus provoquer la joie des clients, pourquoi pas?

Quand nous sortions, souvent, Roger me demandait de porter « la robe mercière », mais un jour, il a organisé, chez lui, dans son logement de caserne parisienne, une réunion dansante; on disait: une surprise-partie. Il occupait un trois pièces, dans les locaux de la caserne Monge. Je trouvais que le ministère des Armées était plus généreux que celui de la Santé qui me logeait, avec un petit loyer, dans une petite chambre de 12 m². Il est vrai que Roger était aussi plus « gradé » que moi. « Invite tes amies, elles sont toutes jolies, mais toi, ne viens pas avec la robe « mercière » sur le dos. – Ah! oui? Et pourquoi, je croyais qu'elle était ta robe préférée – Oui, c'est vrai, tu es tellement belle, mais, justement, tu l'es trop! Quand nous allons au restaurant, tous les hommes te regardent et sont jaloux de moi. Mais, pour danser, c'est eux qui mettront leurs grosses pattes sur tes hanches, et là, c'est moi qui vais mourir de jalousie: il te faut une robe qui marque moins ta jolie taille et tes hanches si attirantes »

Nous sommes allées à cette « surprise-partie », avec deux de mes amies, parées pour séduire.

Roger nous accueille avec son enthousiasme habituel. « Tes amies sont charmantes, et bravo pour ta robe, elle te va très bien, et c'est parfait pour danser : je retiens la première danse »

Toute ma relation avec Roger a été ainsi faite, de gentillesses et de surprises joyeuses ; je me sentais gentiment amoureuse de lui, mais sans plus. Peut-être, trop, c'est trop ? Ou bien je suis trop réaliste pour croire le rêve possible. C'est davantage aujourd'hui, la nostalgie aidant, que je trouve qu'il a été un merveilleux amant.

POISSY – MON PREMIER REMPLACEMENT VACANCES

Au début du mois d'Août, je me présente donc à la clinique pour y rester pendant un mois en présence permanente, disponible pour travailler, à disposition du chirurgien. A l'époque, ces présences permanentes sur plusieurs semaines ne choquaient personne. La surveillante générale m'accueille, me conduit à ma chambre, et me fait faire un tour de clinique pour me présenter à ceux qui sont là. Elle me fait visiter les locaux et la salle d'opération : petite clinique de 35 lits mais qui me semble assez bien organisée. Au passage je lis le tableau opératoire : à 8 heures, appendicectomie, hernie, et les inévitables curetages. Deux hommes, deux femmes, adultes : ça me va.

Le lendemain, en salle d'op vers 7 heures 30, préparant le premier patient, je me présente au chirurgien qui vient d'arriver : « Françoise Lafleur, la collègue de Micheline, vous m'attendiez, sans doute – Bien sûr, enchanté, mademoiselle, nous allons passer un mois de travail ensemble, et je ne doute pas de notre bonne entente. – Puis-je endormir le patient ? – Oui, c'est le moment : mon aide est déjà prêt. » Et j'entends celui-ci qui est en train de se laver les mains, dire en hochant la tête « Belle plante Lafleur » ! Puis la matinée se poursuit enchaînant les patients, les anesthésies, et les interventions.

Je me suis fait très vite au rythme de travail, toujours aux côtés du chirurgien : opérations, visites des opérés du jour, repas, sieste (ceci sans le chirurgien), consultations, et après 17 heures, interventions sur les entrants du jour qui ne pouvaient pas attendre la séance du lendemain : c'était souvent des plaies de la main, avec des tendons coupés qu'il fallait réparer de suite, avant qu'ils ne se « fassent la valise », en se rétractant dans le bras. La clinique était assez proche des usines automobiles de Poissy, et nous récupérions les chutes, les coupures et les traumatismes divers des ouvriers y travaillant. Je n'ai jamais eu le temps de m'y ennuyer sauf peut-être le dimanche matin. Un dimanche, justement, le soir après dîner, je me proposais d'aller dormir lorsque arrive toute une petite famille, Grand-mère, Grand-père, parents et petits-enfants. C'est la Grand mère qui souffre. Petite, très rondelette, elle se tient le ventre avec ses deux mains et dit souffrir beaucoup. Et ça lui a pris d'un seul coup nous dit-on. Je flaire l'urgence : peut-être une éventration, et pendant qu'on appelle le chirurgien qui n'est pas loin, je vais ouvrir et préparer la salle d'op avec l'infirmière-panseuse. Une demi-heure après, c'est confirmé, on opère de suite « Une belle éventration » nous dit le chirurgien. Je retourne voir la malade pendant que l'infirmière la prépare, je prends connaissance du dossier, je l'interroge, « A quelle heure votre dernier repas ? Il se trouve qu'elle est aussi un peu diabétique, un peu hypertendue, et a un petit traitement cardiaque ! Bigre ! Mais c'est une urgence, il faut faire avec ! J'en parle au chirurgien en revenant en salle d'op « Faites votre anesthésie au mieux, compte tenu du contexte, et nous la traiterons, nous aussi, au mieux, après l'intervention qui ne peut en aucun cas une être différée. » Et nous voilà partis pour une bonne heure. Pendant un bon moment, tout se passe bien. Puis, tout à coup, je vois les lèvres de ma patiente bleuires, ses ongles aussi : j'ai à peine le temps de constater, que j'entends le chirurgien dire : « le sang est noir ! – Oui, chez moi aussi il y a de la cyanose – » Je vérifie toute mon installation, je replace même la sonde endotrachéale pour être bien sûre qu'il n'y a pas d'obstacle entre ce que je lui donne et ses poumons, je ventile en oxygène pur, un petit temps… Je constate que la cyanose disparaît. « Ça va mieux – Oui, chez moi aussi. » Un temps se passe, mais je sens que nous sommes tous les trois un peu tendus. Quelques minutes après, voilà la cyanose des lèvres et du visage qui revient « Ça recommence, dis-je – Oui, le sang est noir de nouveau » Je recommence mes petites manœuvres d'oxygénation, quelques minutes, de nouveau, la vilaine couleur disparaît « Le sang est bien rouge ? – Oui – Pour moi aussi, tout est correct, mais il s'est sûrement passé quelque chose ! – Je le pense aussi. » Personne n'a envie de discuter, et nous restons tendus. Au bout d'un moment, je lance un timide : « Peut-être une embolie ? – Ce n'est pas impossible – » L'intervention se termine, sans autre incident. A mon grand soulagement, on remet la dame sur le chariot tandis qu'elle se réveille gentiment. « J'ai posé une petite réa classique : il y a sûrement autre chose à faire, dis-je. – Oui, je m'en occupe ; si c'est bon pour vous, vous pouvez aller vous coucher. » Ce que je fais avec joie, car la nuit est bien entamée maintenant. Dès mon réveil, je pense à elle, et avant de commencer les préparations du jour, je passe voir la gentille grand-mère. L'infirmière me dit que tout va bien, et la dame est encore en train de dormir, pour elle aussi la nuit a été courte et fatigante. Je retourne à mes affaires, soulagée de penser que la petite famille sympa que j'ai vue à son arrivée, reste entière et que les petits enfants n'ont pas à pleurer une bonne grand-mère.

Je ne doute pas que le chirurgien ait bien fait examens et traitement corrects mais j'apprends, deux jours plus tard, qu'elle vient de décéder d'une embolie massive. J'ai osé remercier le ciel de ne pas l'avoir rappelée à lui au cours de mon anesthésie !

Un peu plus tard, dans le mois, au cours d'une consultation, se présente une mère de famille et ses trois fils. Une femme blonde, superbe, genre danois, ou suédois. Et ses garçons, magnifiques eux aussi : 8ans, 6ans, 4ans. Blonds comme leur mère, montant hardiment sur la table d'examen, comme de bons petits « Vikings ». Même le troisième, que l'on aide à grimper sur le marchepieds trop grand pour lui, a ce petit air conquérant, qui font des trois petits diables des amours d'enfants. Ils ont tous les trois un phymosis. A opérer bien sûr. La consultation se poursuit, mais à partir de là, je ne la suis plus très bien. Je suis obnubilée par les trois têtes blondes. J'écoute vaguement les patients suivants expliquer leur cas, rien d'inhabituel. Puis je monte dans ma chambre pour une petite sieste. Je ne peux trouver de repos : demi-éveillée, je vois les enfants blonds tomber l'un après l'autre, comme une rangée de skis plantés devant une terrasse de restaurant d'altitude, et bousculés par l'arrivée d'un skieur maladroit… Et je suis responsable de cette chute ! La scène se reproduit plusieurs fois, me laissant chaque fois plus apeurée. Comme si, ayant « occis » le premier, j'aurais pu continuer à endormir les deux autres ! Je ne peux pas prendre un risque pareil ! Il faut que j'en parle au docteur Couroul. En fin d'après-midi, après le repos habituel, et avant les interventions du soir, je dis au chirurgien, tandis qu'il se lave les mains : « Vous savez, les trois enfants blonds de tout à l'heure… – Ils sont beaux, n'est-ce pas ? – Oui. Mais ils me font peur ! Je n'ai jamais fait d'enfants. – Il me coule un petit regard malicieux – Oh ! Vous avez peut-être le temps ? – Je veux dire : je n'ai jamais endormi d'enfants. – Bien sûr, j'avais compris. Voulez vous que je demande à ma collègue anesthésiste de l'hôpital St. Germain de venir avec nous demain matin pour débuter la matinée et vous aider ? – Oui, cela me rassure, et ce sera plus prudent ». Je me sens bien soulagée. Sans cette certitude, je suis sûre que je n'aurais pas dormi de la nuit !

Le lendemain matin, je viens de préparer la salle d'op, et je vois arriver une dame qui me dit être le médecin attendu. « Vous n'avez donc jamais endormi d'enfants. C'est la même chose que pour les adultes, en faisant bien attention de démultiplier les doses selon le poids. Les enfants ont un terrain neuf: ils sont très vite « par terre », mais se relèvent très vite aussi. Vous surveillez de très près l'effet de ce que vous donnez et les suivez comme vous le faites déjà pour les adultes. » Devant moi, elle prépare les drogues pour une petite fille de 8ans, pour une appendicectomie, selon ce qu'elle vient de dire. Je fais l'injection, je branche le masque, je fais les contrôles habituels. Le chirurgien entre, fait l'incision et commence le travail. « Bon, dit le médecin-anesthésiste, vous avez compris ? Rien de bien difficile. Je peux vous laisser maintenant car on m'attend à l'hôpital pour une intervention sur une pancréatite aiguë » – Je comprends – bien plus important qu'une simple appendicite – « Oui, je pense pouvoir continuer seule ». Et la voilà partie. Après la petite fille, les trois garçons blonds rentrent l'un après l'autre, du plus petit au plus grand, pour l'intervention prévue. Je les ai endormis et surveillés d'après les conseils donnés, sans aucun problème. On ne les a pas vus tomber comme les skis de mon cauchemar, et à la fin de la matinée, j'avais une petite expérience de l'anesthésie chez les enfants.

Presque à la fin du remplacement, le Dr Couroul me dit que l'on doit faire une gastrectomie sur un homme de 65ans. « C'est mon ami le docteur Py, généraliste de Poissy, et père de l'interne qui vient parfois me servir d'aide. » Bien. Je prends connaissance du dossier, et converse avec le Monsieur que je dois endormir. Le lendemain matin à 8 heures, tout le monde se retrouve en salle d'op : le chirurgien, le fils qui va aider, et le patient. Préparation, installation, ils sont prêts : j'endors, j'intube… enfin, j'essaie, une fois, deux fois… qu'est-ce qui se passe? la sonde refuse de prendre sa place. Je recommence avec un mandrin : pareil ! je commence à me sentir toute molle, mes jambes fléchissent, la sueur coule entre mes seins… personne ne fait attention a moi, le chirurgien et le fils sont habillés, les mains en l'air, et se racontent des histoires de vacances. Je ne peux absolument pas partir pour, peut-être, deux heures d'intervention sans la sécurité d'une intubation. Je cogite à toute allure, tout en rouspétant dans ma tête : c'est toujours avec les gens de la profession médicale que l'on a des ennuis, le fils va finir par s'inquiéter ! Je me décide à prendre une plus petite sonde, que, vu la carrure du patient, sa grosse tête ronde et sa mâchoire lourde, je n'aurais pas eu l'idée de prendre de suite : c'est une sonde pour femme. C'est celle là qui passe. Ouf !... « Je suis prête, vous pouvez y aller ». Les champs volent au-dessus du patient, je les attrape pour les attacher, et enfin je peux m'asseoir sur mon tabouret, les jambes coupées ! Nous sommes tous faits pareil ? Oui, mais, sans doute moins marquée qu'à l'extérieur, notre intimité intérieure a elle aussi des différences auxquelles ont ne s'attend pas forcément. Le reste de l'intervention se passe bien, et à la fin de celle-ci, j'ai droit aux remerciements du fils, ce que j'apprécie, car, à l'époque, surtout en tant qu'infirmière, l'anesthésiste était le grand inconnu des patients et des familles, puisque, une fois réveillé, le patient ne voyait, le plus souvent, que le médecin-chirurgien qui prenait traitement et suites opératoires en main. L'infirmière pouvait endormir et surveiller, mais, comme tout paramédical, ne prescrivait pas. On voyait les patients juste avant l'intervention, car c'est très important de les connaître pour le choix de l'anesthésie, après, pour être sûr du réveil, et quand on avait le temps, pour prendre des nouvelles, car, bien que les conversations soient presque inexistantes avec nos patients, on s'attache à leur sort, et aux bienfaits qu'ils ont pu recevoir des agissements de l'équipe médicale.

Peu de temps après, le Dr Couroul me dit : « Je vous emmène avec moi à la clinique de St. Germain, il faut faire une césarienne, et ni l'anesthésiste, ni le gynéco ne sont là. – Ah ! Oui ? L'anesthésiste, ce n'est pas étonnant, mais pour l'obstétricien, c'est plus curieux. – Oui, mais c'est très exceptionnel. » Sans plus d'explications, je le suis, après m'être inquiétée de savoir si j'aurai bien tout le matériel et les drogues dont j'ai besoin – Oui. C'est la première Sage-Femme qui m'a prévenue, et elle m'a dit avoir déjà tout préparé ; elle a l'habitude de le faire pour leur anesthésiste habituel – Bon. Mais moi, je n'ai jamais endormi pour une césarienne. – C'est la présence de l'enfant qui vous trouble ? – Oui, bien sûr. – Il faut juste savoir que le bébé ne doit jamais manquer d'oxygène, et que je le sors à peine à 5 ou 7 minutes après l'incision, une fois le bébé sorti, on travaille comme d'habitude pour tout réparer. – Bien, alors je vais maintenir une oxygénation contrôlée, avec peu de drogue, comme ça, ni l'un ni l'autre ne manqueront de rien. – Ce sera très bien ». On arrive à la clinique. La dame est déjà sur la table d'opération, dans une toute petite salle. Elle est perfusée, et les drogues diluées. Je vérifie tout, je prépare l'injection tout en lisant son dossier posé tout près, à mon intention. Rien de particulier. L'aide a déjà préparé, lui aussi, le chirurgien entre, habillé, ganté, prend le bistouri en main, me regarde : « Vous pouvez endormir. » Ce que je fais – j'intube – il incise, pendant que je maintiens une respiration contrôlée. Et en effet le bébé est là, 5 minutes après, criant bien, cordon de suite coupé, le tout remis dans les mains de la sage-femme. On se retrouve comme pour une autre intervention, en dehors de la naissance. Sauf que je trouve que ça saigne beaucoup. « Il faut compter avec le liquide amniotique, qui peut faire un litre. – Mais on vient de changer le bocal, et le deuxième est déjà presque plein. – Alors, il faut transfuser » Je m'adresse à l'infirmière de salle : « Combien de temps pour avoir deux flacons ? – A peine un quart d'heure. » Bien. Pendant ce temps-là, je continue la surveillance, l'endormissement, la réa.

Quand le sang arrive, le chirurgien est en train de fermer. Après les vérifications d'usage, je branche le premier flacon, le Dr Couroul, lui, en est à la peau. « Vous avez fini avant moi, dis-je – Je vois – Je ne peux pas partir de suite, il faut que je la surveille encore un peu, même si la sage-femme peut continuer à le faire tout à l'heure, il faut que je soit sûre de pouvoir la laisser en d'autres mains. – Bon. Et bien, moi je vais aller déjeuner avec ces dames, et je vous reprends après, vous déjeunerez à la clinique, pendant que je commencerai les consultations. Une demi-heure plus tard, je ramène la jeune maman vers les sages-femmes. C'est comme cela que j'ai endormi ma première césarienne. Je ne savais pas que cette intervention allait devenir le « pain quotidien » de ma carrière.

Une fois rentrée à la clinique, je vais à la salle à manger, où, bien sûr, il n'y a plus personne, puisqu'il est presque 15 heures. La surveillante générale me rejoint. « Le personnel est parti, mais on peut toujours se servir dans le frigidaire », ce faisant, elle prend deux oeufs, une tranche de jambon, et met le tout dans la poêle : « Avec un bout de fromage, et un fruit, ça vous fait un repas reconstituant, vite fait, facile, il suffit de penser à avoir toujours les ingrédients sous la main. ». En effet, je retrouve mes forces et mon entrain pour continuer la journée. J'ai bien retenu la leçon, et tout au long de ma carrière, je préparerai souvent, pour moi et les collègues, à n'importe quelle heure du jour ou de la nuit, ce petit repas.

Au retour chez moi, je viens juste d'acheter la voiture dont j'ai besoin, lorsque je rencontre une collègue, qui comme moi est stagiaire en Anesthésie. Elle finit sa deuxième année, alors que moi, je la commence. « Tu as pu t'acheter une voiture ? Avec notre petite paye ? – Pas complètement à crédit, mais je viens de faire un remplacement en anesthésie, tout le mois, ce qui me permet cet achat. – Quoi ! Tu n'es même pas en deuxième année, et tu travailles déjà seule ? Tu es drôlement gonflée, toi ! Tu es folle, oui ! – Mais c'est mon médecin de stage qui m'y a envoyée, en m'assurant que je pouvais le faire. – Il ne faut pas toujours croire ce que l'on te dit, quand ça arrange les gens, on dit n'importe quoi. A mon avis, tu as pris un gros risque, tout à fait déraisonnable ». J'en suis restée interdite. Me rappelant l'insistance et la fébrilité de ceux qui voulaient partir en vacances, je me suis demandé si elle n'avait pas raison. Mais en quoi cela changeait-il le problème d'être seul ? En stage aussi on me laissait très souvent seule. Quand j'ai eu besoin de conseils, le médecin est venu : il m'a consacré une demi-heure de son temps : exactement comme dans mon premier stage, où j'avais encore moins d'expérience. La seule différence, c'est le salaire : à la clinique il y en a un, à l'hôpital, sous prétexte que nous sommes élèves, on travaille 5 à 6 heures d'affilée, pour pas un sou, et je n'avais pas les moyens de m'offrir deux années d'études, sans salaire.

J'ai repris mes stages, mon poste de monitrice à l'école, de surveillante plutôt, le soir ou la nuit. Une double journée en fait. Le congé payé pour formation continue n'existait pas. J'ai aussi retrouvé J.P. , rencontré depuis deux mois seulement, à qui j'avais peu pensé, étant donné les circonstance du mois d'Août à la clinique, car si Micheline m'avait prédit peu de travail en ce mois de vacances, je trouve, moi, que j'ai bien rempli le rôle de deux aides-anesthésiste. Donc, ma voiture, je l'ai bien gagnée. Et je suis bien contente de retrouver J. P, la ville, l'amour et les plaisirs d'un peu de liberté.

LA VIE, BIEN SUR, MAIS LA MORT Aussi

En quarante ans de carrière, je n'ai été que deux fois confrontée au décès d'un patient. Étant donné l'importance des cas d'urgence que j'ai eu à affronter, je vois là une grande chance pour moi, une bonne étoile qui m'a protégée tout au long de ma carrière. J'imagine qu'à travers moi, cette bonne étoile a servi aussi tous ceux dont j'ai eu à m'occuper.

La première fois, la première confrontation… J'étais encore élève infirmière, en deuxième année. Au mois d'août, on faisait un stage non-stop, de 7 heures à 15 heures, autrement dit, un remplacement de soignante, partie en vacances, car en cours d'année, nous partions à 12 heures, pour pouvoir suivre les cours l'après-midi. J'étais dans un service de médecine, la grande salle : 30 à 35 malades, les uns à côté des autres, une grande table au milieu de la salle, avec tout le matériel dont nous avions besoin. De chaque côté, un gros chariot – l'un pour le linge, l'autre pour les soins à faire au lit du malade. Cette disposition en grande salle était encore courante à l'époque, aussi bien en médecine qu'en chirurgie ou en maternité… Autant dire qu'aucune intimité n'était préservée. C'était aussi, pour ceux qui n'étaient pas trop atteints, un spectacle et une présence permanente, une compréhension du travail des soignants, un regard constant sur les allées et venues des infirmiers, des médecins, des laboratoires, des radios, et toutes autres visites que recevaient les patients au cours de la journée. A tout point de vue, l'organisation actuelle est bien meilleure. En fait, je n'ai vu partout et en toute chose qu'une amélioration régulière, dans nos hôpitaux et nos cliniques, tout au long de ces quarante ans de carrière.

Il paraît qu'aujourd'hui, ça se dégrade… Ce serait tellement dommage de revenir en arrière, après tant de bons progrès.

Ce jour là, j'étais donc dans la grande salle, chez les hommes. Il y avait un monsieur âgé en crise d'urémie depuis quelques jours, et qui n'allait pas bien, encore plus mal depuis le matin. J'avais bien compris qu'il allait vers la mort. Le matin au moment des toilettes et des changes, l'infirmière, seule pour toute la salle, nous avait dit de le laisser tranquille, qu'il n'y avait plus rien à faire pour lui. Nous avions obtempéré et passé au lit et au patient suivant. Plusieurs fois, dans la matinée, je suis allée le voir. Il était de plus en plus jaune et de plus en plus absent, bien qu'ahanant doucement dans une plainte à peine audible. Il était aussi de plus en plus souillé, et son lit et son corps sentait de plus en plus mauvais. J'aurais aimé faire quelque chose d'utile, mais quoi ? Demander à l'infirmière ? Elle courait d'un malade à l'autre, d'un bureau à l'autre, sans arrêt depuis son arrivée, elle avait d'ailleurs dit à l'autre stagiaire… « il n'y à rien à faire »… La matinée s'avançait… Midi. A treize heures, les visites des malades allaient envahir la grande salle pour se rendre auprès de leurs parents. Cette éventualité me tourmentait beaucoup. Je suis allée près du vieux monsieur urémique, toujours dans le même état… Sa fille, son fils, son épouse peut-être, allaient le trouver dans cet état, si misérable ! « Personne ne s'est occupé de lui, on l'a laissé mourir tout seul ! » Et c'était bien le cas ! Il fallait absolument le changer. J'en parle à l'autre stagiaire, dix huit ans, comme moi, « On ne peut pas le laisser comme ça, tu imagines trouver ton père, ton frère ou ton mari dans cet état ?… – Oui, mais si on y touche, il va mourir entre nos mains… Sans doute, à quelques minutes près ! Peut-être une heure ? » Comment apprécier tout cela, quand on n'a pas même vingt ans et une toute petite expérience d'un an ? Et tout le monde trop affairé autour de soi pour demander conseil. « Écoute, ça me fait trop mal au cœur, viens, on va s'en occuper toutes les deux. Draps, alèse, taie d'oreiller, savons et eau de Cologne sous le bras, aussi discrètes que possible, pour ne pas trop attirer l'attention sur notre initiative, dont nous n'étions pas sûres qu'elle soit bonne. En approchant, l'odeur était épouvantable, et quand nous avons soulevé le draps, son corps était souillé des mollets jusqu'au milieu du dos. Doucement, très doucement, nous l'avons tourné, lavé, changé… je guettais son visage, ses yeux jaunes injectés de sang… il n'a pas semblé se rendre compte. Un souffle âcre, quelques bribes de son… On l'a remonté sur son oreiller, tout aussi doucement, et, à peine les accessoires rangés, la foule des visites envahissait la grande salle. De suite, j'ai vu se précipiter vers lui une femme, un homme assez jeune… ses enfants, peut-être ? Puis une femme un peu plus âgée : une épouse ou une sœur ? Ils se sont penchés vers lui. J'étais contente d'être sûre qu'il sentait bon. Les deux femmes se sont assises près de lui, l'une lui a pris la main, l'a embrassé… Un petit quart d'heure a passé. J'étais sûre maintenant d'avoir bien fait. Puis, d'un seul coup, la femme jeune s'est levée, comme un ressort, et s'est précipitée, suivit de l'homme, vers le bureau où se trouvait l'infirmière ; la femme moins jeune a suivi, moins rapidement, mais tout aussi paniquée, semblait-il. J'ai compris qu'il venait de mourir... A ne plus en douter quand j'ai vu le garçon et l'infirmière pousser le grand paravent de toile blanche. Les vrais professionnels allaient enfin s'occuper de lui. Nous sommes allées nous restaurer et nous réconforter ensemble, l'autre stagiaire et moi, au réfectoire de l'hôpital, lieu et nourriture qui n'avaient pourtant rien de réconfortant !

A notre retour, notre mort était installé sur son lit, recouvert de draps blancs, le billet de pied en bonne place. Le garçon n'allait pas tarder à le conduire à la morgue. La famille avait disparu.

Tout cela était arrivé au cours de la matinée, au milieu de trente malades, qui, certains d'entre eux, plus attentifs, avaient pu suivre, et comprendre, tout le désarroi de la situation.

Nous avons fini notre travail, rangements, et préparation du laboratoire pour le lendemain.

A quinze heures, nous sommes rentrées à l'école, pour prendre un bon bain et nous reposer, car, au moins au mois d'Août, nous n'avions pas de cours l'après-midi.

Le lendemain matin, il y avait un autre patient dans le lit, et la journée hospitalière s'est déroulée comme à l'ordinaire, rapide et bousculée, mais sans fait particulier.

Et une fois encore

Puis je suis restée quelques années à ne voir que des patients améliorés sinon sauvés par notre bonne médecine française. Et pourtant... Un jour...

L'autre mort de ma carrière... Et cela m'a beaucoup plus perturbée encore que la première fois ; ce vieux monsieur, pour qui j'ai souffert d'impuissance, à le voir partir sans l'aide d'une main secourable pour l'aider à lâcher cette humanité. Mais c'était le moment de le faire pour lui, et au moins, sa famille a pu recueillir son ultime souffle. Cela n'a pas été le cas pour l'autre mort de ma carrière. Celui-là était un cuisant échec, et il m'a fallu plusieurs mois pour ne plus y penser journellement.

C'était au tout début des années 60. J'étais déjà anesthésiste. Ce matin là, je prenais ma garde en gynéco obstétrique, pour 48 heures, et relevais Christiane, l'autre anesthésiste qui complétait le temps de présence avec moi dans ce service. A cette époque, nous n'étions encore que deux pour toute la semaine. Nous avions bien un médecin anesthésiste responsable, qui nous faisait des visites épisodiques, et qui venait surtout voir si le service marchait bien sans lui, parce qu'il était bien obligé de partager sa surveillance et sa responsabilité sur plusieurs services, en clinique comme à l'hôpital, étant donné la très grande pénurie de spécialistes. Nous lui téléphonions en cas de besoin ou de doute, mais il n'était presque jamais près de nous dans le travail.

J'arrive donc, ce matin là, à 9 heures en salle d'op. L'intervention était sur le point de commencer.

« Bonjour. Tu es déjà au travail ? »

Oui, depuis un bon moment. On a césarisé à cinq heure, et comme je savais qu'il y avait cette grosse intervention, je ne me suis pas recouchée.

« Qu'est-ce c'est ? Mais elle dort déjà ! – Oui, je viens juste de commencer.

Je la laisse terminer ses branchements, puis dossier et résultats labo en mains, j'écoute ses explications.

« C'est une hystérectomie élargie, avec quatre intervenants. – Quatre ! Pourquoi quatre ?

– Deux au niveau de l'abdomen et deux en partie basse. Ah ! Bon. C'est si important que ça ?

– Oui. Ça va être long et important, je pense que c'est la première fois qu'ils font cette technique de curage ganglionnaires pour qu'il n'y ait pas de rechute possible.

– Ah, bon, Mais dis donc, elle se porte bien ! – Obèse, tu veux dire. J'ai eu un mal fou à trouver une veine convenable. Si tu pouvais en trouver d'autres… Mais je te souhaite bien du plaisir ! Celle là marche très bien, mais j'ai dû passer une aiguille un peu fine. Enfin, tu verras.

« Bon, je te laisse, je rentre dormir un peu, je dois être à Villejuif à 11 h 30. – Oui, j'ai vu le programme hier, le D. Guil fait une hystérectomie à l'hôpital avant de venir, et tu n'as pas grand chose, à moins qu'il y ait du nouveau depuis…

– Tu crois que je pourrais être libre à 15 heures ? – Oui, je pense.

– Bon. Salut, a demain matin.

Je vérifie tout ce qui est en place. Tout va bien.

Le chirurgien et ses aides sont en train de finir de s'habiller avec l'aide de la panseuse.

Le chirurgien me regarde : « Elle est bien rondelette, hein ? – Oui. J'essaye d'avoir une autre veine, mais elle est tellement enveloppée, je ne vois rien, je ne sens rien. – Ça ne vas pas être facile pour nous non plus. »

Puis la séparation se fait entre eux et moi, le grand champ en place sépare leur côté stérile du mien qui ne l'est pas. Je continue à chercher une veine... le cou, le bras, la main, le pouce (parfois j'ai pu trouver une toute petite veine qui passe sur dos du pouce) mais là, rien !!...nulle part. Aux pieds et aux jambes, pareil ! Partout la chair est fine, lisse, rose, capitonnée. Aux endroits où je sais que passent les vaisseaux, je ne sens rien sous le capiton épais.

L'intervention à commencé depuis un petit moment.

Je préférerais dénuder une veine, ouvrir la peau, et aller en profondeur chercher le cordon veineux. Mais j'ai autre chose à faire, et puis, tout va bien, la perfusion coule très bien, je suis même obligée de ralentir. Je m'occupe des réinjections... Sommeil, protection, relâchement.

Contrôle respiration, transcription sur feuille, dilutions, équilibre gazeux... Tension, cœur, poumons...

Plus d'une heure est passée.

Je regarde, je touche la patiente Elle est douce et chaude, rose, toute mignonne sous son bonnet blanc. C'est une femme de 58 ans, que le cancer va terrasser si on ne l'opère pas. Mais tout est en route pour son bien.

Je reprends mes contrôles, je fais le tour de la table et des intervenants. Chacun a près de lui un baquet où sont jetées les compresses qui servent à éponger le suintement sanguin. Il y en a dans chaque baquet, je regarde les champs de table qui sont eux aussi pas mal imprégnés.

Il faut du sang. Je donne le bon de commande à la panseuse, et dix minutes après, je pose la transfusion. La deuxième heure est bien entamée.

Et là, les ennuis vont s'installer lentement, mais sûrement.

Le calibre de la veine catéthérisée est trop fin. Il laissait bien passer facilement des petites molécules, mais les hématies sont plus grosses, et ça passe tout doucement, trop doucement. J'installe un peu de pression, mais si je presse trop fort, tout va claquer.

J'alterne une perfusion plus riche que le sérum ordinaire. La tension se maintient. Une légère baisse cependant. Je la prends par le brassard, au bras qui n'a pas de perfusion en place, pour bien protéger la seule veine qui marche. Je contrôle tout le reste, je fais le tour de la table, Oh! misère! Les baquets sont pleins tous les quatre. Je regarde les champs: ils ont été changés et ceux en place sont bien rouges. J'installe le deuxième flacon de sang. Je touche ma malade, elle est toujours rose et belle. Mais... J'ai la sensation qu'elle est un peu... « absente », et je n'aime pas ça!

Il faut dire qu'à cette époque, en 1960, le moyen âge de l'anesthésie! on faisait tout « à la main ». Nos appareils ne distribuaient que des gaz. Pas de cardioscope, de tensiomètre électronique, d'oxyomètre, de recherche des gaz du sang... de défibrillateur encore moins, et tant d'autres nouveautés plus fiables et sécurisantes les unes que les autres! Et surtout, surtout, plus d'anesthésiste seul! Car lorsque les choses se précipitent, on n'a pas assez de ses deux mains! Et c'était bien le cas ce jour-là pour moi. Aujourd'hui, l'équipe d'anesthésistes est entourée d'appareils modernes, qui, au coup d'œil, donnent de suite les références de ce qui se passe dans cet organisme humain dont ils ont la garde. Un anesthésiste est le gardien de la vie, pendant que le, ou les chirurgiens réparent, transforment ou changent, avec une technique de plus en plus parfaite, une dextérité de plus en plus grande, et pour son plus grand bien, ce qui ne va pas chez la personne qui s'est confiée à eux... Moyennant quoi, lorsque les choses tournent mal, rarement, mais on n'a pas affaire a des dieux, mais a des hommes... on fait de plus en plus de procès, ce qui n'incite pas les médecins les plus « battants » à prendre des risques calculés, pour essayer, chez certains patients de leur donner une chance supplémentaire de s'en tirer au mieux.

Tout au long de ma carrière, j'ai admiré et suivi cette marche de la science, et des hommes qui l'appliquent pour le bienfait de l'humanité... Que de progrès, que de réussites médicales, là où l'on n'avait ni connaissances ni espoir, il y a à peine 50ans. J'ai vu et suivi toute cette marche, et, à mon niveau, j'ai dû m'y adapter aussi. Entre l'anesthésie des années 50 et celle des années 90, il ne reste pas grand chose... l'oxygène, à coup sûr, mais tout le reste a changé! A commencer par la présence des médecins, eux qui étaient tellement éparpillés, pas assez nombreux...

Pourtant, chaque année, un flot de nouveaux spécialistes infiltraient les services, tant à l'hôpital qu'en clinique, mais il fallait servir d'abord les grandes spécialités. Comment aurait-on pu progresser, en cardiologie, en urologie, en pneumologie, pour les greffes, les grands brûlés, la grande traumatologie, sans cet apport en anesthésie réanimation ? L'urgence était là d'abord. En gynéco obstétrique et en chirurgie générale, nous avons été servis en dernier, parce que en ces lieux, en principe, on n'a pas affaire à des personnes qui ont une grande pathologie, ce qui n'est pas toujours vrai. Et c'est dans ces services que j'ai travaillé plus de 30 années, pareil pour les collègues de mon âge.

Mais, pour l'heure, je suis toujours seule face cette patiente rondelette. Je commence à m'inquiéter. Je suis occupée à brancher le troisième flacon de sang, lorsque je vois apparaître, dans l'entrebâillement de la porte du bloc, la tête de notre médecin anesthésiste ! Je n'ai jamais été aussi contente de le voir arriver, celui-là ! Tout de suite, je me sens soulagée. Ça va ? dit-il en me regardant. – Non, ça ne va pas. Le chirurgien lève la tête, et me jette un regard interrogateur. La tête de notre responsable d'anesthésie disparaît, puis le bonhomme en entier revient : dûment habillé et chapeauté de blanc, il entre dans la salle d'op. « – Combien de temps ? – Plus de deux heures et demi. – C'est long. – Le sang passe bien, mais ce n'est pas une bonne veine, et c'est trop long. J'avais presque décidé de dénuder, mais comme je ne l'ai encore jamais fait, j'ai eu peur de prendre trop de temps et de ne plus faire le reste. Je suis bien contente de vous voir arriver. – Bien sûr. Donne-moi la boite. – Elle est prête depuis un moment. Il incise de suite le bras ; en quelques minutes, la veine du plis du coude apparaît, le sang branché, et sur la petite veine, j'installe la réa, en plus fines molécules qui passent plus facilement que le sang. Je me sens tout à fait soulagée, je ne suis plus seule devant un problème difficile à résoudre. Tout va mieux, tout va bien. Le visage de la patiente retrouve sa belle couleur rose de jolie grand-mère.

Je continue la surveillance, tandis que notre anesthésiste raconte ce qu'il voit dans les cliniques et hôpitaux où il passe son temps à courir d'un service à l'autre. Il me semble avoir retrouvé la tranquillité. Hélas ! Brusquement le visage de ma patiente vire au gris. Je pousse du coude le Dr. Lurian qui se précipite sur son stéto, le doigt sur le pouls. « Syncope cardiaque ! » Le chirurgien ne perd pas de temps. L'abdomen est ouvert, le cœur à portée de main. Le chirurgien fait directement un massage cardiaque. Nous ne perdons pas notre temps non plus. Pendant quelques minutes, chacun fait ce qu'il doit pour rattraper cette vie qui nous échappe. Mais elle nous a réellement échappé... Définitivement. C'est la consternation la plus totale. Personne n'ose parler. Il n'y a plus rien à faire. Dans un silence oppressé, on referme le corps. On débranche tout. On range. Le garçon arrive avec son chariot. Drap blanc. Billet de pied. Quel échec! Nous ne sommes pas faits pour vivre ça!

Si on n'avait rien tenté, elle serait partie quand même, dans quelque temps. Sans doute. Mais on ne tente pas une opération pour aider à mourir, mais bien pour prolonger la vie le plus longtemps possible.

C'est le seul échec de cette sorte que j'ai eu à vivre, et heureusement, car c'est vraiment très dur à assumer.

Un mois plus tard, le même cas se présente, avec les mêmes intervenants. Sachant cela, j'arrive avec deux heures d'avance, pour préparer et prévoir, avec l'aide de ma collègue... car de médecin anesthésiste... Toujours pas.

Mais on n'a pas affaire au même cas. Une femme du même âge à peu près, mais plus mince, avec un système veineux visible et préhensile. Elle est très calme, elle somnole gentiment, la prémédication fonctionne bien. On installe trois perfusions, une pour un gros débit, les deux autres plus fines. On commence une anesthésie coulée, en douceur, à approfondir petit à petit. Christiane me quitte, on l'attend à la clinique. Je reste seule avec le chirurgien et deux aides.

« Vous me la surveillez bien » me dit le chirurgien, en lançant les champs sur le corps de la dame. « Comme du lait sur le feu », je dis. En ce moment, tout se présente bien. Comme moi, il a le souvenir du cas similaire d'il y a un mois. On n'oublie jamais ces choses là.

Bien sûr, nous en avions longuement discuté: médecins, chirurgiens, anesthésistes... Dossier et examens ont été repris, pour comprendre, pour suivre à la trace cette vie qui nous avait échappé. Et surtout, pour ne jamais recommencer une éventuelle erreur, que pour ce cas là, nous n'avons pas trouvée.

Aujourd'hui, toutes les interventions sont soumises à des contrôles permanents, que donnent des appareils très au point, qui n'existaient pas en 1960, en tout cas pas dans nos services.

Cette deuxième intervention a bien prolongé la vie de ma patiente. C'était à l'époque une des premières opérations de cette sorte. Et quand j'ai revu la dame, un peu plus tard, dans les couloirs de l'hôpital, reprenant ses forces, souriante, discutant avec les autres patients et les infirmières, je me suis dit que c'était bien ça le travail, que ce que j'avais vécu il y a un mois était tout à fait exceptionnel et ne devait jamais se reproduire. C'est en effet ce qui est arrivé, et je n'ai plus jamais eu à affronter un décès sur tout le reste de ma carrière.

VOMISSEMENTS

J'ai à peine, pour l'endormir, retiré l'aiguille du caoutchouc de la perfusion qu'il se met à vomir. Un liquide jaunâtre, jaune citron, puis plus roux, puis tirant vers le vert… et ça sort de la bouche par jets, de plus en plus longs… ça lui tombe dans les yeux, le nez, les oreilles… Bientôt, son crâne dégarni repose dans une flaque verdâtre qui continue son chemin le long de la table et me tombe sur les pieds. Mais d'où ça sort tout ça? Bien sûr, je ne fais pas que regarder… Je cogite dans ma tête, et mes mains agissent à toute allure… La table: Montez, Basculez… C'est tout ce que l'on peut faire pour moi. Le reste, il faut que je le fasse seule, et que ça aille vite, très vite: aspirer, changer la sonde trop petite, diluer et réinjecter pour détendre, aspirer, aspirer encore. C'est là que j'aurais aimé pouvoir sortir deux mains de plus, et même deux autres encore!… Le thorax est bloqué, les dents serrées… détendre, aspirer encore… le visage devient blanc, marbré… merde! il faut que ça passe, bon dieu! J'appuie de toutes mes forces sur le ballon plein d'oxygène, je peux enfin introduire une canule entre les dents, je réduis le débit, j'appuie, j'appuie, il faut que ça passe, absolument! Le thorax se soulève enfin: ouf! l'oxygène arrive aux poumons, le visage redevient rose: je peux enfin compléter et m'installer dans une anesthésie plus calme! Je passe la sonde endo-trachéale, j'ajoute les raccords, branche le mélange gazeux, j'arrête la respiration contrôlée, et la respiration spontanée reprend: le monsieur veut bien respirer tout seul! Je regarde autour de moi: le chirurgien a les yeux sur moi « On peut y aller? » Oui, on peut y aller, l'infirmière se déstatufie, plonge hardiment le tampon dans l'antiseptique et badigeonne rapidement l'abdomen du patient, pendant que le chirurgien finit d'attacher les champs. Tout est prêt pour commencer l'intervention. Je me laisse tomber lourdement sur mon tabouret, les jambes coupées… et nous voilà partis pour une intervention banale, ordinaire, comme tant d'autres. Pendant que le chirurgien fait son opération, je contrôle enfin ce que j'aurais aimé connaître au cours de l'incident, mais que mes deux seules mains ne pouvaient ajouter à l'indispensable pour rétablir la respiration. J'écoute les poumons, le cœur, reprends la tension… tout va bien: je suis bien aise de constater qu'il n'y a pas eu de perturbations importantes dûes à l'incident. Je vais mouiller un petit champs au lavabo pour toiletter le visage de mon patient et lui faire perdre cette allure d'indien décoré qu'il a encore… je glisse un champ propre sous la tête après avoir essuyé les rares cheveux gris teintés en blond… Mon cœur à moi a repris aussi ses battements normaux. Tout va bien!…

Une chose pareille ne se produirait plus aujourd'hui: partout, même dans les « petits services », il y a une équipe d'anesthésie: Au moins deux personnes: médecin et infirmier, et quand la chirurgie est délicate, on est plutôt plus nombreux encore; mais à cette époque là, l'infirmière anesthésiste était souvent seule, il y avait même dans certains endroits, certaines cliniques, des épouses de médecins, des sages-femmes, ou des infirmières qui donnaient l'anesthésie sans avoir fait aucune étude ou stage pour cela… Pour certains services, c'était la « perfection » que d'avoir une infirmière spécialiste attitrée.

Ce jour-là, après l'incident (combien de temps a-t-il duré? je n'en sais rien), réfléchissant à toute allure, et remuant mes mains encore plus vite, je n'ai pas jeté un seul coup d'œil à ma montre: c'était sûrement moins long que l'impression que j'en ai eu… Dans le calme et la sérénité, l'intervention se termine. J'allège l'anesthésie, je laisse respirer et reprendre ses premiers réflexes à mon patient. Je le regarde et j'apprécie sa belle coloration saine et satisfaisante: ce visage-là est resté gravé dans ma mémoire très longtemps! Le chirurgien quitte ses vêtements de travail, je libère mon patient et j'aide à l'installer sur le chariot pour que le garçon le ramène à sa chambre. Les salles de réveil n'étaient pas encore obligatoires – son dossier, sa feuille de réa: tout y est, et je le confie, aussi bien réveillé que possible, à l'infirmière qui prendra le relais auprès de lui. Un autre patient entre dans la salle d'opération et la matinée opératoire continue, tranquille, sans problème, comme tant de fois. Après la dernière opération, je passe dans les chambres pour revoir les opérés du jour. Je retrouve le premier patient du matin; il est bien réveillé, « Ah! c'est vous qui m'avez endormi ce matin, dit-il, je n'ai pas été malade du tout au réveil, d'habitude je me sens mal et je vomis mais là: rien! Je suis en pleine forme, je suis très content: merci beaucoup! Et bien tant mieux! Vous garderez un bon souvenir? – Oui », dit-il. Je lui fais un grand sourire et lui dit au revoir: Ce que vous ne savez pas, monsieur, c'est que vous avez déjà donné – beaucoup donné!

Une autre fois, j'ai eu affaire aussi à un vomissement dangereux pour ma patiente, j'en garde un souvenir intact, parce que ces incidents forts du parcours professionnel ne s'oublient jamais. J'étais en remplacement d'été à Loches, petite ville sur le circuit des châteaux de la Loire, jouissant d'un château féodal intéressant à visiter. Dans l'après-midi, l'interne me dit : J'ai fait rentrer une dame, une retraitée en vacances ici, et qui en visitant le château est tombée dans un escalier et s'est fait une fracture du poignet gauche. On réduira ça ce soir, après les consultations, les visites, et peut-être même après notre repas : passe la voir. Bon. Je fais comme d'habitude : je vois la dame, j'interroge, je vois le dossier, assez court puisque la dame est en promenade dans la région, mais apparemment, pas de problèmes. Elle a fait sa chute en début d'après-midi, après le repas. L'intervention est prévue en dernier, en fin de soirée. C'est bon. L'après-midi se passe, consultation, visites, petites interventions prévues… le courant du jour. Nous faisons un petit « break » pour notre repas, et à 22 heures passées, on est prêts pour s'occuper de la vieille dame (62 ans, plus jeune que moi aujourd'hui). L'intervention a lieu en radiologie, puisque la réduction de fracture se fait sous anesthésie, mais aussi avec contrôle radio. J'emmène en salle de radio mon appareil, je le branche sur les obus gazeux, déjà en place à côté de la table. La dame est installée, et le chirurgien est prêt, l'aide radio aussi. L'intervention est courte, mais très douloureuse, il faut donc une anesthésie courte aussi, assez intense, et s'éliminant vite ensuite : Aujourd'hui, on a des produits miracles, pour faire ce tour de force ! mais à l'époque, on faisait au mieux, dans cet esprit de besoin, avec les drogues dont nous disposions

« Tu endors ? – J'endors !

Je n'ai pas terminé l'injection que la dame se met a vomir… son repas de midi !… des bouts de carottes, de pommes de terre, et une matière un peu brunâtre qui doit être la viande, m'arrivent sur le nez : « Pot-au-feu », je pense. » Heureusement, la dame a une grande bouche, mâchoire bien carrée, que je luxe facilement de la main gauche, pendant que ma main droite attrape un petit champ sous le bras perfusé pour récupérer tous ces morceaux indésirables… Je savais bien qu'un choc pouvait arrêter une digestion, j'avais appris ça… Mais là, c'est la grande surprise… presque dix heures de digestion, alors que six heures suffisent ! La dame est avec nous depuis 14 h 30. Depuis midi elle aurait eu le temps de digérer ! Mais non !

« Montez la table, basculez, de l'eau s'il vous plait. »

On est prêt à m'aider, mais c'est moi qui dois résoudre l'incident, et vite ! Le vomissement est la hantise de tous les anesthésistes ; en effet, comment faire passer le précieux oxygène jusqu'aux alvéoles pulmonaires, si le chemin est semé d'embûches ? C'était là le cas ! Son maxillaire inférieur, complaisamment déboîté, me permet de passer ma main droite assez loin pour dégager la piste. Je ramasse tout ce que je peux, et j'arrive à passer vivement une sonde endo-trachéale. Ouf ! Le visage, qui est à peine bleu, s'oxygène enfin et tout rentre dans l'ordre. On redresse la table, « Je peux y aller ? – Tu peux. » C'est très vite fait : manipulation de l'articulation du poignet, plâtre, radio de contrôle. J'enlève le masque et libère la dame qui ouvre les yeux, baille, et mâchonne quelque chose !... des petits bouts de pot-au-feu sans doute !

« Dis donc, quelle surprise, me dit le chirurgien ! – Oui, c'était difficile à imaginer ! »

On ramène la patiente dans sa chambre, je reste quelques instants près d'elle, mais ayant eu une anesthésie courte, elle est très bien réveillée, et tout est bien maintenant. Je vais me coucher, comme le reste de l'équipe en service, et bien sûr, après une journée bien remplie, je m'endors de suite, peut-être jusqu'au matin, ou au prochain appel, car j'étais là pour trois semaines, disponible 24 heures sur 24.

Bien plus tard, une autre fois, j'étais persuadée que j'allais être confrontée à mon troisième vomissement important. C'était dans mon service de maternité habituel, au cours d'une garde habituelle elle aussi, dans mon milieu bien connu. J'étais dans ma chambre de garde, avec l'intention de dormir : je n'en ai pas eu le temps. Téléphone : « Césarienne ? Bon, j'arrive »

Je vais voir la dame, encore dans sa chambre : « Vous avez mangé ? – Oui. – Quoi ? – Et bien, le repas... – Celui d'ici ? – Bien sûr, je suis rentrée à 16 heures, on m'a apporté le repas vers 18 heures, j'avais faim, je l'ai mangé. – Et c'était quoi ce repas ? – Soupe, Parmentier, salade et une petite tarte. » Un complet quoi ! Je connais la nourriture de l'hôpital : grasse à souhait et pas trop digeste : « Elle est déjà assez avancée, me dit l'interne, et comme c'est un BGR* il faut y aller, l'enfant ne peut sortir tout seul. « Mais pourquoi l'avoir fait manger ? – Il n'y avait rien de prévu, on pensait lui faire les derniers examens demain matin, et la programmer pour après demain, elle est a huit jours de son terme. – Alors il n'y a même pas d'examens récents ? – La prise de sang vient de partir au labo, tu auras les résultats en salle d'op. » C'est toujours ça ! Je calcule… Elle a fini de manger vers 18 h 30 peut être 19… d'un seul coup je panique : j'évoque mes souvenirs : le monsieur déguisé en Sioux, et la dame de Loches qui m'offre généreusement son pot-au-feu. Je vais avoir droit à mon troisième vomissement : mais là, en plus il y a un enfant a sortir en bonne forme ! Je dis à l'interne : « Je téléphone au médecin anesthésiste, j'aimerais avoir de l'aide. – Ah bon. Pourquoi ? – Elle a mangé un repas complet il n'y a pas longtemps. – Ben, oui mais c'est une troisième pare, le travail avance vite. – Attends un peu quand même, j'aimerais avoir son avis.

J'appelle Madame Dury, notre responsable : elle est chez elle. Elle vient juste de se coucher. Elle n'a pas du tout envie de se déranger. « Mais, voyons ! c'est comme d'habitude ! Qu'est-ce qui vous arrive ? – Le temps du repas est très court. – Oh, c'est toujours comme ça en Mater ! – Pas à ce point là tout de même. – Mais vous vous en tirez toujours très bien. Vous n'avez jamais de problèmes, ce sera comme d'habitude ». Elle n'a vraiment pas envie de bouger ! Je la comprends bien : il n'y a que deux médecins anesthésistes pour tout l'hôpital… Je l'entends dire : je suis rentrée tard, et demain il y a une intervention importante, je dois être en salle d'op à 8 heures : je sais qu'elle est de garde une nuit sur deux, elle n'est donc même pas sûre de faire toute sa nuit dans son lit, on peut aussi l'appeler en chirurgie, pour plus grave qu'une césarienne et il faut pourtant assurer le travail de jour. Bien sûr que dans ces conditions, on n'a pas envie de se déplacer pour faire l'ordinaire ; ce que d'autres peuvent faire : moi en l'occurrence, ce jour-là. Je discute encore un peu : je ne me sens pas à l'aise du tout. Elle m'assure que tout ira bien, que la situation est courante : ce n'est que de l'ordinaire.

L'interne rentre dans le bureau où je téléphone. « Alors, l'anesthésiste ! qu'est-ce que tu fous ! Il faut y aller ! – Bon : j'arrive ! » Avec tout ça, il s'est bien passé une petite heure : c'est toujours ça de pris pour la digestion !

---

* *Bassin généralement rétréci = césarienne obligatoire.*

C'est vrai que les femmes qui accouchent, ou que l'on césarise, sont souvent complaisantes à tout ce qui n'est pas la sortie de bébé, ça prend tellement de place cette affaire là ! Et puis elles en ont marre d'attendre et de souffrir : n'importe quoi pourvu que ça s'arrête ! Bon. On y va : salle d'op, préparation, j'endors, j'intube vite, oxygène : cinq minutes après, Bébé est là. Beau garçon, dru, criant fort… Tout va bien, tout est bon. Mais je sais bien que l'on peut s'attendre à tout… Et j'ai pris l'habitude depuis longtemps de prendre mes intuitions et émotions au sérieux, j'ai toujours considéré ce que je flairais. Pour une césarienne, il n'y a pas à réfléchir longtemps ; puisque c'est souvent une nécessité absolue.

Mais parfois, en salle d'accouchement, lorsque l'on m'appelait en vue d'une aide pour en finir avec un accouchement trop long – pas par peur, comme pour cette fois là, mais par intuition et impression d'inutile, je n'ai pas eu envie de me dépêcher à endormir… et je n'ai pas eu à le regretter.

TRAHISON

Non, je ne les ai pas écrasés! Je les précède dans la rue ou elle habite. Je me gare, et j'attends. Ils arrivent, leurs pas rythmés par le balancement des queues de poireaux dans le filet à provisions que tient J.P. Ils pénètrent dans l'immeuble, j'attends un petit moment, et je les suis. Dans le hall, je repère la boite aux lettres... Agnès Bure, 4ème et dernier étage, porte gauche. Je monte l'escalier. Depuis que je les ai vus, je n'ai aucune pensée en tête, je fais tout d'instinct, sans la moindre réflexion. Je sonne à la porte de gauche: c'est lui qui apparaît: il est en bras de chemise, col ouvert, les pieds dans des chaussons. Je reçoit une giflée de quotidien qui m'anéantit sur place. S'installe une douleur terrible dans tout mon corps, tandis que je le regarde... il parle? Je ne sais pas. J'entends vaguement... demain... Je ne sais pas si j'ai parlé, il n'y a que cette douleur, partout, la tête, le ventre... je ne sais pas si j'ai encore des jambes: c'est le vide, le froid et la douleur.

Je redescends l'escalier, je remonte dans ma voiture, et elle me conduit jusque chez moi. Je suis dans ma chambre, comment? je n'en sais rien! Ma chambre est plutôt petite, je suis devant ma table, à côté de la porte. Je vois mes mains ouvrir le placard, au dessus de la table, et prendre le pentothal et des curares qui sont à côté. Dilution, mise en seringue... tout y est pour ne pas en revenir.

A ce moment, j'entends des pas dans le couloir: je pense tout de suite à Mylène. C'est une collègue que je connais bien, plus jeune que moi, qui a été mon élève lorsque je faisais de l'enseignement professionnel. Maintenant elle est stagiaire anesthésiste, comme je l'étais, il y a seulement deux ans. En fait, elle a mis ses pas dans les miens, et occupe le poste de gardienne de nuit à l'école, celui là même que j'occupais aussi quand j'étais moi aussi stagiaire. A cette époque, la formation professionnelle n'existait pas, et si nous souhaitions faire une formation supplémentaire, c'était forcément à nos frais, et sur notre temps libre... Pour nous, c'était 48 heures de travail, trois semaines de vacances, travail de nuit obligatoire, dimanches et fériés pour les célibataires, etc... Il n'y avait bien sûr que les célibataires qui faisaient des formations supplémentaires, très rarement les autres. Mylène est logée comme moi à l'école, à l'autre bout du couloir. J'imagine qu'elle va chez elle, mais non, les pas viennent de mon côté. J'ouvre le tiroir de ma table, laisse tomber toute ma préparation dedans, et referme le tiroir. Elle frappe à ma porte, j'ouvre : « J'ai vu de la lumière, dit-elle, alors je viens te dire bonsoir... Mais que se passe-t-il ? Qu'est-ce qui t'arrive ? » Elle ferme la porte, prend une chaise, s'assoit à côté de moi, et me prend la main. « Franca, mais tu es malade ! parle, tu es plus blanche que ma blouse, je ne t'ai jamais vue comme ça... Tu as le regard fou !

– Non, non ce n'est rien d'important.

– Ah bon ! On ne le dirait pas ! C'est sûrement J.P. C'est lui, n'est-ce pas ? C'est bien ça, tu souffres à cause de lui. Mais tu te détruis, tu ne mérites pas ça ! Il n'en vaut pas la peine... » Et elle parle, parle... j'ai peut-être dit quelque chose... Je ne sais plus. Ce que je sais, c'est qu'elle est restée là, près de moi, sentant bien probablement qu'il ne fallait pas me laisser seule, et elle a parlé encore... longtemps. Elle a dû dire tout ce que l'on dit dans ces cas là, lorsque l'on trouve un ami si désemparé. Et pourtant, elle n'a rien su de ce que je projetais, je ne lui ai rien dit de mes funestes intentions. Mais elle a dû y penser tout de même. Elle est restée là, longtemps. Je me suis mise à pleurer. J'ai dû dire que j'étais lâche et bête... Enfin, vers quatre heures du matin, elle est partie. « Il faut que j'aille faire ma ronde dans les étages, ça va aller ? – Oui, oui. – Tu travailles demain ? – Oui. – Il faut te reposer un peu. Bisous. Au revoir. » Je crois que je commençais à me remettre à penser et à réfléchir. Après son départ, j'ai rouvert le tiroir, et je me suis mise à pleurer à gros sanglots. Je ne pouvais plus m'arrêter. Mais quelle honte ! Tout de suite, c'est la honte qui m'a submergée ! C'est bien la peine d'être en si bonne santé, d'être si solide pour quand même penser au suicide ! Vouloir mourir ? et pour quoi ? pour qui ? A cause d'un monsieur qui t'utilise et se moque bien de ton amour ? Mais quelle honte ! Il n'y a plus que cette honte dans ma tête. Les larmes, la honte et la douleur. Il est cinq heures du matin, je me déshabille, je regarde dans la glace ce corps trahi. Je ne pleure plus. Je me couche, et comme toujours, ma bonne nature reprend le dessus : je m'endors de suite... A huit heures, le réveil sonne ; je me lève, me prépare, et j'arrive comme d'habitude à neuf heures dans le service pour remplacer Christiane. « Tu as une drôle de tête ce matin, disent les collègues. – Oui, oui, je n'ai pas trop dormi, mais ça passera. » Et ça passe en effet !... Tout passe !

Ce qu'il y a d'étrange, dans cette histoire, c'est que plus tard, bien plus tard, dans les années quatre-vingt, c'est Mylène qui s'est suicidée. Elle a été jusque au bout. Personne n'est arrivé à l'improviste chez elle pour arrêter ses gestes, qui étaient d'ailleurs bien plus efficaces que les miens. Moi, j'avais préparé les produits pour me piquer en intraveineux, et pousser la seringue. Les mélanges agissant très vite, je n'aurais pas eu le temps d'injecter une dose suffisante... je me serais peut-être réveillée toute seule, une demi-heure plus tard, par terre, plus zombie que jamais. Mais elle, la pauvre chère Mylène, a pris le temps de penser à tout, de tout préparer en perfusion, comme pour nos malades, de bien cathétériser sa veine, de maintenir le tuyau de sa perfusion sur son bras avec du sparadrap, d'accrocher le flacon plus haut que son lit où elle s'est couchée pour mourir. Un suicide bien pensé, bien préparé et dont elle était sûre de ne pas revenir. Rien à voir avec ma scène d'opérette ! Comme elle a dû souffrir ! Il y a, parait-il, plusieurs anesthésistes qui ont fait cela. C'est tellement facile, quand on sait s'y prendre, et que l'on a en permanence sous la main des drogues bien connues et si efficaces. L'anesthésie est un coma surveillé et réversible : il suffit de ne pas le surveiller... J'imagine que ce peut-être un peu comme pour les policiers. Il parait qu'on se suicide pas mal chez eux. Quand on souffre trop, quand la douleur est trop forte... quelle tentation de la faire cesser de suite ! Il suffit de sortir son arme se sa poche, on tire, et c'est fini : plus de souffrance ! La tentation de la mort, solution à une vie trop dure, peut venir à tout humain. Et quand c'est aussi facilement réalisable : pourquoi pas ?

Il y a la douleur intense d'un moment particulier où soudain, sa propre vie se ferme devant soi, avec l'opacité et la dureté d'un rideau de fer... le trajet doit s'arrêter là, il n'y a plus d'imagination ni de projection possible de vie dans l'avenir. On est déjà mort : la logique est de concrétiser. C'est peut-être de cette façon là que j'ai agi en ce mois de septembre 1962 (Je n'ose pas dire « pensé » car je sais que, justement, je ne pensais pas du tout !) Et pour d'autres suicides, il y a aussi la douleur, qui s'installe, l'enfermement dans la dépression de plus en plus profonde, devant des problèmes personnels, sentimentaux ou professionnels, ou les deux. On ne voit plus d'avenir ni d'espoir, le rideau de fer est tombé, il est tombé lentement mais complètement, sans faire de bruit auprès de l'entourage... On ne voit plus d'issue que dans la mort, que l'on se donne après l'avoir bien pensé, bien préparé. Quand on a les moyens en permanence sous la main, elle devient une fascination à laquelle bientôt, on ne résiste plus. Quelques fois, les personnes qui se préparent à ce geste en parlent autour d'elles à un proche, un collègue, ou affichent quelque temps un aspect déprimé, maladif, absent... Mais personne ne voit, ou n'y croit. C'est comme cela que sont partis quelques anesthésistes. Ce fut sans doute le cas pour Mylène. Lorsque l'on apprend ces suicides, tout l'entourage se sent de suite coupable C'est tellement difficile de mesurer la souffrance des autres, même lorsqu'on les fréquente quotidiennement. On a tous des coups durs, des hauts et des bas, une fois on prend les choses bien, une fois on les prend mal, mais en général, on retombe sur ses pattes... Et on continue la route. Comment comprendre que celui-là, celle-là, ne va pas faire le rétablissement, ne va pas se sortir de son lac de souffrance et va se laisser aspirer dans les fonds ténébreux, sans plus de résistance car résister lui est devenu impossible. C'est sûrement ce qu'a vécu Mylène. Elle n'était plus près de moi depuis longtemps mais j'avais des nouvelles de temps en temps, par une autre collègue et amie qui travaillait dans le même hôpital qu'elle. Dans une même tranche d'âge, dans les mêmes générations ou promotions professionnelles, on se suit, on se retrouve souvent d'un hôpital à l'autre, d'une connaissance à l'autre. On n'a pas le temps de se fréquenter, mais il est assez facile de suivre les traces des compagnons de travail. Mylène travaillait comme tous les infirmiers anesthésistes de l'époque, dans un hôpital de l'Oise, où elle faisait des gardes, et aussi dans les cliniques parisiennes où elle assistait ou remplaçait les médecins débordés, et qui de temps en temps prenaient quelques jours de vacances pour ne pas trépasser à la tâche. On avait donc toutes les deux à peu près le même emploi du temps. J'ai su qu'elle était contente de son métier, appréciée et appelée partout pour sa compétence, son sérieux et sa disponibilité... Et puis j'ai su aussi que, semblait-il, rien n'allait plus pour elle. Elle ne riait plus comme à l'habitude, elle ne racontait plus ses frasques amoureuses ou ses émotions professionnelles... elle avait des déboires sentimentaux, elle supportait mal les changements professionnels... Mais comment comprendre qu'elle allait en arriver là ? N'ayant pas donné de ses nouvelles à son travail, ne répondant pas au téléphone, l'anesthésiste avec qui elle partageait le travail s'est rendu à son domicile.

Il a trouvé la porte de son appartement juste poussée, il est rentré sans difficulté et l'a trouvée sur son lit, endormie pour toujours, depuis probablement deux jours. Quand mon amie Françoise m'a raconté cette histoire, j'ai de suite ressenti une grande culpabilité. Mylène avait mis si longtemps ses pas dans les miens, qu'il me semblait impossible de ne pas avoir été présente, comme elle l'avait été pour moi dans ma nuit de désespoir. Il y avait dix ans passés depuis cette nuit là, et nos vies s'étaient écartées. Mais j'ai quand même ressenti la désespérance de n'avoir pu l'assister dans sa souffrance.

Quant à moi, aujourd'hui, je me pose la question de comprendre pourquoi j'avais chez moi ces drogues réservées à la salle d'op ? Pour servir éventuellement de revolver ? Je n'en ai pas vraiment le souvenir, mais je crois qu'à un moment, j'ai eu peur d'une guerre en Europe. Je voulais être sûre d'aller vite et sans douleur vers la mort, je ne voulais pas subir une folie meurtrière comme la guerre... Car je suis sûre de n'avoir jamais été suicidaire, j'aimais trop la vie, trop bien persuadée que la mort est notre devenir de toute façon, et qu'il suffit d'attendre pour qu'il se réalise tout seul : pas la peine de se précipiter. Après mon coup de folie, j'en ai été plus sûre que jamais. Après cette nuit infernale de 1962 je me suis remise à penser et à réfléchir.

TU LA DONNES OU TU NE LA DONNES PAS CETTE ANESTHESIE

La nuit, nous étions souvent appelés pour, en donnant une anesthésie, courte si possible, aider à terminer un accouchement qui traînait, au détriment de la patience de la mère, de la sage-femme et de l'enfant qui commençait à souffrir. Après les efforts de poussées, on décidait de poser : des forceps, une ventouse, ou dans certains cas on se décidait pour une césarienne de dernier recours, la naissance ne pouvant plus attendre. Ou bien c'était la naissance de jumeaux, ou un siège : dans tous ces cas là, il était préférable d'être là prêt à donner une anesthésie rapide.

Ce soir-là, j'arrive en salle de travail, dans la nuit. Dès l'arrivée en salle, j'entends des cris stridents, des clameurs de femme, mais aussi une voix d'homme. « Endors-nous vite cette dame, me dit l'interne, elle n'écoute rien de nos conseils, pousse n'importe comment, la tête apparaît et disparaît. – Et l'enfant commence à en avoir marre, ajoute la sage-femme. » Et vous deux aussi, je pense. Il s'agit d'un couple étranger, ce qui ne facilite pas la communication. Une très grande femme : ses cheveux tombent dans le vide, alors que bien souvent la tête de l'accouchée repose au deux tiers du lit d'accouchement. Son mari, comme elle grand et puissant, est penché vers elle. J'examine rapidement le dossier, je commence à préparer mes drogues. J'écoute pendant ce temps-là les clameurs conjuguées du couple : il sont aussi bruyants l'un que l'autre, parlent et crient dans une langue gutturale, peut-être yougoslave ou russe : à cette époque, nous recevions les dames de l'ambassade de Russie… Je ne trouve pas à ces clameurs une connotation de grande douleur, c'est plutôt une connivence entre l'homme et la femme, qui passe au dessus de notre compréhension à nous.

« Alors qu'est ce que tu fous ! Ça vient cette anesthésie ? S'impatiente l'interne – Oui. » Mais je ne vais pas plus vite pour autant : ces clameurs fortes, certes, mais si bien accordées de ce couple m'étonnent. Je vois que la sage-femme continue à faire pousser la dame, et que le mari semble y participer à sa façon Tout cela ne m'apparaît pas comme une urgence habituelle… « Alors ça vient ! – Oui, oui. » Et la sage-femme : « Poussez, poussez… ne poussez plus, ne poussez plus… » Ah ! Bon.

Tout s'arrange. Comme la dame, le mari ouvre la bouche, et exhale avec elle de grandes respirations pendant le dégagement de la tête, que fait avec habileté la sage-femme : la tête, l'épaule et hop ! le bébé sur le ventre de la maman ! Alors là ! Entre le bébé qui crie, la maman qui pleure et rit, le père qui clame sa joie, les embrassades, les rires et les larmes, tout cela avec autant de puissance que précédemment... Je me suis bien félicitée, de n'avoir pas réduit au silence, par mon anesthésie, une si belle arrivée en ce monde ! Et de toutes façons, plus personne ne parle d'endormir... la délivrance vient toute seule, en son temps, pas même une déchirure du périnée, l'instant est à la joie totale, dans l'exubérance sonore de ce couple d'étrangers, enfin en accord avec l'interne et la sage-femme. Je remonte me coucher, très satisfaite de m'être dérangée pour rien !

ET UNE AUTRE FOIS ENCORE

C'était aussi une étrangère. Il y en a beaucoup dans le 93 ou je travaillais. Cette femme là nous arrivait d'Afrique, du Mali, peut-être. Elle ne parlait pas notre langue, et avait l'air de ne pas comprendre non plus ce que nous disions. En tout cas, c'est comme ça que la sage-femme m'a présenté les choses, lorsque je suis arrivée dans la salle d'accouchement, en pleine nuit, comme souvent. L'interne était déjà là, occupé à remettre la femme sur le lit d'accouchement. « Elle n'arrête pas de faire ça, me dit la sage-femme, elle ne veut pas rester sur le lit. Je n'arrive pas à l'examiner. Je pense qu'elle est à complète, mais je n'en suis pas sûre. Pas moyen non plus de suivre les bruits du cœur, elle bouge et descend sans cesse du lit. – Il faut nous l'endormir, dit l'interne, on ne peut plus continuer comme ça, on ne contrôle rien. – C'est une troisième pare ? dis-je en regardant le dossier, qui d'ailleurs contient peu de chose : une femme pas suivie, qui vient d'arriver, tout juste pour accoucher : rien d'autre, elle a l'air jeune, mais on ne connaît pas son âge exact. Je comprends l'inquiétude de mes obstétriciens ! Pendant que je lis le dossier et fais mes dilutions, la femme n'arrête pas de descendre du lit. Elle s'accroupit, et danse d'un pied sur l'autre, en geignant, chantonnant plutôt, une sorte de litanie rituelle. Elle a les yeux dans le vague, et fait tout à fait comme si nous n'étions pas là. Tout ce qui est dit ou fait autour d'elle n'a pas l'air de la concerner. Tout de même, une troisième pare, elle sait de quoi il s'agit! J'ai l'impression qu'elle n'a rien à faire avec nous, et qu'elle est retranchée loin, dans son monde à elle. Tout à coup, Christiane, la sage-femme, se baisse: la tête est là, elle la tourne pendant que l'interne remet la femme à plat sur le lit. Elle m'a pris de vitesse, il faut dire que je n'étais pas très rapide non plus! Mais j'avais tellement l'impression qu'elle savait mieux que nous ce qu'elle avait à faire. La délivrance vient toute seule. Christiane vérifie le périnée: seulement deux petits points à poser. Cette femme-là n'avait pas vraiment besoin de nous, et sûrement pas d'une anesthésie. Mais lorsque l'on vient frapper à la porte d'une maternité, où il n'y a que des professionnels consciencieux, c'est bien aussi pour bénéficier du maximum de sécurité qu'ils peuvent procurer. Son bébé est venu au monde comme ses deux premiers, dans son village natal, mais, probablement, elle s'est sentie moins bien entourée que dans son pays, et la sécurité ne devait pas l'inquiéter beaucoup.

Dommage… nous ne sommes pas des machines

Et pas toujours aidés par les laboratoires

Je ne suis pas de la génération de l'ordinateur, mais c'est tellement super et pratique, que j'apprends à m'en servir à minima, pour écrire (au moins c'est lisible), envoyer des e. mails, et quelques cartes. Je trouve ça génial ! Mais parfois, je n'ai pas le résultat attendu, et j'en accuse l'ordinateur. Je ne comprends rien. Je m'énerve, et j'appelle Bertrand au secours. « Regarde ce que me fait ce fou d'ordinateur ! – Ce n'est pas lui, c'est toi, dit-il, tu as fait une fausse manipulation. – Mais non, je t'assure… ou alors, c'est involontaire. » Il regarde, et d'un coup de clavier, remet en place la ligne qui d'un seul coup est partie au milieu de la page, ou le dessin de carte qui insiste pour rester là où je ne le veux pas… Mais quelle importance ? La machine elle-même est programmée pour réparer les erreurs, et puis je travaille pour moi, personne d'autre n'est en cause.

Récemment, et même assez souvent, je lis dans la presse que telle clinique, ou tel médecin a fait une grosse erreur, et qu'ils sont responsables d'un dommage causé à un patient. Et les anesthésistes en prennent souvent pour leur grade ! C'est vrai que dans le domaine médical, on aimerait pouvoir affirmer zéro fautes, zéro fausses manœuvres, cent pour cent de réussites. Mais qui peut affirmer ne jamais se tromper ?

Tout au long de ma carrière, je n'ai pas cessé de voir l'anesthésie et la chirurgie devenir de plus en plus fiables, précises et sécurisantes. Mais aujourd'hui, aucune erreur n'est admise. Pourtant, j'en ai fait. Pas beaucoup. Mais j'en ai fait, comme beaucoup d'autres collègues, sans doute.

La première fois que je me suis rendu compte d'une erreur, c'était vers la fin des années 50. J'avais endormi une femme assez jeune, pour cependant une hystérectomie. Seule bien sûr, comme d'habitude. Presque à la fin de l'intervention, les muscles étant un peu trop tendus au gré du chirurgien, je rajoute un peu de curare. L'intervention se termine, on remet la dame dans son lit, mais en faisant mes derniers contrôles, je me rends compte qu'elle ne respire pas de façon très satisfaisante, elle est sûrement encore trop curarisée. Je la garde en salle d'op, l'aidant à mieux respirer, et j'essaie de comprendre pourquoi. Je reprends le « haricot » où je dépose les ampoules des drogues utilisée. Et là, surprise, je constate que j'ai pris en fin de parcours, un curare qui multiplie de façon importante, l'action du premier. Mais comment ai-je pu faire une pareille chose ? Je le sais pourtant ! Je revois, écrit en grosses lettres sur mon cahier de notes, le nom de ce curare – *A NE JAMAIS UTILISER AVEC UN AUTRE PRODUIT CURARISANT.* – Dûment souligné de rouge. Mais comment j'ai pu faire ça ? Ainsi, même quand on se veut très attentif, que l'on passe son temps à se surveiller soi-même, que l'on sait que l'on n'a pas droit à l'erreur, qu'il faut sans cesse vérifier et vérifier encore, on peut tout de même faire une erreur ?

Bien sûr, je ne reste pas inactive. Puisque l'erreur est faite, il faut la corriger. J'applique le traitement de dé-curarisation. Je ventile correctement ma malade, et j'attends qu'elle ait bien repris tous ses réflexes. Qu'elle soulève bien sa cage thoracique, et que sa jolie couleur rosée témoigne d'une bonne oxygénation. Réveillée, elle l'est bien, depuis un bon moment d'ailleurs. Mais maintenant, elle ouvre ses yeux, et me fait même un sourire, donc son tonus musculaire est bon. Je l'ai gardée près de moi trois bons quarts d'heure, pour rectifier l'erreur, en lui parlant, et expliquant ce que je faisais, car, si elle respirait mal, elle entendait très bien. Il n'y avait pas de salle de réveil, et si je l'avais laissée partir en fin d'intervention, elle aurait pu s'enfoncer tout doucement dans un sommeil comateux, dûment entretenu par un CO2 que sa mauvaise respiration ne lui permettait pas d'éliminer. J'ai enfin donné le feu vert pour la laisser repartir dans sa chambre, et laissé entrer en salle d'op la malade suivante.

J'étais fort contrite de ce que j'avais fait, je n'en revenais pas ! Personne près de moi pour me réprimander, mais personne non plus pour me prévenir de l'erreur. A deux, même si l'on se fait confiance ; il y a quatre yeux, deux regards, pour y voir mieux.

D'autres que moi se sont peut-être laissés prendre à cette erreur ; en tout cas, peu de temps après, la drogue mal utilisée par moi a disparu de nos pharmacies, et d'autres curares plus fiables et plus maniables sont apparus. Il y a comme ça pas mal de produits que j'ai vus disparaître, parce que jugés trop dangereux ou pas assez performants.

L'erreur est humaine, et mon ordinateur, lui, ne se trompe jamais !

Une autre fois, j'arrive dans le service, et je vois ma collègue devant la pharmacie ouverte tenant un petit tiroir à la main et calligraphiant sur un gros sparadrap collé sur le tiroir le nom d'un produit, très puissant mais que nous utilisions peu. « La nuit dernière, me dit-elle, il y a eu une erreur en salle de travail, les deux produits Atropine et Adrénaline ont été confondus – Alors là, je ne suis pas étonnée, dis-je ! – Oui, moi non plus, j'ai toujours eu peur de les confondre, d'autant qu'en salle de travail on prépare dans le couloir mal éclairé, et c'est pour cela que je suis en train de les séparer. Je pense que tu seras aussi de cet avis, j'en ai parlé à Alice qui est d'accord, bien que ce ne soit pas un bon rangement. Je suis d'accord aussi, cela aurait bien pu m'arriver ! » En effet, les deux ampoules, conditionnées par le même laboratoire, sont identiques, bien que d'usage très différent, toutes deux souvent employées en urgence : une petite ampoule rose translucide, de même contenance, le nom calligraphié en rose transparent sur fond de même couleur. « Il n'y a que nous quatre qui utilisons cette pharmacie, autant nous aider à ne pas confondre – Je suis bien d'accord, même si ce n'est pas très conforme au codex, autant nous protéger comme nous pouvons, puisque nous somme d'accord, et que nous sommes seules à utiliser cette armoire à pharmacie. » L'arrangement a duré quelques années, le temps que d'autres personnels spécialisés arrivent et que, bons protocoles aidant, ce soit les pharmaciens eux mêmes qui viennent ranger et vérifier notre pharmacie. Tout cela a demandé du temps, plus de personnel, et donc plus d'argent. Bien sûr il faut toujours plus de sécurité, plus de personnel, plus de qualification, plus de performances… et qui est prêt à payer plus d'impôts ?

Quant à l'utilisation d'un même produit pour plusieurs malades : qui oserait jeter un produit très puissant et très cher, conditionné à 5 ou 10 centimètres cube, et dont on utilise souvent un ou deux dixièmes d'ampoule par patient ? Bien sûr : seringue et aiguille pour chacun… Et on nous serine sans cesse qu'il faut faire des économies ! Mais tout ça utilisé parfois d'extrême urgence : on ne peut nier qu'il y a là source d'erreur. Je ne suis pas contre le fait de chercher à comprendre et à trouver les responsabilités de chacun lorsqu'il y a des « bavures » : les négligences doivent être punies. Mais pour ma part, je n'ai jamais vu autour de moi une personne négligente. Au contraire ! Que des gens très attentifs. Et cependant, on est passé d'une confiance aveugle et d'un béni-oui-oui à tout ce qui était « Médecin », à la suspicion en tout acte dans la profession médicale : cela me semble être particulièrement injuste et dangereux. Bien entendu, lorsque quelqu'un vous assure que votre aventure médicale peut vous rapporter « des sous », pourquoi pas ? Il faut savoir si l'on préfère financer la justice ou la recherche et l'avancée de la médecine. C'est pour chacun de nous une question de conscience. Et comme en toute choses un juste équilibre à trouver.

Et mon ordinateur, lui, coûte de moins en moins cher, et ne se trompe jamais.

ET L'AMOUR FOU

NON JE NE LES AI PAS ECRASES

Si j'ai pensé écraser des semblables, ou à me suicider, on peut se demander comment j'en suis arrivée là !

Et toujours sur fond de beaucoup d'heures de travail en salle d'Op…

Après une année entière d'un amour de rêve avec Roger, je me retrouvais seule, toujours très occupée, mais avec un vide sentimental auquel je n'étais pas habituée. Après le départ de Roger en Algérie, j'étais allée le rejoindre pour de courtes vacances, à Oran, de suite après son arrivée. Là encore, la mer, le soleil et la beauté de la côte avaient contribué à poursuivre le rêve. Mais j'ai toujours été réaliste, et en rentrant à Paris, en avion (un avion militaire qui faisait beaucoup de bruit), je me disais tristement que je n'avais pas trop de chance de revoir un jour Roger, malgré les promesses faites de réunions prochaines. Je savais bien que cet homme-là n'allait pas rester sans femme. Il les aimait trop ! Et moi-même, je ne m'imaginais pas sans une relation forte dans ma vie. Après l'échange de quelques lettres, de plus en plus courtes et rares, le silence s'est installé entre Oran et Paris. Sans grande surprise pour moi, et je n'ai pas eu l'idée d'insister ni de demander des explications. Je n'ai pas tardé à m'ennuyer aussi, et, manquant de temps la journée pour y penser, je rêvais la nuit que de beaux camionneurs arrêtaient leurs engins pour me faire la cour, et, pourquoi pas… l'amour. Au réveil, j'étais un peu surprise : moi qui croyais être romantique ! Ne pouvant pas trop sortir pour susciter des rencontres, j'ai décidé d'écrire. Il y avait toujours des revues et journaux qui traînaient à l'hôpital et les soirées de garde à l'Ecole étant parfois longues et monotones, m'incitaient à les feuilleter. J'ai choisi, à l'aide de ces journaux, un correspondant soldat en Algérie, « marraine » en quelque sorte. Pensant faire une B. A, pour lui comme pour moi. Je croyais avoir toute mon année de stages pour correspondre, mais à ma grande surprise, après deux échanges seulement le gentil soldat m'a dit être libéré et m'a demandé une rencontre pour faire mieux connaissance. C'est comme cela que j'ai rencontré JP.

Je ne me suis pas cassé la tête, et lui ai donné rendez-vous dans un café, juste en face de l'hôpital où je logeais, le vendredi, entre la fin de stage et le début de ma garde d'après midi.

Je me suis trouvée devant un jeune homme un peu rondelet, souriant, qui m'a semblé bien jeune : il l'était puisque il venait de terminer le service militaire, et quittait le contingent en Algérie.

Nous avons très peu parlé de nous puis nous avons pris rendez-vous pour une sortie à la campagne le lendemain car j'avais justement congé tout le week-end.

Pendant qu'il parlait, je l'observais et le trouvais assez ordinaire, sauf ses yeux, tout a fait extraordinaires : franchement verts, parsemés de petites taches brun doré, ce qui lui donnait un regard très mobile, presque dansant, dardant sur moi avec malice et vitalité un regard espiègle, gourmand, et plein d'intérêt. Seul ce regard disait bien sa vérité.

La suite est venue toute seule : au retour du week-end à Paris, je suis allée chez lui, un tout petit deux-pièces dans le sud de Paris, où nous avons fait l'amour avec fougue. Cela faisait un petit moment que j'étais seule, et lui finissait son service en Algérie : c'était fou de s'accorder si bien ! Moi, c'est là que je deviens amoureuse. On n'est pas plus réaliste ! C'est lui, c'est moi, c'est nous ! Quel plaisir, quel bonheur ! Je crois bien que je n'ai jamais eu de « coup de foudre », mais quand je suis heureuse, je m'attache, c'est sûr. Et quel genre d'alchimie m'a si fort attachée à lui, alors que nous n'avions que peu de choses en commun… Je ne le saurai jamais.

On se rencontrait une fois par semaine, parfois deux, de temps en temps nous faisions une petite virée en dehors de Paris. Jamais de vacances ensemble : lui n'en prenait pas trop, partagé entre études et stages. Et moi, je partais de temps en temps, le plus souvent en dehors des dates de tout le monde, parfois avec une amie, parfois seule. Je ne me posais jamais de question. Ma vie me suffisait pour ce qu'elle était, et je ne pensais jamais à l'avenir : il était assuré par l'administration et c'était là ma sérénité. Presque quatre ans d'une relation forte, au jour le jour, spontanée et intéressante, sans trop de fidélité : mais pourquoi donner ce que l'on ne demande pas ? Je savais cela, mais je n'avais pas imaginé une double vie, différente, avec une autre femme. D'autant que j'avais eu l'occasion de rencontrer cette Agnès tout au début de notre relation : petite bonne femme quelconque, qu'il m'avait dit n'avoir jamais revu. Et s'il m'a si bien caché cela, c'est bien parce qu'il savait que je ne l'accepterais pas.

En réfléchissant maintenant, je me demande comment j'ai pu me positionner dans cette vie à deux qui n'en était pas vraiment une. Je me suis prise pour une reine de harem ? la plus belle, la meilleure, la seule aimée, tolérant de temps en temps quelques écarts, dans une dynamique d'études et de travail intensif, car je croyais naïvement que lui aussi, qui faisait des études difficiles, n'avait pas trop de temps libre. Pour moi peut être, mais pour lui, c'était tout simplement une double vie, facile à instaurer avec quelqu'un d'aussi occupé que moi.

J'étais toute confiance, amour et désirs partagés… Et j'ai joué les utilités pour ses jeux préférés…

Je n'avais jamais beaucoup réfléchi à notre vie. J'étais simplement amour, générosité et tendresse. Maintenant que mes yeux se sont ouverts je me demande comment j'ai pu me tromper à ce point ?

Ce sont les plantes potagères qui m'ont convaincu de cette trahison.

Un jour, en repartant de chez J.P., je remarque un verre posé sur la table de cuisine, plein de persil. Je me dit que ce n'est pas là une précaution masculine, mais qu'il a dû prendre un repas chez lui avec une « demoiselle » précautionneuse. Puis je n'y pense plus. Un peu plus tard, prenant de l'eau fraîche dans son frigo, je trouve le même verre de persil bien rangé dans un coin. Cette fois je suis sûre que c'est une femme qui a ses habitudes ici et qui se soucie d'économie et de facilité pour un prochain repas. Ça ne me plait pas du tout ! Qui est cette personne qui vient habituellement ici, alors que moi-même, je n'y suis pas très souvent ? Alors j'ai fait ce que font toutes les femmes jalouses : j'ai fouillé les poches et les tiroirs de mon bien-aimé. Et j'ai trouvé quelques petits mots et lettres d'une certaine Agnès, qui parlait de rendez-vous prochain s! Ce nom-là me disait quelque chose et je me suis rappelé une Agnès, vue au début de notre rencontre, ce qui n'arrangeait pas du tout l'affaire, et cette régularité m'a semblée monstrueuse. Je perdais ma place de première et seule importante. J'ai noté l'adresse et le prochain R-V. et je me suis pointée là où je savais les trouver. Ils y étaient tous les deux et les poireaux dépassant du cabas que tenait J.P. m'ont convaincue de la teneur coutumière de leur relation… et de mon malheur.

Non je ne les ai pas écrasés ! mais j'ai dû en avoir envie ! Comment tout cela a pu arriver ? Entre l'humiliation d'un mari et l'humiliation d'un amant, n'y a-t-il pas d'autre chemin pour une femme ? Quelque chose m'échappe. Même si l'amour ne dure pas, il ne peut pas être duplicité et mensonges. Il est ou il n'est pas. Je suis toute amour et désirs partagés : et je joue les utilités ! Passeport pour érotisme ! Poupée gonflable à emmener en partie fine ! C'est moi ? Je suis cette femme qui sert la boulimie sexuelle de mon ami ? Je suis son jouet. Il est mon amour, et puisqu'il faisait de la sexualité son jeu préféré, je voulais bien y participer dans le don et le partage réciproque. Il n'a rien compris... mais moi non plus ! Je me demande comment j'ai pu me tromper à ce point ! On ne donne pas tant d'amour n'importe comment. La soumission totale au désir d'un autre : complaisance, aveuglement ! Mais comment ai-je pu ? Moi qui suis si libre, si fière de ne faire toujours que ce qui me plait ? Alors ça me convenait ? Dans un partage amoureux : pourquoi pas... dans la négation de l'amour : Non. Et qu'est-ce que j'ai à faire avec une dizaine d'hommes autour de moi, alors qu'un seul me donne tant de bonheur ! Moi, je n'ai pas besoin d'excitant particulier, quand une seule main d'homme sur mes épaules ou sur ma hanche me fait frémir toute entière. Je ne suis pas lasse de l'amour, je ne cherche pas le désir du désir : je l'ai si facilement ! J'aime me fondre, me donner, et me retrouver dans ce merveilleux plaisir de l'amour que me donne un homme : un seul, que je pourrais aimer, plus que tout.

Ça c'était fait tout simplement, petit à petit, dans ce que je croyais être un partage plus grand et généreux. Pour moi ; l'échangisme était le comble de mon amour pour J.P. Et si nous en étions venus là, petit à petit, c'était moi qui avait fait basculer ce désir dans la réalité, après en avoir mesuré sa forte envie. Pour lui, c'était je pense une curiosité sexuelle de plus, avec une partenaire de choix. Et pour ce faire, j'avais moi aussi utilisé l'ami Bruno. Quand je pense que je suis allée prendre des leçons avec lui, pour mieux servir « mon seigneur et maître »... ! Il y a de quoi rire !... Bruno, c'était un bon ami rencontré au cours d'une soirée chez des amis communs. Il était « Kiné », et aussi Osthéopate, ce qui était très rare à l'époque. Il était bel homme, bien planté, joli visage et oeil de velours. Je ne suis pas restée insensible à une si belle esthétique, et comme je semblais lui plaire, et que ce soir là j'étais seule, je l'ai suivi jusque chez lui. Depuis, on se rencontrait de temps en temps, toujours à sa demande, et si j'étais libre, je le rejoignais volontiers. Bien que j'aie apprécié sa gentillesse, ses bonnes manières et souvent son discours emprunt d'intelligence et de connaissances diverses, je ne me suis jamais sentie amoureuse de lui. Un bel homme pour le plaisir des yeux et d'une soirée solitaire. Je l'aimais bien, mais rien à voir avec mes sentiments pour J.P. J'en avais fait son complément puisque, parfois, celui-ci m'oubliait quelques jours de suite… Et que je savais bien qu'alors une petite « caille » rafraîchissante l'occupait… C'est ce que je supposais.

Je ne sais pas si lui, Bruno, avait une longue habitude de la chose ; en tout cas, pour moi, il m'a fait venir petit à petit cette idée en tête, par petites touches, allusions discrètes et non précises qui présentaient un tableau agréable et possible… La première fois que j'en ai eu l'idée, c'était chez lui, nous avions passé un après-midi agréable, petit goûter, champagne et douceurs en tous genre. Je me rappelle que j'étais en train de lui dire au revoir, lorsqu'un couple de ses amis est venu lui rendre visite. Il me présente, et nous sommes restés un moment ensemble. Il devait être 19 heures environ, et j'avais rendez-vous avec une amie pour une rare soirée théâtre. Après quelques banalités, je dis à Bruno que je dois rejoindre mon rendez-vous, et dis au revoir a tout le monde. Bisous à Bruno. Poignée de main à la dame qui garde chaleureusement ma main dans la sienne quelques instants, et me dit : » C'est dommage que vous partiez si vite, vous plaisiez à mon mari… ». Euh ! Et comment elle voit ça ? Et qu'est ce que ça veut dire exactement ? Je suis un peu surprise, mais n'en laisse rien paraître en évoquant mon rendez-vous. Elle me rend ma main, que je tends au mari qui me dis gentiment bonsoir, en déposant un gracieux baiser sur la partie tendre de mon avant-bras. Gentil, le mari, mais bizarre, bizarre !

« Appelle moi jeudi » me dis Bruno – Oui – d'accord. Dans ma voiture, je réfléchis à ces au-revoir, et je pense que cela doit suggérer certains appels à la sexualité partagée, dont j'ai vaguement entendu parler, sans jamais y prêter une attention particulière. C'était peut-être bien pour d'autres, mais cela ne me concerne pas… Et comment elle a su que je plaisais à son mari ? Nous n'avons dit que peu de choses, pas même installés, puisque j'étais en train de partir lorsque ils sont arrivés. Nous ne sommes pas restés plus d'un quart d'heure ensemble. C'est vrai que moi, j'ai bien eu le temps de voir que c'était une petite dame charmante, bien bijoutée, bien habillée, bien parfumée… Et lui, un homme à la cinquantaine sportive et fraîche, souriant et sympathique. Il a peut-être eu le temps de voir que j'avais une chute de rein intéressante ? mais c'est elle qui en parle… ? ou alors je ne comprends rien et me fait des « idées » ? Possible ! Ça ne me turlupine pas d'avantage, et je n'y pense plus. Mais par la suite, lorsque J.P. me parle plus clairement d'échanges, m'expliquant l'avantage et le plaisir que l'on y prend, qu'il aimerait que nous nous y mettions. « Mais comment ? – Je ne sais pas trop. Il paraît que l'on va « au bois » – draguer – et que ça se passe très bien. – Il paraît ? Tu n'as ne l'a jamais fait ?. – Non, je t'attends. Nous serions toujours ensemble. » On en parle un peu, puis on passe à autre chose.

Je revois Bruno, gentil, agréable comme toujours, mais qui me demande si je suis déjà allée « au bois ». Aller au bois ? Oui, bien sûr, en promenade, mais je n'y fais peut-être pas la même chose que toi ? Ça en à l'air, me dit Bruno. Ce jour-là, il n'insiste pas. Mais avec J.P. la demande est renouvelée. Du coup, je repense à toutes les allusions vécues chez et avec Bruno, et je n'ai plus aucun doute : on parle bien de la même chose. L'amour partagé avec des partenaires d'un soir. Bon. L'idée fait son chemin dans ma tête. Bien sûr, c'est par rapport à J.P. et seulement à lui : le partage – plaisir ne peut être qu'avec lui. Mais comment ça se passe cette chose là ? Est-ce que je peux faire ça ? Je veux dire : est-ce que j'en suis capable ? Est-ce que je vais supporter ce partage sexuel ? Ça ne m'effraie pas, mais ça ne me fait pas particulièrement envie non plus. Pourtant J.P., lui, en a très envie, et en parle plus souvent. Je ne pense qu'à lui faire plaisir. Alors, puisque Bruno a l'air très au courant, qu'il est plus âgé, et plus serein dans ce domaine : l'idée me vient d'aller voir avec lui de quoi il s'agit, pour comprendre si je peux partager ça avec J.P. Et lui offrir ce plaisir.

Alors, tout est devenu simple ! Bruno a redemandé : « Tu viendrais avec moi *au bois* ? – Oui, si tu veux. – Je t'y emmène samedi. – Le soir ? – Oui, j'ai une sortie prévue : tu seras ma partenaire. – Bon. D'accord – Viens vers 21 heures. Je n'aurai peut-être pas fini mes consultations, tu m'attendras dans la salle d'attente – Entendu, à samedi. »

J'arrive chez lui, à l'heure dite, le jour dit. Il m'ouvre la porte : il n'a pas fini son travail, et me fait rentrer dans la salle d'attente qui est aussi un salon, où il y a déjà une jeune femme. Il ne nous présente pas, et nous nous faisons toutes deux un vague signe de salutation... Puis, plus rien. Le silence et l'attente. Est-ce une cliente ? Va-t-elle participer à la petite sauterie prévue ? Est-elle une habituée des lieux et de la vie de Bruno ? Je l'observe aussi discrètement que possible. A mon avis, ce n'est pas franchement une beauté. Sans doute grande, très maigre, le visage quelconque. Jeune mais pas trop. Elle se tient courbée vers ses grandes jambes au mollet inexistant... brune, sèche, les cheveux noirs coupés au carré me cachant une partie de son visage. Elle ne regarde pas dans ma direction, en tout cas pas en même temps que moi. Aucune parole, aucun sourire échangés. Bruno ouvre la porte. Elle se lève et le suit pour ce que j'imagine être une séance de kiné. Quelques instants plus tard, Bruno revient. Nous nous embrassons, il m'offre un verre, et nous bavardons un petit moment. Puis il me dit « Descendons prendre la voiture, et allons rejoindre les copains –... Je n'ai aucune idée de ce qui m'attend, dis-je. – Tu verras, c'est très chouette ; de toute façons, tu es avec moi, si quelque chose ne te plait pas : je suis là. Chacun ne fait que ce qui lui plait. Personne ne doit être forcé. Bon, allons-y. » Je monte à ses côtés dans sa « Mercedes » et nous voilà partis. Je reconnais le bois. Voilà le restaurant « Le Doyen ». Nous allons plus loin dans les allées en sous-bois. Je me rends compte d'un petit ballet de voitures autour de nous. Bruno s'arrête, fait signe, et repart doucement, s'arrête à nouveau, baisse la vitre de mon côté, « Regarde, et dis moi si ça te plait » Je tourne la tête : un visage d'homme s'encadre par la vitre ouverte. Une tête blonde, aux cheveux bouclés, des yeux bleus rieurs, un sourire éclatant... Je regarde Bruno et fais un léger signe d'assentiment : il fait le même en direction de la tête blonde, et nous repartons... où ? Je ne sais pas. Un peu plus loin il se gare et nous nous retrouvons devant un immeuble de bel aspect.

Ascenseur, 5ème étage. Nous entrons. Un petit appartement avec un étage. Une grande pièce en bas, avec au centre de la pièce, deux très grands lits, accotés au mur et côte à côte. Des tapis, des décorations sobres et classiques. Nous nous y retrouvons à dix, quinze personnes peut-être, hommes et femmes. Tout le monde de bonne allure. A l'étage, salle d'eau et toilettes, où certains vont... Je n'ai pas trop le temps de me poser des questions. Je remarque seulement une jeune femme blonde, portant lunettes cerclées d'or, un petit manteau redingote qui lui fait des épaules menues et la taille fine. Je la trouve plutôt jolie, bien qu'avec un air un peu discret et soumis qui lui donne l'aspect d'une dame de la poste. Un bel homme brun lui donne le bras, et elle parle à un autre homme qui lui fait face. Mais je n'ai pas le temps de penser. Un homme m'attire à lui, je me laisse déshabiller… Je me sens chaude de partout, et je ne pense plus à rien… Je ne sais comment, je me retrouve nue, sur un tapis moelleux et… dans les bras de la jeune femme brune aperçue dans la salle d'attente de Bruno. Étonnement ! Mais puisque j'ai décidé de participer : je participe… Mollement, mollement… Elle a l'air de m'apprécier et promène ses mains osseuses et son museau d'oiseau sur mon corps… mes seins, mon ventre, mon cou. Tout ça ne me plait guère. Du coup : je me remets à penser… il paraît que les « Jules » aiment beaucoup voir deux femmes se mignoter. Moi, ça me révulse plutôt !… Je dois avoir un visage tout crispé… La voilà qui descend son museau plus bas que le nombril… Tout à coup j'ai l'impression d'être dans les bras d'Olive : la femme de Popeye ! Ah ! Non ! Je n'ai aucune raison de supporter ça ! J'ouvre les yeux, et je regarde. Tout près de mon visage… Une tête blonde aux cheveux bouclés, des yeux bleus rieurs, un sourire éclatant… Voilà qui me réconforte de suite. J'ouvre ma main vers lui, il me tire doucement et me libère de toute cette fadeur. Là, j'oublie tout, ne pense plus à rien, et me laisse aller à de délicieuses sensations bien connues. Quand je refais surface, je vois autour de moi une dizaine de personnes. Tout le monde est tranquille, souriant. Notre hôte fait passer parmi nous des boissons et des amuses-gueule, bienvenus et savoureux. Bruno me rejoint et m'embrasse gentiment, puis se met à discuter avec son voisin d'une croisière possible sur « Le France » : Paquebot en fin de construction, et qui doit faire bientôt sa première croisière. C'est donc la récréation. De l'étage descend le couple repéré à l'arrivée. La dame toujours blonde et souriante. Elle a remis sa redingote et ses lunettes cerclées d'or, du moins, je le suppose. « Nous serions bien restés avec vous dit-elle en direction de notre hôte, mais nous devons rentrer à la maison pour libérer la baby-sitter… – Et oui, les enfants c'est ça », répond-il en l'embrassant. A bientôt peut-être. La jeune maman repart au bras de son compagnon. En fait, j'aurais tout aussi bien pu la rencontrer à la Poste ! S'est-elle déshabillée ? A t-elle posé ses lunettes ? Je n'ai rien vu de tout ça. Elle n'avait peut-être pas de vêtements sous sa redingote bien boutonnée… Elle s'en va avec son joli sourire et son mystère. Nous reprenons les conversations et les boissons. Notre hôte va chercher dans une armoire des radiographies pour appuyer les commentaires sur les bienfaits de la médecine moderne. En effet, voilà bien une chirurgie gratifiante ! A gauche : une bien vilaine fracture tibia-péroné avec déplacement important. A droite : réparation parfaite où les deux os ont retrouvé leur continuité… Bien sûr on ne peut qu'être admiratif pour le magicien qui a fait ça ! « Et je remarche sans problème, je suis même remonté sur des skis »… Puis nous revenons un peu à nous. Assis contre le mur, se tenant enlacés, un jeune couple. Ils n'ont pas l'air d'avoir beaucoup plus de vingt ans, alors que la moyenne d'âge du groupe est plutôt autour de trente, quarante ans. « Ça vous plait bien de sortir comme ça ensemble ? demande un monsieur. – Oui, nous en avons parlé, c'est notre choix, dit le jeune homme. Nous sommes bien d'accord. – Et il y a longtemps que vous êtes ensemble ? » Le couple se regarde, et répond ensemble : « Depuis trois jours ». La réponse est tombée dans le silence le plus dubitatif qui soit ! Aucun commentaire. Puis chacun s'est tourné l'un vers l'autre, et nous avons repris nos occupations avec plaisir. Je ne sait plus trop comment nous sommes rentrés. Je sais que je me suis retrouvée dans le lit de Bruno pour le restant de la nuit, qu'il m'a trouvée comme à l'accoutumée bien à son goût. Malgré sa gentillesse et sa tendresse, je pense à J.P. Je me dis que ce n'est pas très honnête, mais avec Bruno, il n'y a qu'un plaisir léger à partager. Et il le sait aussi bien que moi.

Puisqu' une partouze se passe en bonne compagnie, je peux envisager de vivre ça avec J.P. Et je m'endors l'esprit tranquille.

Ce que je raconte là, n'a rien a voir avec « la libération » sexuelle ; car cela se passait bien avant 1968. Il y a toujours eu des gens libérés acceptant leur sexualité comme un jeu, ou plus sérieusement quand c'est le moment.

« Non, je ne les ai pas écrasés… Mais j'en ai eu envie !

J'exagère sûrement l'importance de la chose, ce pourrait n'être qu'un incident de parcours.

Mais je vis ça comme un affront grave… L'orgueil sans doute. J'ai eu plusieurs partenaires, mais toujours dans une reconnaissance et un respect mutuel. J'avais une belle sexualité, nous avions une belle sexualité, acceptée, reconnue, partagée. Là, je me sens complètement flouée. Moi je donne tout et lui rien. Cette duplicité de vie m'est insupportable. Cela prouve qu'il adhère au cliché social machiste : la maman et la putain. Je n'aime pas les étiquettes et ne veux pas rentrer dans ce schéma. Apparemment, pour lui, il a tout compris : Une femme à la maison, pour porter haut les couleurs familiales, une maîtresse en titre, pour le plaisir et pour échapper à la lourdeur du quotidien, et quelques menues « gazelles » au fil des circonstances de la vie. Et plus la réussite est grande, plus ce schéma si confortable est un dû.

Peut-être y avait-il des bébés, rue Basly ? En quatre ans, on a le temps d'en faire ! Les hommes d'aujourd'hui sont peut-être différents, mais dans le temps de ma jeunesse, c'était la vie rêvée de beaucoup ! Mais moi, je ne veux être aucun de ces trois modèles. Je veux être les trois à la fois. Je ne suis pas une femme morcelée. L'amour, le travail, et tenir sa place dans la société où l'on est née : c'est la même personne. Je n'ai jamais beaucoup pensé à tout ça, persuadée que l'amour ne dure pas, que le mariage était la « prison de femme » ; ne voulant pas subir le fade et le ressentiment d'après l'amour, je me suis contentée de vivre le présent, sans me poser de questions. Je n'avais pas l'intention de mener quoi que ce soit : je buvais à la réalité du jour, et ça me suffisait. Très prise par un travail qui ne cessait de me passionner, mes besoins assurés, mon emploi du temps surchargé, je trouvais normal que mon peu de temps libre soit consacré à l'amour. C'était si bon… J'étais si bien après.

En fait là, j'ai reçu un électrochoc ! Ça me réveille brutalement.

Je suis en colère, contre lui, contre moi aussi. Mais je ne suis pas encore assez libérée de cet amour pour savoir ce que je dois faire. La vie quotidienne continue. Avec J.P. aussi.

Puisqu'il est satisfait de moi en tant que partenaire amoureux, il continue comme avant sans plus de discussions. Moi aussi. En apparence. Mais à l'intérieur de moi, tout est cassé. Il n'a pas notion de mon amour perdu, remplacé par un sentiment bouillonnant. Et comment le pourrait-il ? je ne parle de rien, et continue moi aussi comme avant. Nous faisons encore ensemble quelques promenades à plusieurs, ou a deux.

Aujourd'hui, je pense que j'ai voulu me vautrer dans mon erreur, et dans le dégoût, pour me punir… Puisque qu'il me prend pour un objet sexuel, c'est que je ne suis que cela. Peut-être aussi pour ne pas trop souffrir en m'arrachant trop vite à un amour qui avait été si fort, même si j'étais bien sûre qu'il n'en restait rien. Entre le vide et le dégoût, il m'a fallu prendre des forces avant de pouvoir tout supprimer.

Et puis un jour, la colère contre moi me prend. Quelle est cette histoire ? Je continue à faire ce qui me déplait ? Pourquoi ? Pas pour lui, puisque je ne l'aime plus. Pour moi ? Même si j'ai pu parfois y trouver quelque plaisir, je n'ai aucune attirance pour ces jeux. Je n'ai plus du tout envie d'y être mêlée, avec lui et encore moins avec eux. Alors qu'est-ce que je fais là ? Il faut partir ! Alors je pars. Cette colère brutale contre moi, et la décision de finir cette histoire m'est venu de façon impulsive, un soir, après avoir dragué avec J.P. et ramené un petit groupe chez lui. D'un seul coup, en montant l'escalier, je me demande ce que je fais là et je me fais horreur de continuer ce qui me déplait. Arrivée en haut, je dis à J.P. que je n'ai plus de cigarette, et que je vais au coin de la rue en chercher. Et sans plus attendre, je fuis. Je dévale l'escalier, et me jette dans la rue vers le métro. J'ai d'abord, dans la nuit fraîche, un sentiment de soulagement et de liberté… Puis j'arrive aux escaliers du métro dévalés eux aussi en courant. Et je m'arrête brusquement. Qu'est-ce que c'est que ce cinéma ? « Tu n'as pas le courage de lui parler ? de lui dire que tu le quittes ? que tu ne veux plus vivre avec lui cette sorte d'amour, qui pour toi n'en est pas ? Pourquoi se sauver comme une voleuse ? Personne ne t'oblige, même pas lui. Alors aie le courage de tes choix et de ta conduite, et dis lui en face qu'il n'a plus à compter sur toi, pour rien. » Lentement, je reviens dans la rue. Au point où j'en suis, une séance de plus ou de moins… Cela fait tout de même presque quatre ans que nous sommes ensemble. Je veux dire le mot « Fin » moi-même a cette histoire. Demain, la prochaine fois, je réglerai ce problème face à face avec J.P. Je remonte chez lui, j'ouvre la porte « Ah ! La voilà… S'exclament plusieurs voix. Tu as été bien longue dit J.P. On t'attendait ». Comme si rien ne pouvait se faire sans moi ! Je ne suis pas la seule femme ! Tout le monde est encore habillé, un verre à la main. Un quart d'heure après, les verres sont posés, et les habits aussi. Je ne me rappelle rien de cette séance. Des autres non plus, l'amour sans l'amour ne dégage aucune émotion et trop de maîtrise supprime le superbe partage amoureux.

Je revois J.P. deux – trois jours après. Comme d'habitude : petit repas, suivi au lit par quelques gesticulations agréables, et petite sieste. Il se prépare pour partir. « C'est aujourd'hui la dernière fois que nous nous voyons. Je ne veux plus te rencontrer. Je ne t'aime plus, je te quitte. – Ah ! Bon ! » – Ça le fait sourire. « Tu est sûre ? – Absolument ! – C'est bien soudain ! – Non, c'est bien réfléchi. – Ah Bon ? Et qu'est-ce que j'ai fait ? – Tu sais bien... La rue Basly... – Ah ! oui ! Tu oublieras. – Non. Ne reviens plus, je ne veux plus vivre avec toi, d'aucune façon. S'il te plait, va-t-en. – Bon, comme tu veux. » Et il s'en va à ses affaires... Facile ! Je pleure un peu, mais je suis soulagée et déterminée... Je n'ai plus entendu parler de lui pendant un mois à peu près. Je me suis arrangée pour ne jamais être chez moi, sauf pour dormir. Des collègues, logées à côté de moi, l'ont vu une ou deux fois. Elles avaient la consigne de dire que j'étais très souvent absente, très occupée. Elles étaient ravies de me rendre ce service, car elles n'avaient jamais apprécié ce garçon trop sûr de lui, à l'œil coquin. Je n'ai bien sûr pas fait un geste vers lui. – Exit J.P. – Et il n'y a même pas de quoi verser une larme. Puisque je n'étais pas aimée, je n'ai rien perdu. C'est lui qui a perdu l'amour.

UNE BIEN JOLIE INCONSCIENCE

« Franca ? Oui ; Tu peux venir en salle de travail, j'ai besoin de toi, tu sais, c'est pour notre Jeannette. – Jeannette ? – Tu ne la connais pas ? Elle vient nous voir tous les ans. – Non, ça ne me dit rien… J'arrive. »

Un étage plus bas, je retrouve Dominique, la sage-femme du jour. « Je préfère faire une révision, j'ai l'impression qu'il manque un petit morceau de placenta. Regarde, là, ça ne joint pas très bien » dit-elle en appuyant avec ses mains gantées sur le placenta pour faire joindre le sillon – Oui, on dirait bien, mais je n'ai pas ton expérience. De toute façon, on ne reste pas sur un doute qui peut déboucher sur une hémorragie, alors sillon où pas, il faut y aller. – Et ce sera sa première anesthésie, c'est pour cela que tu ne la connais pas. En même temps je ferai trois points sur le périnée, s'il n'y avait pas eu la révision à faire, je les aurais fait sans anesthésie, c'est très peu de chose, mais avec la révision, ce sera plus confortable pour elle. »

Je fais donc connaissance avec « Jeannette ». Je lui pose les questions habituelles et regarde dans son dossier, pour connaître ce que je dois savoir. Je lis avec étonnement : 7ème grossesse… Ça commence à devenir rare les grandes multipares. Au bout de la ligne indiquant l'année de naissance des précédents bébés, je lis, Ddass, Ddass, Ddass etc… Je reste sur mon étonnement et me tourne vers Jeannette, pour lui expliquer ce que je vais faire. Pour un temps très court, le tout seras terminé en 10 à 15 minutes. Elle fait un dernier bisou à son bébé que l'aide soignante va remettre dans son berceau, et à moi, me fait un beau sourire édenté en me donnant son regard heureux, bleu comme l'azur, dans un visage juvénile, sans la moindre trace d'inquiétude… « Comme ça, je saurai aussi ce que ça fait d'être endormie »…

Dès que j'ai installé mon anesthésie, je reprend le dossier, tout en surveillant « Jeannette », et demande à Dominique – « Ça veut dire qu'elle met ses enfants à la Ddass ? – Eh Oui ! Elle ne peut pas les élever. Chaque fois son Jules se barre, ou est en prison. Elle n'a aucune ressource, pas de travail, pas de formation, très peu d'instruction, une mère qui finit elle aussi d'élever difficilement ses enfants, et chaque fois qu'elle a eu un petit boulot, elle s'est retrouvée enceinte. D'ailleurs, elle y croit chaque fois. Elle est très heureuse d'avoir tous ces bébés. Ils sont provisoirement placés par la Ddass, donc, pas adoptables. Cette fois ci elle m'a encore dit qu'elle reprendrait celui de l'année dernière, pour l'élever avec celui-ci. Son bonhomme lui a promis qu'il allait trouver un appartement et un emploi. Je ne l'ai pas vu depuis qu'elle est là, et je n'y crois pas. Mais elle, elle y croit dur comme fer ! Son nouveau bébé, c'est le nouvel espoir, c'est lui qui va sortir tout le monde de l'ornière ! »

Moi, j'en reste sans voix ! Je reprends le dossier. « Mais elle n'a que 29 ans ! – Elle a commencé très fort avec un mariage à 16ans et deux jumeaux. Depuis… Elle est tout à fait gentille et charmante… Un peu trop sans doute… Elle dit qu'elle aime tous ses enfants, bien qu'elle ne sache pas très bien où ils sont exactement. Celui de l'année dernière est encore en crèche, c'est pour ça qu'elle espère le récupérer, mais les autres… Ils grandissent pendant qu'elle cherche ses solutions qui n'apparaissent toujours pas d'une année sur l'autre… Elle est un peu simplette, mais bonne pondeuse. Elle n'a jamais de souci avec ses grossesses. D'ailleurs, elle vient nous voir juste pour accoucher, c'est à désespérer de prendre tant de précautions pour toutes les autre femmes ! »

Tout en parlant, le petit travail de la Sage femme se termine, et je laisse se réveiller Jeannette, qui dès qu'elle reprend un peu conscience, me donne son sourire… (je constate une fois de plus qu'il n'y a pas davantage d'argent pour le dentiste que pour élever des enfants) « C'est fini ? J'ai rien senti ! C'est chouette l'anesthésie ! » Au passage, c'est toujours bon à prendre un compliment ! J'aimerais pouvoir la complimenter aussi ! Mais là, vraiment, je ne peux pas !

Comment comprendre une telle inconscience ? C'est vrai que, symboliquement, la naissance, la nouvelle vie, c'est l'espoir. Mais de là à recommencer chaque fois la même histoire, pour s'apercevoir que, non seulement un bébé ne résoud aucun problème, mais qu'il en ajoute plutôt. Car s'il n'a pas le soutien d'un adulte au moins, il ne pourra jamais rentrer dans les rangs de l'humanité. Malgré sa gentillesse et ses beaux yeux, Jeannette n'a sans doute pas le moyen intellectuel de comprendre cette évidence. Et c'est ça, l'humanité : Il y a Einstein, et il y a Jeannette. Il faut faire avec… Il faut dire aussi que la contraception n'est pas encore courante, proposée et expliquée partout. Il y a encore des résistances, chez beaucoup de personnes y compris les médecins. Alors chez Jeannette !…

Je retourne dans ma chambre de garde… Je calcule… Ses premiers enfants ont 17 ou 18ans… Des jumeaux! Ont-ils eu la chance d'être ensemble? Ce n'est pas sûr. La Ddass fonctionne avec des critères qui ne tiennent pas toujours compte de la fratrie. Ils se sont sans doute promenés entre plusieurs familles, celle des autres, jamais la leur… Un jour, ils voudront comprendre – il paraît qu'on a besoin de connaître ses origines. On se sent parfois « canard boiteux » dans une famille sans histoire, et, à l'adolescence, il arrive de douter d'en être vraiment issu… Alors, quand on ne connaît rien de son histoire… Bien sûr, ils sont vivants. Certaines personnes pensent que c'est mieux que d'interrompre le processus de vie par un avortement. En tout cas, Jeannette ne se pose pas la question! Certains de ces enfants seront toute leur vie des enfants perdus et des adultes inachevés… D'autres deviendront forts et fiers de s'être faits tout seuls. Il n'y a nulle part justice et équilibre dans notre humanité. Et je pense à toutes ces femmes en mal d'enfants qui ont tant de mal à être enceintes où à porter un enfant, ces couples qui sont dans la souffrance de pas connaître les joies de la famille. C'est un instinct très fort, pour les femmes, mais aussi pour les hommes, la procréation. Un jour ou l'autre on est rattrapé par ce besoin… Jeannette fait si facilement les enfants… Il y en aurait bien pour plusieurs parents… Mais, voilà, elle les « aime » trop pour les abandonner… Complètement.

JE NE SAIS PLUS TROP OU J'EN SUIS

C'est le seul moment de ma carrière où j'ai eu quelques amants médecins, pris sur place. J'étais devenue une femme sans homme, et ça, les mâles savent très bien le sentir. Comme je n'avais d'a-priori d'aucune sorte, pourquoi pas ? Je n'étais même plus sûre d'avoir envie de faire l'amour. Détruit mon bel enthousiasme ! Beau travail J.P. !

Cette période là fut si douloureuse pour moi ! Je me sentais tellement honteuse ! Honteuse d'avoir tant aimé. Surtout d'avoir pensé disparaître, ça c'était la honte totale !... De cette période où je disais « oui » à qui voulait, sans combler le vide de mon ventre... Seul, « Chris » m'a apporté un plaisir simple, vrai, comme une douce médecine sur mes plaies douloureuses. Il était interne dans le service. Je l'ai intéressé, il m'a intéressée aussi. Il m'a proposé une sortie au cinéma. Nous sommes allés voir les Marx-Brothers dans un cinéma du quartier. J'avais entendu parler d'eux mais ne les avais jamais vus en projection. Il est vrai que je n'avais pas une vie culturelle très riche : pas le temps ! Toujours entre hôpital et clinique, service de jour, service de nuit : cela ne laisse pas beaucoup de temps pour se promener. Ce jour là, j'ai fait connaissance avec les « Marx-Brothers » mais aussi avec Chris, mieux en tout cas que dans le service. Pendant que je riais aux éclats aux facéties de Harpo, il me caressait le cou et les bras, me pressait contre lui. Je sentais sa chaleur, son souffle, son désir... Et le mien montait, lentement. Après la séance, nous sommes allés dans sa chambre de garde. Un vrai délice. Il me plaisait vraiment. J'ai aimé son corps, ferme et doré, ses mains fortes, expertes et douces à mon désir. C'était superbe. Et j'en ai encore aujourd'hui un souvenir ému. Nous nous sommes revus, plusieurs fois, simplement, avec toujours tant de plaisir... en riant beaucoup, nous admirant et nous émerveillant l'un de l'autre, avant de tomber dans un beau désir et un plus grand plaisir encore. Il était comme un baume sur ma douleur. Il a été aussi le seul homme marié de ma panoplie d'amoureux. Cela ne m'a jamais dérangée, lui non plus, sans doute. Il était d'un milieu assez bourgeois : tout cela devait être normal pour lui. C'était son problème, pas le mien. Sûrement il donnait le meilleur de lui même à sa famille... Et puis le reste, pour son plaisir, pour garder l'excitant de la vie, pour recharger joyeusement ses batteries en bonne énergie, pour rester et progresser en efficacité dans le travail et la vie sociale. Pour cela, rien de tel qu'une bonne maîtresse, ou des petites amies, dont j'ai fait partie un temps. Je l'ai compris, sans qu'il me l'explique, et nous avons partagé, je suis sûre, quelque chose de très fort, de très doux aussi, dont chacun de nous a fait une pierre blanche pour son jardin secret.

Nous avions commencé notre relation juste avant le changement d'internes, si bien qu'il a de suite changé d'hôpital. Je l'ai cru perdu. Mais non, il avait fait seulement un petit kilomètre, d'une maternité à l'autre, d'un service à l'autre, pour changer de Patron, et parfaire sa formation. Un coup de fil pour me dire qu'il pensait à moi, et essayer de faire concorder nos moments libres… si peu ! Un jour qu'il était de garde dans sa maternité et moi dans la mienne, vers 15 heures, souvent heure creuse en ces services, il m'appelle : « J'ai su que tu étais là, l'ami Gespar m'a dit que c'était toi de garde : viens me rejoindre. – Non, ce n'est pas possible, si on m'appelait ? – C'est l'heure creuse, et puis les services sont si proches – donne mon téléphone – non, tu sais bien qu'une urgence est toujours possible. – Mais tu me manques, j'ai envie de toi, viens » ! Et le voilà qui se met à parler de nous deux, à me glisser dans l'oreille les mots tendres connus, préludes à nos plaisirs, je sens des friselis couler le long de ma colonne vertébrale, mon ventre devient tout chaud, mes cuisses aussi… « – Arrête ! tu me fais trop envie ! – Alors, viens ! – Non : tu sais qu'il ne faut pas ! Je n'ai jamais quitté ma garde, ce n'est pas aujourd'hui que je vais commencer ». Alors, avec une voix redevenue normale : J'ai essayé, mais je savais que tu ne viendrais pas. – Le coquin ! Il se serait fait un petit plaisir que je n'en serais pas étonnée ! Cela m'a fait rire. J'ai raccroché : Je l'imaginais seul dans sa petite chambre de garde… impossible de le rejoindre, c'est sûr qu'en cas d'urgence, on a plus vite fait de remonter sa culotte que de traverser les rues, fussent elles proches ! Mais quelque part… il avait donné un coup de chapeau à ma conscience professionnelle, et cela chatouillait agréablement mon ego ! De loin, on s'est donné mutuellement le seul plaisir possible ce jour-là.

Mais la vie avance, nous ne nous sommes pas fréquentés très longtemps et cette douce aventure a rejoint le jardin des bons souvenirs.

Entre Anesthésies et amours. Ma vie.

J'ai fini ma deuxième année de stages, l'une en chirurgie générale, où j'ai beaucoup travaillé seule, l'autre en spécialité d'urologie, où j'avais bien un médecin avec moi, une femme, sans doute pas très loin de ses cinquante ans, qui vu cet âge, et le début de l'anesthésie moderne où nous étions, n'avait pas dû recevoir une solide formation. Je passais mon temps à la rassurer, car tout lui faisait peur. Avec elle, je faisais toutes les interventions les moins importantes du service. Tout ce qui était plus long ou plus délicat était fait par un autre médecin qui travaillait avec la seule infirmière spécialisée du service, et nous n'avons presque jamais eu le temps de nous rencontrer. Puis j'ai eu ma première affectation pour un poste hospitalier. Christiane, qui avait été comme moi monitrice et logée à l'école, attendait avec impatience que je puisse la rejoindre en maternité. Elle y était la seule de son espèce, juste un peu aidée par la première sage-femme qui donnait quelques anesthésies sans avoir reçu de formation autre que « sur le tas » et qui ne voulait plus avoir affaire qu'à son organisation du service. Difficile, dans ce cas, de couvrir les besoins de ce même service 24 heures/24. L'administration m'a accordé ma mutation sans aucun problème, trop contente d'offrir une spécialiste à ses chirurgiens et obstétriciens qui lui en demandaient journellement, et dont la formation ne lui avait pas coûté un sou.

J'ai eu du mal à m'habituer aux gardes; jusque là, je travaillais déjà beaucoup, mais seulement la journée. Nous partagions, à l'hôpital, les journées et les nuits avec Christiane, sauf le Dimanche, qui était assuré par notre médecin anesthésiste du service, le Dr Lurian, qui ce jour là était aussi de garde pour ses cliniques, et deux autres services hospitaliers. Autant dire que le dimanche, il n'y avait pas de spécialiste présent. Une nuit de dimanche, justement, il y a eu un gros problème: une femme qui saignait énormément. Tous ceux qui étaient là ont fait ce qu'ils ont pu, car ils n'avaient pas trouvé le Dr Lurian, mais cela n'a pas été suffisant, et la femme en a souffert longtemps. Dans les mois qui ont suivi une autre infirmière anesthésiste est venue compléter notre équipe, ce qui faisait une garde de 24 heures sur trois, et 48 heures un week-end sur trois, ce qui était un petit peu plus confortable, et surtout ne laissait jamais le service sans anesthésiste.

Célibataires toutes les trois, sérieuses et inspirant confiance à nos médecins, nous faisions aussi les remplacements de vacances en d'autres services, ou en cliniques. C'était déjà très difficile d'avoir un spécialiste pour chaque poste, alors les remplacements... C'était forcément entre nous : ceux qui étaient là faisaient double, et ceux qui revenaient faisaient double à leur tour, pour que tous nous puissions avoir un grand moment de liberté totale. Le fait de travailler en gardes, ce que j'ai fait toute ma carrière, même si c'était très dur parfois, avait, pour moi en tout cas, un gros avantage : dans le service, seul ce qui s'y passait existait, la vie personnelle était « rangée » ailleurs et sans incidence en ces lieux. A l'inverse, en dehors des murs de l'hôpital ou de la clinique, la profession n'existait plus, d'autres prenaient le relais, et aucune responsabilité transportable ne venait gâcher le repos. Au fil du temps, les gardes se sont écartées : sur trois jours, longtemps, sur quatre jours, plus longtemps encore puis, vacances allongées et horaires hebdomadaires écourtés, on est passé à cinq spécialisées, et enfin à six, ce qui pouvait englober les vacances et les absences... Moi, je me suis arrêtée là, mais aujourd'hui, on parle d'écourter encore le temps de travail. Et comment faire la différence pour ce métier, entre travail et présence : rien n'est pareil. A tout moment il peut se passer quelque chose de grave ou d'insignifiant. On peut avoir très peu de temps pour agir (je pense par exemple à une femme qui saigne avant la naissance par un placenta « praevia ») : pour la femme, comme pour l'enfant, on a intérêt à être là, opérationnels de suite. Il y a d'autres cas encore où il faut intervenir rapidement. Parfois les interventions sont moins urgentes, on peut remettre à quelques heures, ou au lendemain. Comment savoir à l'avance ce qui va se passer ? Personne ne peut le prévoir. Au cours d'une garde, on peut être présent en permanence auprès d'un seul patient ou de plusieurs, comme parfois n'en pas voir un seul. Comment codifier tout ça ? La présence est indispensable, mais aucune garde ne se passe de la même façon. Que ce soit pour les médecins ou l'équipe soignante, c'est la même chose. Alors, faire rentrer tous ces paramètres en 35 heures... Bonjour le casse-tête ! Pour ma part, je n'ai pas connu tout ça. Notre seul impératif était de ne jamais laisser le service sans un anesthésiste au moins. Nous y sommes toujours parvenus, mais arrivions parfois à un nombre d'heures aujourd'hui effarant.

Christiane et moi, nous partagions déjà tous les remplacements d'une clinique de Villejuif. C'est elle qui avait été contactée en premier. A mon tour j'ai rencontré la directrice, et le chirurgien propriétaire : il se faisait remplacer, à chacune de ses absences, par un chirurgien de l'hôpital, si bien qu'il s'est formé une équipe de remplacement qui travaillait toujours ensemble, plusieurs fois dans l'année. Je n'ai jamais rencontré la personne que nous remplacions, et jamais su non plus si c'était un médecin ou une infirmière.

Un jour que je travaillais dans mon service d'hôpital, un médecin de ville, venu assister sa patiente, et suivant l'équipe qui s'occupait d'elle me demande : « Vous serait-il possible de venir donner un coup de main à mon ami urologue qui vient d'ouvrir une clinique à Drancy ? Il a bien un anesthésiste qui lui fait toute son urologie, mais il aimerait bien pouvoir faire une autre chirurgie. « Peut-être, mais il lui faudra aussi accepter ma collègue avec qui je partage l'hôpital et l'extérieur. Quand l'une est ici, l'autre est souvent dans une clinique. – Il sera tout à fait content de travailler avec deux belles jeunes femmes plutôt qu'une ! – Alors, c'est possible. La clinique est-elle bien aménagée ? Y a-t-il tout ce qu'il faut pour travailler ? » Il fait un petit geste de la main – comme ci-comme ça – et une moue dubitative : « Il vaut mieux prévoir ce qui vous est indispensable, c'est encore une toute petite clinique. – Il y a au moins l'oxygène je suppose ? – Oui, en ouvrant la fenêtre », dit-il en riant. Bien sûr il plaisante. Mais... Quand j'arrive la première fois pour travailler, je vois dans la salle d'op, posé à côté de la table, un obus d'oxygène qui me semble bien petit. Avant même que je pose une question, l'infirmière panseuse, qui a suivi mon regard, y répond : « Nous avons d'autres obus dans le couloir, et il y a toujours un garçon qui ne quitte pas la proximité du bloc, lorsque nous travaillons, pour vos besoins et les nôtres. – Bien, ça me rassure. – Je visite aussi tout ce qui est mis à ma disposition, et suis bien contente de la présence de ma sacoche de travail qui ne nous quitte jamais, Christiane ou moi, lorsque nous sommes en clinique. Car ici comme souvent ailleurs, tout est à minima. Dans ces années-là, 50,65, voir 70, tout était à organiser, partout. Beaucoup de cliniques de petite taille, souvent installées dans de grandes maisons bourgeoises, ou de petits châteaux, ont vu leur pousser des « ailes », à droite comme à gauche du bâtiment principal. Les nouveaux bloc opératoires ont été installés, les ascenseurs aussi. Dans cette clinique de Drancy, il n'y en avait pas encore, et je voyais mes patients à demi-réveillés, remontés sur le brancard dans leur chambre par de solides gaillards. Tout au long de l'escalier ; dans le virage, ils montaient haut le brancard, pour le redescendre dans la ligne droite. Avec leurs sensations en train de se retrouver, mes endormis devaient se croire à la foire du Trône ! d'autant que, comme je n'avais pas le temps de rester près d'eux, j'avais bien vérifié qu'ils avaient retrouvé leurs bons réflexes.

Ma petite Dauphine, achetée après le remplacement de Poissy, m'a transportée de cliniques en hôpital et inversement, du nord au sud et d'est en ouest, à travers Paris et sa proche banlieue. Pas toujours sans soucis ! Entre les pannes de batterie et les pneus crevés, j'ai souvent eu du mal à bien arriver à l'heure prévue. Les chirurgiens ne toléraient aucun retard qui aurait eu pour conséquence de retarder toute la prévision de leur journée. Je me souviens d'une jeune aide, certainement connue du chirurgien avec qui je travaillais ce matin-là, amie, peut-être, qui venait l'aider le samedi matin, pour faire deux ou trois « strippings »*. Alors que moi-même j'avais fait du stop pour être à l'heure, elle arrive, elle, au moment où il venait de commencer. Allant au plus vite, elle passe rapidement ses mains au lavabo, et nous rejoint, rieuse, s'excusant : « Je suis sortie hier soir, et j'ai eu une petite panne d'oreiller, ce matin, excuse-moi – Et bien, quand on n'est pas capable de se lever après s'être couchée tard, on reste chez soi. Et retourne te laver les mains. » Ce qu'elle a fait, puis elle est revenue, re-gantée et en silence prendre les instruments qu'il lui tendait. Ainsi moi, je n'hésitais pas à faire du stop, et à laisser ma voiture presque n'importe où, quand, plus têtue que moi, elle refusait d'avancer. Dès que j'ai pu le faire, je l'ai vendue pour une toute neuve, à crédit aussi, mais tout de même plus fiable !

* *Stripping : traitement des varices.*

LES GARDES EN MATERNITE

Il y avait peu de nuits où l'on n'était pas appelée. A cette époque là, il n'y avait pas trop de césariennes; par contre, la nuit surtout, on s'occupait des femmes arrivées en urgence pour une fausse couche, presque toujours provoquée. Elles arrivaient, de préférence la nuit, et le plus tard possible, tellement elles avaient peur « qu'on le leur raccroche » comme elles disaient. Ça voulait dire, pour nous, qu'elles étaient en mauvais état, presque vidées de leur sang et qu'il n'y avait pas une minute à perdre pour les tirer de là. C'est là-dessus qu'elles comptaient, en prenant tous les risques, même sans bien les connaître. Elles ne savaient pas vraiment ce qu'elle risquaient: la perforation, l'hémorragie massive, l'embolie gazeuse où la septicémie. Elles étaient au courant qu'elles pouvaient en mourir… mais elles connaissaient toutes des voisines qui s'en étaient bien tirées: elles espéraient être de celles-là. Elles savaient aussi qu'en venant à l'hôpital, on ne les laisserait pas mourir. En effet, c'était en général le cas. Une femme jeune, sans pathologie, il suffit de l'empêcher de saigner et de lui redonner ce qu'elle a perdu pour qu'elle retrouve sa bonne santé. C'est une question de rapidité, le tout est de ne pas arriver trop tard. J'ai tout de même fait pas mal de transfusions sur ces femmes là, qui arrivaient avec une toute petite tension, et pour lesquelles le laborantin, lui aussi réveillé, nous indiquait une hémoglobine basse, voire très basse. Tout ça s'arrangeait très bien… sauf bien sûr, dans certains cas où il y avait des complications impossibles à dominer.

Je me souviens d'une malheureuse pour qui tout a mal tourné. C'était dans les années 70. Elle arrive vers 20 heures; Murielle, notre chef de service me fait appeler. Vite, Franca, elle saigne énormément. J'arrive près du bloc en même temps qu'elle. Je vois sur le brancard une femme, pas encore déshabillée, très blanche, avec deux ronds rouges sur les pommettes. Je pose ma main sur son front: il est brûlant. « Tu as vu? Elle a sans doute de la fièvre. – Oui, je le pense aussi. Tu lui prendras sa température en salle d'op, et dès que tu as une veine, fais-lui un flash d'antibiotique… On ne peut absolument pas attendre, elle saigne à robinet ouvert » Dès qu'on enlève les vêtements, en effet: tout est trempé. Le temps de la glisser sur la table, les linges sont de nouveau tout rouges. Je me dépêche de faire tout ce qu'il faut: prise de veine, tension, préparation

A.G.* (très douce), « Température ? » 39.8 C'est mauvais tout ça ! Les réponses du tensiomètre et du laboratoire sont mauvaises aussi. Notre chef travaille aussi vite quelle le peut pour arrêter cette hémorragie. Entre son action et la mienne, en 20 minutes, les choses vont moins mal... Mais la fièvre est toujours là. Je la surveille un moment, puis l'accompagne dans sa chambre, où l'infirmière d'étage va prendre le relais, et je lui remets les prescriptions de notre chef. On se regarde, toutes les deux, et elle comprend de suite qu'il y a de quoi s'inquiéter. Je la laisse à son travail et retourne au mien. Un peu plus tard, je reviens prendre des nouvelles de cette dame... Les ambulanciers sont là, on est en train de la transférer à l'hôpital Saint-Louis. « Tu comprends, me dit Murielle, il vaut mieux qu'elle soit dans un service d'infectieux, elle a vraiment trop de fièvre, elle sera mieux soignée qu'ici. » Je le pense aussi.

Deux jours plus tard, lorsque je reviens travailler, je demande de ses nouvelles : Saint-Louis, tous spécialistes qu'ils sont, n'a pas fait mieux que nous. Elle est morte. Elle avait 43ans, et six enfants à la maison.

Quand je voyais arriver toute ces femmes, tellement décidées a ne pas avoir cet enfant là, conçu sans le désir d'enfant, et souvent dans des circonstances peu aptes à donner ce désir, je me demandais comment et à qui elles avaient pu avoir à faire pour arriver dans un tel état. Dans quelles mains, seulement avides d'argent, avaient-elles dû se confier ? Comment s'étaient-elles « débrouillées » ? Quel chemin, de bouche à oreille, avaient-elles emprunté ? J'imaginais bien qu'elles avaient eu plus de mal que moi-même à concrétiser leur décision. J'avais moi aussi trouvé difficile cette situation, mais au moins j'avais eu assez de chance et de connaissances pour rester maître de la situation. J'ai eu l'occasion, dernièrement, de lire un livre racontant le parcours d'une de ces malheureuse : il s'agit de *« L'événement » de Annie Ernaux.* Elle raconte toute la difficulté qu'elle a eu à rechercher la personne pouvant l'aider, toute l'humiliation et la douleur à se confier à un environnement qui n'a rien de rassurant. J'ai été complètement bouleversée de lire son récit. C'est pire encore que ce que je pouvais imaginer lorsqu'arrivait « la fausse couche à cureter » sur la table d'opération. Outre que j'ai toujours pensé que la vie à considérer était bien celle de la femme, en tout cas, je suis bien placée pour avoir vu

---

* *A.G. : anesthésie générale.*

que c'était bien celle-ci qui était en danger. Je ne pouvais imaginer combien l'horreur était grande à se confier à des mains criminelles, décidées à faire n'importe quoi pour de l'argent. Quand on a évoqué la possibilité de légaliser l'avortement, et de le médicaliser, j'étais un peu dubitative. C'est difficile, lorsque l'on consacre son temps à la vie des autres, d'accepter « *une loi* » de cette sorte. Je croyais que supprimer les poursuites judiciaires serait suffisant. Mais des femmes sont mortes, d'autres, blessées ou mutilées à vie. Il y a longtemps que j'avais compris que rien ni personne n'arrêterait une femme décidée à avorter – et ça, c'est vieux comme le monde. Peu ont eu la chance d'avoir la connaissance que j'avais moi, ou la possibilité financière pour choisir la bonne méthode. La justice et l'équité ne peuvent se trouver qu'en des mains médicales. Merci, Madame Simone Veil, d'avoir eu le courage de faire passer cette loi pour la protection des femmes… et la sérénité des anesthésistes en maternité.

Peut-être faudrait-il aussi admettre, plus communément, que pour l'humain, sexualité et conception ne sont pas forcément le même désir, et que si l'un découle de l'autre dans bien des cas, il arrive qu'il y ait désunion. Seule la femme qui porte le germe peut savoir si elle adhère à cette conception ou pas. La « sacro-sainte » nature, elle même, sépare sexualité et conception. La conception n'a pas lieu au moment du coït mais un peu plus tard. Il faut laisser le temps aux spermatozoïdes d'accomplir eux-mêmes, leur propre histoire d'amour. La rencontre avec l'ovule prend du temps, et le choix du seul accepté aussi. Au plus près, le couple est devant un bon petit repas, aux chandelles ou pas. Au plus loin, ils ont déjà pris l'avion pour aller folâtrer sous les cocotiers et se baigner dans les mers du sud ; ou plus simplement ils tempêtent dans les embouteillages d'un jour de grève ou de Pentecôte… Tous les adeptes d'une aide médicale à la procréation et à la fécondation assistée en sont bien conscients et l'acceptent, qu'il soient demandeurs ou médecins répondant à cette demande. Et nous sommes tous programmés pour nous faire plaisir. Sur notre peau, dans notre intimité intérieure, une myriade de terminaisons nerveuses sont là, pour notre plaisir. Que ce soit seul, à deux, à plusieurs, en hétéro, ou en homo, notre organisme réclame sa part de plaisir. Et plus il est satisfait, plus il est disposé à fonctionner partout ailleurs en harmonie. Je parle bien sûr d'une sexualité ordinaire et équilibrée, en aucun cas de toutes les dérives perverses en ce domaine, dont malheureusement l'humanité n'est pas dépourvue.

L'ORDINAIRE – pas ordinaire – des GARDES

L'enfant noir.

« Pendant que tu descendais, la tête a bien voulu descendre elle aussi, » me dit Dominique, la sage-femme qui était de garde ce soir-là. « Si tu l'aide un peu à pousser, on n'aura sans doute pas besoin de tes services. » Bon. C'est plutôt bien. Même petite, même courte, une A.G. reste une A.G. dont bébé n'a pas vraiment besoin. Je regarde : oui, la tête n'est pas loin... Une contraction ? Allez, Madame, poussez, poussez, poussez... je l'aide en appuyant mes deux mains à plat sur son ventre pendant qu'elle s'asphyxie à pousser sans respirer. Un petit coup d'air frais pour faire du bien à maman et à bébé, le masque à oxygène est tout près. « La prochaine fois, je l'attrape » dit la sage femme. En attendant, je lui rafraîchis le visage, lui fait respirer l'oxygène, et l'encourage à donner toutes ses forces à la poussée dès le début de la prochaine contraction. Ça vient ? Allez, Madame : Poussez, poussez, poussez... Elle fait de très beaux efforts, et en devient toute violette ! C'est une grande femme à peau très blanche, bien ronde, les seins bien gonflés, prêts à servir... Un visage à peau fine, de beaux yeux bleus, un regard un peu lointain, sérieux. Elle n'est pas toute jeune. Je vais voir dans son dossier... 36ans. Je regarde rapidement ce que je dois savoir en cas d'A.G... Mais une nouvelle contraction arrive... nous n'aurons pas besoin d'A.G... poussez, poussez... ne poussez plus, surtout ne poussez plus... ouvrez la bouche, et respirez calmement, dis-je en présentant le masque à oxygène. Dominique fait le dégagement... J'admire, comme toujours... Tourne doucement, relève la tête, soudainement, le bébé est là, remuant bras et jambes, et criant à pleins poumons. D'un coup de genoux, la sage-femme approche encore la table toute proche, où elle pose bébé gigotant et braillant. Deux pinces sur le cordon. Couper. Et voilà l'enfant séparé de sa mère. En attendant le décollement du placenta, Dominique donne les tous premiers soins au bébé. Aspiration buccale, examen des doigts, des pieds, des oreilles, exploration buccale et réflexes : tout est normal. Elle le prend dans ses mains et le présente à la mère. Elle lui met sous le nez une adorable paire de couilles, bien gonflées et striées, couleur chocolat, et plantées d'un petit pénis café au lait. « Le papa est de couleur ? »

dit-elle. « Mais non ! » dit la femme en redressant vivement la tête vers nous, comme si elle voulait nous en persuader. Puis elle regarde, elle voit bien que le sexe du bébé est bien celui d'un enfant de couleur. Le nouveau-né peut avoir une peau très blanche, mais s'il a « du sang noir dans les veines » il aura forcément le sexe de couleur brune. Elle le sait, sans doute. Elle retombe sur le lit, et se met à pleurer. « Pourtant, il y en avaient d'autres ». D'autres… Quoi ? D'autres hommes ? Des blancs ?… La voilà qui se met à pleurer, en silence. Les larmes lui tombent dans les oreilles, descendent le long des joues jusqu'au milieu des seins et forment une grosse perle. Elle renifle, le regard lointain… Elle a poussé sans un cri, sans une plainte, dans le grand élan de donner la vie, et la voilà qui pleure, dans un recul soudain où nous n'avons pas de place. Que craint-elle ? Quel rêve de respectabilité ou de bonheur s'écroule-t-il pour elle ? Elle ne dit rien, et nous ne lui demandons rien non plus. Puisque je suis là, j'attends pour voir s'il n'y aura pas révision utérine. Le temps nécessaire écoulé, Dominique s'occupe du placenta qui vient tout seul : coup d'œil sur les membranes, reconstitution des sillons : tout est bon. On peut recoucher la dame, pour qu'elle soit à son aise et se repose. L'aide soignante revient avec le bébé tout habillé, tout rose, braillant toujours. Elle le pose sur le ventre de sa mère… Je me demande comment elle va l'accepter… lui, en tout cas, la reconnaît tout de suite : il s'arrête de pleurer, et porte avec application son pouce à sa bouche en prenant un air satisfait… La maman lui caresse distraitement la tête. Je remonte me coucher, m'interrogeant sur le sort de ce bel enfant.

Quelques jours plus tard, je rencontre cette femme dans les couloirs. Elle porte un superbe déshabillé violet. Elle donne le bras à un homme plutôt jeune… Lui, s'il est « chocolat » ce n'est pas au niveau du zizi. Il a un peu l'allure du chanteur Renaud : pas très grand, très mince à peau très blanche, des cheveux blond filasse, retenus en catogan sur la nuque, habillé en *jean* avec un pantalon étroit qui tombe en anneaux lâches sur des baskets blanches. C'est lui qui tient l'enfant. Gros poupon à peau claire, bien calé sur son bras… l'ensemble donne l'idée d'un moment heureux. A-t-elle dit ? n'a-t-elle pas dit ? Attend-elle un moment plus propice pour expliquer à ce jeune homme qu'il ne peut être le géniteur de cet enfant là ? Elle espère, peut-être, que sa peau ne deviendra jamais brune. D'après l'allure qu'elle avait en accouchant, je me dit que c'est sûrement une femme qui ne saurait mentir… Mais je n'en aurai jamais la certitude, et d'ailleurs, cela ne me regarde pas. Je me contente de souhaiter « bon vent » et beaucoup de bonheur à cet enfant et à ce couple, qui, allez savoir pourquoi, m'a interpellée, du côté de la sympathie et de la tendresse.

Les JUMEAUX – CORDONS TROP LONGS

Il devait être tôt le matin, un jour de Mai, la lumière pénétrant dans ma chambre de garde, me réveille doucement. Je baille et m'étire. La journée s'annonce belle Peut-être, en arrivant chez moi, aurais-je le courage de tondre la pelouse car j'ai eu la chance de dormir assez longtemps… mais voilà que le téléphone sonne : « Oui ? – J'ai une femme prête à accoucher, mais ce sont des jumeaux, bien que ce soit une troisième pare et deux têtes, j'aimerais mieux que tu sois là. – Bien sûr, j'arrive. »

C'est Christiane, la sage femme, qui est là aujourd'hui. La dame est en position et la chanson du « poussez, poussez » fermement chantée par Christiane. En principe, tout doit bien se passer, sans l'aide d'une anesthésie, mais comme, s'il y en a une, ce sera du très rapide, je la prépare tout de même, après avoir pris connaissance du dossier. Je regarde ce qui se passe, attendant le dégagement de la tête du premier né. Christiane pose une fois de plus le stéthoscope obstétrical sur le ventre de la maman, et je la vois faire une grimace : « Allez, Madame, poussez fort, fort, il faut le sortir ce bébé, il n'est pas très bien là où il est. » Elle pousse, fort, et je vois Christiane faire le dégagement et relever la tête, qui apparaît avec trois circulaires de cordon autour du cou. Trois ! Déjà que deux c'est beaucoup trop ! Et soudain, voilà le cordon qui sort en force : il se déplie vite et fort, saute sur l'épaule de Christiane, descend le long de sa hanche gauche, d'une longueur effarante. On dirait une chambre à air de vélo de course, longtemps comprimé par un lien et que l'on vient juste de libérer… Ciseaux, couper : un, deux, trois tours. Christiane qui a les doigts sur le cordon pour percevoir les battements me lance un regard désespéré. Je comprends qu'elle ne sent rien. Quand elle dégage le bébé, elle voit celui-ci toujours retenu à la mère par son cordon. De désespéré, son regard vire à l'affolement. Nous comprenons en même temps qu'elle vient de couper le cordon de celui qui est encore dans le ventre de sa maman. Elle tient un bébé tout blanc dans ses mains, et j'ai l'impression qu'elle va s'évanouir… Elle me fait un signe, en direction de la mère : bien sûr, j'ai compris. J'endors de suite cette malheureuse, disant seulement : « Je vous endors. » On se regarde : toutes les deux : Sonnées ! « Mais comment est-ce possible ? Je n'ai jamais vu ça ! – Moi non plus, dit Christiane » Elle a les mains pleines de cordons. Le bébé mort-né est sur la table, et celui dont le cordon est déjà coupé est toujours dans le ventre de sa mère. Elle sépare celui-ci et mets les pinces de Barre en places. Puis les contractions reviennent et elle peut sortir le deuxième et faire la délivrance Mais comment aurait-on pu s'y retrouver ? Ce n'était pas possible de comprendre : en principe, le cordon autour du cou aurait dû être le sien : pas celui du frère ! Ils se sont tués l'un l'autre !

C'était deux frères tellement liés, dans cette vie intra-utérine, depuis de long mois. Ils avaient tissés entre eux des liens si serrés qu'ils ont préféré rester unis dans la mort, plutôt que d'affronter leur séparation dans la vie… Leur mère a dû beaucoup pleurer. Je n'ai pas vu ses larmes : il fallait bien l'endormir pour le deuxième, puisque l'on savait déjà qu'il ressemblerait tellement au premier. Elle avait bien le temps de savoir.

C'est la sage-femme et l'obstétricien qui ont eu la difficile mission de raconter à cette mère, l'histoire des deux frères trop liés.

Peut-être, aujourd'hui, avec le monitoring… On aurait su plus tôt que les cœurs ralentissaient et on aurait décidé une césarienne… Peut-être.

LA REVOLUTION SEXUELLE

La dite révolution sexuelle, faisant suite à la révolution de 1968, n'a pas changé grand chose dans ma vie personnelle. Peut-être un peu plus de vocabulaire, puisque l'on ne parlait jamais de ces choses là, ce n'était donc pas nommé. Par contre, dans ma vie professionnelle, avec l'arrivée de la contraception, et plus tard de l'I.V.G. elle a été, à mon sens, le début de la fin de l'hypocrisie qui caractérisait nos relations. Souvent entre nous, mais aussi avec les patients. Elle en a obligé beaucoup à une plus grande clarté d'opinion et de comportement.

Nous nous sommes mis à discuter. De tout.

Il a fallu aussi se positionner par rapport à ces nouvelles méthodes. Tout cela ne s'est pas fait sans quelques résistances. Dans une maternité, au cœur même de la sexualité et de l'amour humain, il y avait, peut-être, entre médecins et patientes, quelques confidences qui s'échangeaient déjà, mais pour tout le reste du personnel, c'était motus et bouche cousue. Là, il a bien fallu apprendre, et apprendre à en parler. Il y a eu des résistances, pour la contraception comme pour l'I.V.G. Certains sont resté fixés dans leur idéologie personnelle, de toujours : un ventre de femme, c'est fait pour fabriquer les enfants – peu importe comment – comme on met une plante dans un cache pot. – D'autres étaient enfin soulagés de pouvoir agir au grand jour pour le bien des femmes. D'autres encore s'y sont mis, petit à petit, et en sont venus à penser qu'en effet, la femme avait droit à un certain choix, et pouvait porter ses enfants dans la joie, en accord avec son corps et ses décisions personnelles prises dans sa vie.

Les rapports entre nous aussi ont changé : plus ouverts, plus chaleureux – finie l'ère du « mandarinat » et de l'obéissance silencieuse. Bien que, pour ma part, j'aie toujours considéré avoir eu la chance de travailler avec des médecins à l'esprit ouvert, déjà acquis au dialogue et prêts à accepter les nouveautés, ce qui n'était pas forcément le cas de toutes mes collègues.

Un planning familial s'est implanté dans chaque hôpital, et cela a fait de nouvelles relations pour tout le personnel.

Nous avons eu droit au rapport *Kinsey*, puis au rapport *Master et Johnson.* Nous trouvions curieux et intéressant qu'une femme et un homme fassent de la thérapie de couple : les premiers sexologues en fait. Un couple pour mieux comprendre les couples. Mais ça n'a pas duré très longtemps. Comme beaucoup d'autres, ils se sont séparés. Nous avons eu des conférences, des films, des intervenants extérieurs. Tout cela expliqué, commenté, discuté, au cours de réunions, ouvertes à tous, et où tout le monde pouvait participer.

Nous avons étudié et discuté de la sexualité, des femmes, des hommes, des enfants, des adolescents et même des personnes âgées.

Maintenant que j'en suis là, un souvenir me revient. Après la diffusion d'un film où l'on voyait des personnages paraissant nettement plus jeunes que ceux en question, il y a eu des réflexions, disant que c'était là une vérité travestie, peu conforme au sujet. Une dame, plus concernée sans doute par son âge, que la plupart d'entre nous, a dit « Je n'aurais pas pu m'identifier à des personnes plus vieilles. » Je comprends aujourd'hui combien elle avait raison ! Car l'amour, c'est une expression de vie.

Et comment pourrait-on s'identifier à ce que l'on redoute ? Quand on a la chance avec un compagnon, une compagne de longue date, de garder l'envie de vivre et d'aimer (et peut-être aussi avec un compagnon plus récent). Dans la confiance et l'abandon, on retrouve et fait renaître la jeunesse et la beauté : toutes douleurs oubliées, le corps étiré, redevenu souple, superbe, on revit l'émotion du partage amoureux et on est, réellement, jeune… jusqu'à la prochaine rencontre avec le miroir.

Le travail aussi a changé. Plus d'urgence de nuit pour les hémorragies de fausse couche, et de femmes au bord du coma. Plus de transfusions, de curetages traumatiques. Les I.V.G. se faisaient plutôt le matin, avec une petite anesthésie courte, avec un produit lui aussi simplifié. Une ère nouvelle était née. Pour le bien des femmes.

Ce qui me soucie, aujourd'hui, ce sont toutes ces violences, faites aux femmes, dans les cités. Ce sont des françaises, comme moi. Et où pourront-elles trouver la liberté que j'ai eu moi ? Que ce soit dans l'obéissance ou la révolte, où se trouve pour elles la possibilité de vrais choix, et de protection ? La république et ses lois ne peuvent s'occuper d'elles que le mal une fois fait, si elles osent le dénoncer. Les habitudes familiales font partie de la vie privée ? Peut-être. Dans certains cas, même dans notre démocratie, elles relèvent plutôt, pour moi en tout cas, d'un obscurantisme dont le féminisme vient tout juste de dénoncer les méfaits... Mais pas pour toutes les françaises, apparemment. Au nom d'une idéologie qu'on voudrait nous faire partager, on revient à des contraintes et même des pratiques barbares, dans un fanatisme religieux de plus en plus important. Que le fanatisme soit de droite, de gauche, de dieu ou du diable... C'est la mort ! et c'est toujours les femmes, en premier, qui en seront les victimes.

Et tout ça, en travail souterrain, en progression insidieuse... sous le voile.

LA REVOLUTION PROFESSIONNELLE

Dans les années 80, ce n'était plus la révolution sexuelle, mais bien la révolution professionnelle. A un rythme cadencé précipité, tout a changé. Les méthodes, le matériel, le personnel. Le règne du matériel jetable s'est imposé, partout, chaque jour de plus en plus Les sondes, le matériel veineux. Cependant on avait tout de même depuis quelques années des aiguilles en acier fin, et des dispositifs veineux de toutes tailles, sous emballage individuel, qui avaient déjà remplacé les aiguilles et trocarts qu'on lavait et stérilisait chaque jours, et avec lesquels j'ai commencé ma carrière. Et puis les champs et les vêtements, préparés d'avance et jetables. Nous sommes passés d'un tiroir sous notre appareil d'anesthésie et d'un fond de placard dans la pharmacie, à un meuble complet supplémentaire en salle d'op et trois grands placards supplémentaires également, dans le couloir. Bien entendu, tout cela demande à être géré. Commandes, stockage, surveillance d'utilisation et de péremption... Tout cela relevait de notre travail quotidien, et de celui des infirmières panseuses, qui... d'une infirmière, prise en salle d'op. pour quelques heures à son service d'étage, sont passées à une véritable équipe doublant la nôtre, tournant sur 24 ou 48 heures comme la nôtre, de quoi répondre, nuits et jours, en qualité, à une recrudescence de travail : Césariennes plus nombreuses, sous A.G. ou sous péridurales, et bien d'autres interventions. En salle d'op. également, davantage d'appareils : respirateurs partout, plus modernes, plus performants, mais aussi : défibrillateurs, cardioscopes, tensiomètres électroniques, oxyomètres. Tout cet arrivage demandait surveillance, entretien, stérilisation et gestion du stock. Pour ce faire, nous étions une équipe de six infirmières-anesthésistes, doublée de six infirmières-panseuses, même chose en salle de travail, où les sages-femmes tournaient elles aussi de cette façon. Avec l'obligation d'une consultation d'anesthésie avant toute intervention prévue, et l'ouverture d'une salle de réveil, on a dû repousser les cloisons, et augmenter le personnel. Quel changement avec les années 50-70 ! Elles étaient loin, mes gardes à 2, sans médecins et sans personne du tout le week-end !

C'est la modernité, l'efficacité, la sécurité. Et tout cela coûte… Cher.

J'ai été très heureuse de voir arriver ces nouveautés, et de m'adapter petit à petit, pour un meilleur service auprès de nos patients. Côté personnel et relations humaines, le changement qui s'était installé sur à peine deux ans, a été peut-être un peu plus difficile. Il y a eu quelques pleurs et grincements de dents. Toute cette masse de matériel nous repoussant chaque fois davantage vers nos placards, pour laisser, auprès de nos malades et dans le département anesthésie, la place aux médecins qui arrivaient eux aussi sur un rythme accéléré. De toute ma carrière, je n'en avais vu autant !

Au début des années 80, ils sont apparus, d'abord comme stagiaires. On avait bien eu, par-ci par-là, quelques anesthésistes en formation, mais rien de régulier. Là, on avait souvent trois ou quatre stagiaires médecins, et un infirmier. C'est le médecin chef du service, qui venait, lui aussi, d'être mis en place, qui a pris toute cette organisation de personnels en mains. Avec lui, il n'y a jamais eu de problèmes… et puis encore seul responsable pour tout le service, il ne pouvait être partout. Il savait que l'on travaillait toutes, depuis longtemps seules. Il était bien obligé de nous laisser continuer. Mais quel soulagement de savoir qu'un simple appel téléphonique dans le même lieu où nous endormions, allait pouvoir nous le faire entendre, et même, mieux, apparaître, en cas d'indécision, d'incertitude, où d'angoisse anesthésique pure. C'était « *Byzance* » pour moi ! A partir de cette date, je ne me suis plus jamais sentie seule.

Mais avec les stagiaires médecins anesthésistes, cela n'a pas toujours été l'accord parfait.

Ils étaient déjà médecins, en fin d'études, et en formation de spécialité. Ils avaient sans doute fait presque tous des remplacements professionnels, et là, ils se formaient en spécialité d'anesthésiologie. Ils arrivaient sûr d'eux, prêts à prendre tout en main. Qu'ils donnent des anesthésies depuis 6 mois et nous depuis 20 ans n'avait pas l'air de les troubler du tout : normal, ils étaient médecins, et nous infirmiers : des arpettes en somme. Bon, je veux bien.

Il me revient toutefois des souvenirs, pas forcément agréables.

J'étais ce jour-là en salle d'op, pour une hystérectomie totale, couplée avec une stagiaire médecin. Une bien belle fille, grande et souple, avec une chevelure féline, blond roux toute bouclée, qui tenait difficilement dans le « bonnet-charlotte » en papier crépon… De temps en temps, une mèche rebelle et malicieuse se dressait soudainement devant ses yeux, et elle la repoussait d'un petit geste rageur… mais la mèche, têtue, revenait, devant ou sur le côté, pour bien signifier qu'une telle chevelure ne saurait trop longtemps être emprisonnée dans une si vilaine coiffe. Moi, je trouvais ça bien charmant, mais je me suis bien gardée de faire des réflexions, même si ça pouvait passer pour un compliment. Elle m'avait clairement signifié qu'elle était maître à bord et que je n'avais qu'à faire les préparations et lui passer le matériel. Ce que je fis, sans aucun ressentiment. Nous voilà parties, pour quelques deux heures d'intervention. Elle fait ce qu'elle a à faire, moi aussi, attentionnée à ce qu'il ne manque rien. Tout se passe bien, un bon moment. Puis elle s'installe sur le tabouret, contre le bras perfusé, face au respirateur et se met à consulter un petit carnet qu'elle sort de la poche poitrine de sa blouse. Bon. Elle relis ses notes : normal pour une stagiaire. Au bout d'un petit moment, moi qui suis restée debout, le nez sous bavette, au-dessus du ventre ouvert, je comprends qu'il faudrait ré-installer une anesthésie plus profonde par une nouvelle injection. Le Docteur Baud, très habitué à voir la barre de mes lunettes au dessus des champs, me jette un coup d'œil… Je lui fait un petit signe de tête, vers la stagiaire… il regarde vers elle, mais ne dit rien… une minute passe : « Oh ! Les anesthésistes, il faudrait peut-être faire quelque chose, » dit-il ! Elle a sûrement entendu, mais ne bouge pas. Moi, je n'ai pas à bouger, puisque c'est elle qui conduit tout… De toute façon, elle est devant le bras, et il faudrait la bousculer pour faire une nouvelle injection. Un petit moment encore, elle n'a pas levé le nez du petit carnet. Je sais, parce qu'elle me l'a expliqué longuement – tout à fait comme pour m'en informer ou m'en convaincre – que pour elle, une bonne anesthésie consomme peu de produits. Certes, c'est là une bonne idée que je partage, mais si l'on endort, c'est pour tout le temps de l'intervention, pas seulement pour le début. Je sens que ça va se gâter, le chirurgien ne peut pas travailler avec un patient qui bouge et se réveille ! Alors je décide brusquement d'aller chercher de l'eau distillée dans notre pharmacie du couloir : à mon avis, il en manque dans le casier réservé à cet effet, près de nous. Je prends le petit tiroir et sors du bloc. Quand je pousse la deuxième porte battante, j'entends la voix du Docteur Baud, grondante semble-t-il. Une, deux minutes se passent, je reviens avec le petit tiroir plein d'ampoules d'eau. Elle me jette un regard noir, en replaçant sur sa tête la charlotte qui a profité de ce remue-ménage pour laisser échapper la chevelure rebelle. « Les tiroirs sont bien mal rangés, on n'y trouve rien, et tu n'as pas à quitter la salle d'op. sans raison, juste au moment où j'ai besoin de toi. » Alors, là, je n'ai plus aucun doute, elle a bien reçu une engueulade ! Je me garde de faire la moindre réflexion, et surtout pas de dire que depuis trois mois qu'elle est avec nous, elle a eu le temps de visiter tous nos tiroirs et tout notre matériel.

Heureusement, tous les stagiaires n'étaient pas aussi déplaisants. C'est aussi l'époque où j'ai eu la grande joie de parler du travail avec eux. Ils apportaient un air frais de tout ce qui se passait ailleurs. Le nouveau matériel, les nouveaux produits pharmaceutiques, la nouvelle chirurgie, les expériences, les réussites… La médecine en marche : c'était passionnant ! Bien plus encore d'apprendre avec eux que de lire des revues, ce que je ne manquais pas de faire cependant, à l'occasion.

Je me souviens d'un certain André, avec lequel je me suis parfaitement entendu. Très vite, on a partagé les tâches, sans même avoir à en parler… les gestes de l'un suivant les gestes de l'autre dans la même optique d'une bonne A.G. Il était gentil et assez bavard. Nous chuchotions sous les champs, comme tous les anesthésistes (à condition d'être au moins deux). Il me parlait de ses stages précédents, des interventions qu'il avait suivies, de l'équipe montante des nouveaux chirurgiens des Hôpitaux de Paris. Je posais des questions et il me répondait longuement, tout en ayant un oeil lucide vers nos intervenants et vers notre patient. Il ne m'a jamais parlé de lui, ni de sa vie personnelle. Une bonne année de plus… J'ai appris qu'il s'était suicidé. Tant d'enthousiasme pour sa profession, pour en arriver là ! Quelle souffrance a pu susciter un tel acte ? Quand on a les poches pleines de produits hautement performants… Il en rejoignait bien d'autres.

Je n'étais pas seule à ne pas trop apprécier les stagiaires. Mes collègues vivaient les mêmes scènes que moi. Le travail continuait, en apparence pareil : on endormait ; on réveillait comme à l'accoutumé, mais entre temps, tous nos patients avaient des petits incidents : ça poussait, ça crachotait, ça soubresautait… ceux qui dormaient ne sentaient rien et ceux qui voyaient faisaient comme s'ils ne voyaient pas. Rien de grave, bien sûr : ça me rappelait mes débuts, en 1955 à l'Hôtel-Dieu : un médecin pour six infirmiers stagiaires. Il a bien fallu trouver les bonnes solutions nous même et apprendre seuls ce qu'était une anesthésie satisfaisante et équilibrée. Eux avaient bien une infirmière expérimentée à leurs côtés, mais après dix ans d'études, quand on se remplit la tête chaque jours d'informations scientifiques prônées par *ses Pairs*… Que peut dire de plus une petite infirmière ? Pourtant, le doigté, l'expérience, ne sont pas scientifiques, ou bien peu. Et parfois, l'expression orale est plus fiable en ce domaine. Certains le comprenaient, d'autres pas.

Ils ont fait comme nous. Ils ont fini par trouver tout seuls.

Dans le même temps, on avait aussi des problèmes avec les néo-natologistes. Un service venait de s'adjoindre à la maternité. Avec un pédiatre confirmé et un assistant, mais là aussi, il y avait des stagiaires. Désormais, c'était le pédiatre stagiaire de garde qui était appelé à chaque césarienne pour recevoir l'enfant et faire une éventuelle réanimation. Ce que nous avions jusque-là toujours fait avec la sage femme, en cas de besoin. Et là aussi il y a eu un temps d'adaptation pas facile. Le chirurgien sortait l'enfant et le pédiatre l'attrapait dans un champ et le posait sur la table de réa-bébé – nouvelle elle aussi – tout comme autrefois la sage-femme. Et là, le stéthoscope bien vissé dans les deux oreilles, sûr de n'avoir à entendre aucun conseil, seulement les bruits du cœur du bébé, seul avec sa science et sa responsabilité. J'imagine qu'il ne voyait même pas la blouse rose de la sage femme à sa gauche et ma blouse blanche à sa droite. Quand l'enfant criait bien et gigotait hardiment, on ne comprenait pas bien pourquoi il fallait l'embêter avec une sonde gastrique puis endo-trachéale, alors qu'avant, une tape sur les fesses et une aspiration buccale suffisaient à le faire hurler de joie d'être arrivé dans cette superbe humanité – attends mon p'tit gars, tu vas sûrement déchanter. Quand l'enfant n'allait pas trop bien, on trouvait qu'il n'allait pas assez vite On voyait bébé passer du violet au blanc avec angoisse… on pouvait toujours suggérer quelque chose : rien n'était entendu – sauf les bruits du cœur du bébé, par le pédiatre seulement. Nous, on entendait bien ce qu'il disait : passez moi ceci ou cela, ce que nous faisions de suite. Mais la sage-femme et moi nous lancions des regards dubitatifs et souvent angoissés. Je me demandais pourquoi des jeunes stagiaires, au moins en expérience, étaient seuls en garde. Dans les cas difficiles, je ne pouvais m'empêcher de penser que cet enfant là était entre les mains les plus inexpérimentées de toute la maternité. Mais ici encore, les protocoles de réanimation avaient changé, et ces jeunes médecins les appliquaient à la lettre. J'ai fini par ne plus aller voir se qui se passait. Je restais près de la mère endormie. C'était là ma place, et la sage femme était bien suffisante et indispensable pour la suite à donner : soit bébé en nursery, soit en réa.

Mais rien de grave n'est arrivé. Petit à petit, tout est rentré dans l'ordre. Les néo-natologistes sont devenus habiles, et les anesthésiologistes sont devenus aimables.

Bientôt, nous n'avons plus eu des stagiaires, mais des médecins spécialistes confirmés, en poste fixe à la maternité : un chef de service et deux pratiquants de jour. Un peu plus tard encore, un anesthésiologiste confirmé avec nous en garde, quand s'est généralisée la Péridurale. Pour moi, l'âge d'or enfin trouvé dans ma profession, jamais je ne m'étais sentie aussi bien entourée. Tous étaient gentils, compréhensifs, coopératifs, et nous même, les infirmières, peut-être avions nous changé aussi ; car, pour beaucoup de mes collègues, et peut-être un peu pour moi aussi – bien que je m'en défende – toutes ces années de règne incontesté, parce que seules de notre espèce, nous avaient sûrement bien mal préparées à un partage des tâches. Les jeunes médecins n'avaient peut-être pas tout à fait tort, d'être suspects et tendus à notre égard. En tout cas, la paix retrouvée, l'efficacité et la sécurité assurée auprès des patients, j'ai terminé ma carrière dans le plaisir du partage avec les anesthésiologistes comme je l'avais toujours connu avec les obstétriciens. Dans mes dernières gardes, j'ai beaucoup aimé participer au petit ballet anesthésie – réanimation : on se comprend, on se suit, on se complète, pas besoin de beaucoup de paroles... On a la même vision, le même objectif de réussite auprès des malades, chacun a trouvé sa place, chacun sait que l'autre lui est indispensable. Cela a été ma chance, c'est sans doute grâce à cette organisation que j'ai pu travailler jusqu'à mes soixante ans dans un service où il est indispensable d'avoir un bon équilibre physique et psychique, pour être, comme les scouts, toujours prêts à servir.

Avant tous ces changements, au début de l'ère Mitterrandienne, notre chef de service, encore seule pour tout l'hôpital, avait décidé de se rendre au ministère de la santé pour plaider auprès des responsables, plus d'attention à notre hôpital de Seine Saint-Denis, dans une idée d'agrandissement des crédits, car le travail changeait, toujours plus important et de plus en plus délicat sur le plan médical. Elle croyait sans doute en notre nouveau président pour rétablir, selon elle, une meilleure chance pour tous les français d'être bien soignés. Il s'agissait donc de rattraper un retard en matériel et en personnel, sans quoi l'efficacité ne peut s'installer. Elle souhaitait aussi attirer l'attention sur les responsabilités de l'hôpital et des médecins hospitaliers, encore trop peu nombreux pour assurer une véritable responsabilité de sécurité auprès des patients. Elle prit donc rendez-vous au ministère, et demanda à un assistant médecin anesthésiste de venir aussi, ainsi qu'à moi-même, pour représenter le service infirmier, et toutes mes collègues, confrontées aux mêmes problèmes, que ce soit en Maternité où en Chirurgie Générale. J'étais à coup sûr une des plus anciennes de l'hôpital, mais j'ai pensé aussi qu'elle me faisait honneur en me demandant d'être présente. Je n'ai pas eu l'idée de refuser. Nous nous sommes présentés le jour dit. Une femme plutôt jeune nous reçoit. Etait-elle élue ou haut fonctionnaire ? Je n'en ai pas le souvenir. Notre responsable expose son sujet, puis me passe la parole. J'ai eu à peine le temps de parler de nos difficultés, malgré toute notre bonne volonté à ne jamais laisser le service sans anesthésiste, des heures supplémentaires impressionnantes que nous faisions pour parer aux absences, toujours possibles… Elle a écouté quelques secondes, puis, en tournant la tête vers mes deux collègues médecins me dit « Oui, mais vous êtes infirmière. » Elle m'aurait giflé, cela ne m'aurait pas fait plus d'effet ! Ça veut dire quoi ? Alors parce que l'on est infirmière, on est forcément exploitable et corvéable à merci ?

Je n'ai pas su s'il y a eu un résultat ou non à cette démarche. A coup sûr, les choses ont bien changé, plutôt en bien. Mais c'était peut-être prévu sans cette louable intervention.

En ce qui nous concerne, mes collègues, peu de temps après, ont formé un collectif pour protester contre le sort qui nous était fait depuis longtemps. Elles ont demandé un statut particulier, et des augmentations substantielles, qu'au bout de quelque temps de grève, elles ont obtenus. C'était sûrement le moment de le faire : les médecins arrivaient, on ne pouvait plus nous confondre avec eux. Chacun pouvait préciser sa place, dans ce métier d'anesthésiste, difficile, indispensable, comme tout le reste en plein changement, et dont la marche inexorable de la médecine et la chirurgie ne cessait d'augmenter la responsabilité.

Comme toujours, la parole d'un groupe à été plus efficace que mes petits murmures, même prononcés au sein de l'administration.

MES AMOURS MELI-MELO

Un jour, un samedi matin je pense, je sortais de chez moi, peut-être sans avoir une idée très nette de mon emploi du temps. J'arrive à la sortie de l'hôpital et quelle n'est pas ma surprise de reconnaître la Citroën bleue de Roger, et de le voir, lui, debout devant elle, me regardant venir vers lui avec un regard intense, inquiet. « Mais que fais-tu là ? » – « Je t'attendais » – « C'est une grande chance de me trouver, je ne sors jamais à la même heure » – « C'est une grande malchance de t'avoir perdue » Il me prend les deux mains dans les siennes, et les embrasse doucement avec un regard triste. « Asseyons nous un instant dans la voiture, je te raconte » Il me fait monter, à l'arrière, et prend place à côté de moi. « C'est toi que j'aime, et je suis bien malheureux. Je me suis marié en Algérie, et ma femme vient d'avoir une petite fille » Ce disant, il me serre contre lui, et s'écroule à moitié sur mes genoux… Mais c'est toi que j'aime »… C'est futé ça ! c'est moi son amour, mais il en marie une autre ! Il est marié, mais il parle de la fille de sa femme. « Et comment l'as-tu appelée, cette petite fille ? » – « Françoise – »… Je me rappelle qu'il n'a jamais eu peur d'en faire trop ! Je regarde cette grande carcasse répandue sur mes genoux. Je ne ressens pas la moindre compassion. Mais de le sentir tout contre moi me redonne une certaine envie. « Et que fais-tu à Paris ? – Je suis de retour en France, basé à Cherbourg, mais j'aurai l'occasion de venir souvent à Paris, pour mon travail » Ah ! Bon. Tout est clair. Ce n'est pas un marin, mais les militaires, c'est peut-être la même chose, on prend l'habitude d'avoir une femme dans chaque ville : c'est plus pratique, ça évite les recherches au cours des déplacements ! Il renifle un peu « Tu es toujours aussi belle, ma merveilleuse Françoise » Je note le possessif – Lui c'est mon merveilleux amant qui me cajole si bien et me fait vivre des choses en dehors de mes habitudes et de mes possibilités – Un petit silence…

« Et si on allait à mon hôtel ? Je suis sur le boulevard Arago, près de la maternité » Ben voyons ! De suite au plus pratique ! « C'est une idée ça » Il me donne son grand sourire chevalin, m'embrasse, et sort vivement de la voiture, pour venir m'aider, en passant de l'arrière à l'avant, et en tenant les portières. Et nous voilà partis ! Il a retrouvé toute sa verve, il bavarde et rit, tout comme si nous nous étions quittés hier soir. Sa vivacité et sa gaîté sont très communicatifs. En arrivant à l'hôtel, j'ai oublié, moi aussi, tout le temps passé sans nouvelle de lui.

Il me plaisait bien, ce grand farfelu, il me plait encore un peu plus d'un an après. Je n'ai jamais rien attendu de lui : c'est peut-être pour ça que j'ai l'impression d'avoir reçu beaucoup. Nous avons terminé la soirée à la Closerie des Lilas. Cela nous rappelait de bons souvenirs. Puis il m'a accompagnée jusqu'à la Salpétrière, où je prenais un service de nuit à 23 heures à l'Ecole d'Infirmières. Il repartait le lendemain, mais bien sûr avec la promesse de me revoir à son prochain passage, mes coordonnées dûment inscrites sur son carnet.

Si J.P. avait été là, chaque fois que j'étais libre, comme le faisait l'année précédente, le beau Roger, je ne l'aurais sans doute jamais retrouvé. Mais J.P. caracolait ailleurs sans aucun doute, et de plus, disait-il, il avait beaucoup de cours et de travail. Moi, je finissais ma deuxième année de stages, et n'allais pas tarder à prendre le poste à la maternité parisienne du 14ème arrondissement.

J'ai revu Roger, de temps en temps, tous les deux, trois mois, je recevais un coup de fil, et sur les jours où il était à Paris, on trouvait bien un moment pour se rencontrer. Il était toujours amoureux et gentil, mais... un peu moins fantasque et drôle. Je ne me suis jamais penchée sur ses états d'âme, son sort, il l'avait choisi, et ce qui se passait ailleurs ne me regardait pas.

Nous avons retrouvé les bons restaurants, les promenades sur les bords de Seine, les quartiers autour de Saint-Germain des Prés que nous aimions tous les deux. C'étaient forcément des moments plus courts qu'autrefois. Nous ne parlions jamais de son autre vie. Je crois qu'il avait compris qu'il valait mieux ne pas me mentir. Il était pour moi l'amour connu, reconnu, retrouvé. J'aimais me laisser aller dans ce bonheur toujours apprécié, il y avait entre nous comme une sensation « grand copain-grand frère » que j'aimais bien : ni projet ni mensonges, et c'était bien ainsi.

Lorsque je l'ai vu pour la dernière fois, j'avais rencontré Bertrand depuis quelques mois, et je lui ai dit que l'on ne se rencontrerait plus. « Ce n'est peut-être pas grave ? » – « Pour moi, si – Il a bien de la chance, il sera plus heureux que moi » Je n'ai pas commenté, et sur une embrassade fraternelle, je suis partie.

Au premier de l'an suivant, j'ai reçu à mon nom et dans l'hôpital où je travaillais, une énorme bourriche d'huîtres, spéciales « Saint-Vaast » que nous avons dégustées en salle de garde avec tous ceux qui débutaient l'année, de garde pour le service. C'était bien la marque de Roger ça!

Depuis que j'avais intégré la maternité, toujours beaucoup de gardes et les remplacements en cliniques, très prenants aussi, mais comme on ne partait pas en vacances très souvent, j'avais quelques soirées libres. Je sortais avec mes amies, pour aller danser, ou bien au théâtre. C'est chez des amis que j'ai rencontré Bruno: je l'ai fréquenté quelques mois. A bien y réfléchir, J.P. me laissait souvent seule. C'est vraiment trop tard pour s'en rendre compte! Comment ai-je pu m'imaginer être la seule importante pour lui, comment ai-je pu accepter tous ces intervalles de temps, ces absences de vacances ou simplement d'escapades communes. Même si consciemment, je lui accordais une certaine liberté, pour sa jeunesse et son appétit sexuel... Aujourd'hui, je ne comprends plus rien! Il n'y a rien qui me ressemble dans cet attachement si fort que je lui ai donné. Je ne regrette rien ni personne, mais que j'aie pu me tromper à ce point... Je crois qu'aujourd'hui encore, la blessure d'orgueil n'est pas tout à fait refermée.

Après avoir largué J.P. et Bruno dans le même sac, je n'avais plus d'attachement solide.

Je n'ai jamais manqué d'amoureux et j'ai toujours aimé les hommes. J'ai aussi des amies très chères, mais s'il n'y a pas au moins un homme dans mon horizon, je m'ennuie très vite. Chacun d'eux a facilement quelque chose de séduisant pour moi. Et dans cette période où je n'aimais plus personne, ou rien n'était important, j'en ai tout de même apprécié quelques uns. Dont Chris, qui est mon meilleur souvenir. Les hommes ont toujours eu le droit de dire qu'ils aimaient les femmes, c'était même leur reconnaître une grande qualité. Mais les femmes, si elles tiennent le même langage, personne ne songera à les féliciter. Aucune femme, à ma connaissance, n'a eu l'idée de chanter les hommes comme Julien Clerc. Lui, chante les femmes. « *Femmes, je vous aime* »... Moi je les ai aimés, comme eux aiment les femmes: pour leur présence, leur voix, leurs gestes, leur façon de rire, et leurs amitiés bourrues. De n'en avoir pas besoin pour vivre m'a donné toute liberté pour les apprécier. J'ai eu la grande chance de passer tout mon temps de travail près d'hommes jeunes – forcément, ils se renouvelaient tous les six mois – j'ai toujours aimé cette compagnie. Leur dynamisme, leur jeunesse, et leur beauté Cela m'a donné l'illusion de ne pas vieillir trop vite. Tout comme eux, les femme sont programmées pour le plaisir, et peut-être plus encore... Ce sont les hommes, qui ont décidé qu'une femme ne pouvait avoir de plaisir que dans l'attachement. Eux, sont plus sollicités par le désir, et c'est tout à fait logique : Sans désir, « aucune oeuvre » possible.

Heureusement, je n'ai pas trop tardé à rencontrer Bertrand., sans cela, qu'aurais-je eu encore à vivre ?... Et là, c'est l'aventure au long cours qui commence.

INCIDENT – ACCIDENTS

Deux fois, j'ai dû me présenter comme témoin devant les experts médicaux, suite à une plainte de clientes de l'hôpital.

La première fois, j'étais assez inquiète. Sûre d'aucune participation de ma part à ce dommage. Mais la femme qui portait plainte accusait directement l'anesthésiste, et il n'y avait que moi répondant à cela. Au reçu de ma convocation, j'ai pris rendez-vous avec le directeur de l'hôpital, pour comprendre ce qui m'arrivait, et ce qui m'attendait. Il m'a reçue très gentiment, et ses explications m'ont été très utiles. « Cette femme a sans aucun doute des séquelles dommageables à la suite de son séjour à l'hôpital. Elle demande des compensations, ce qui est compréhensible. Vous n'avez sans doute fait que ce qu'il était indispensable de faire, mais l'expert demande votre témoignage : vous êtes obligée de vous présenter et de vous expliquer. Mais vous travaillez sous la responsabilité de l'hôpital, c'est donc l'hôpital, et notre assurance, qui doivent assumer les dommages. Les séquelles sont réelles, c'est uniquement une affaire de jugement et d'assurance, et pour juger, il faut votre témoignage. Cette dame a dû subir une greffe de la saignée du bras droit, après nécrose des chairs, à la suite de sa césarienne… « Que s'est-il passé pour vous, lorsque vous vous êtes occupée d'elle ? » – « Pour moi, rien de spécial. J'ai donné l'anesthésie intraveineuse, comme d'habitude… mais cette dame était diabétique, donc des tissus infiltrés. Elle a beaucoup saigné, et j'ai dû passer du sang et une réa plus conséquente qu'à l'habitude. Je n'aurais pas pu faire passer près de trois litres de liquide, si je n'avais pas eu une bonne entrée intra-veineuse pendant tout le temps où j'ai eu à m'occuper d'elle… Ensuite elle est partie dans le service, avec une perfusion en place qui marchait bien… Mais avec des tissus infiltrés. Peut-être y a t-il eu diffusion alentour de la veine, pendant et après l'intervention chirurgicale… Ça me semble possible… et cela dépend aussi des produits qui ont pu passer par cette perfusion. » – « Oui, c'est sûrement là, la vérité. Quoi qu'il en soit, elle demande à être indemnisée, et elle le sera sans doute, car si on ne l'avait pas touchée, elle n'aurait pas eu de nécrose. » – « Mais elle serait tout simplement morte ! C'était un B.G.R, une deuxième césarienne, son bébé ne pouvait absolument pas naître sans césarienne – « Eh bien, les juges en tiendront compte pour fixer la hauteur de l'indemnité. » – « Ah ! Bon, alors, si c'est une histoire de « sous », ce n'est plus de ma compétence » – « C'est cela, soyez confiante, je vous connais, l'hôpital suit votre travail depuis longtemps, tout le monde sait que notre personnel n'est pas en cause. Mais c'est la procédure, nous devons nous y plier. »

C'est ce que j'ai fait.

L'expert m'a posé quelques questions, avec, devant lui, ma feuille d'anesthésie... Bien faite, et bien explicite m'a-t-il dit. Comme quoi, c'est important de bien remplir ses documents, même après coup, comme c'était sûrement le cas ici : car comment avoir les mains occupées à faire une bonne réanimation, et à faire de l'écriture en même temps ? J'avais écrit tout ça, après l'intervention, et en surveillant son réveil et sa perfusion, je suppose. Mais j'avais affaire à un médecin, anesthésiste, expert qui plus est et je n'avais pas besoin de préciser tout ça : il s'en doutait sûrement... Merci Madame – au revoir Monsieur – Et je n'ai plus jamais entendu parler de ce cas.

La deuxième fois, une plainte portée par une femme. Egalement après une césarienne. Et elle aussi mettait en cause les anesthésistes.

Cas bien plus inquiétant et sérieux – C'est aussi vrai, que lorsque l'on voit son bras mangé par la nécrose, il y a de quoi s'inquiéter, même si la vie n'est pas en danger –

C'était peut-être en 1978 ou 79. Nous avions déjà quelques stagiaires, médecins anesthésistes, un par un, avant d'en avoir plusieurs dans les années 80. Laurent était avec nous depuis trois mois et venait de faire un stage en Belgique, pays qui avait mis en place avant nous les anesthésies et analgésies obstétricales par péridurale. Il revenait, avec sa technique bien en main, semble-t-il, pour pouvoir l'appliquer et nous instruire aussi...

Ce jour là, avec le Patron, ils avaient décidé de faire la césarienne prévue sous péridurale. Comme je n'y connaissais encore rien, il avait tout pris en main, dans la grande salle d'op. Et moi, je faisais les petites interventions dans la petite salle. Les deux pièces étaient séparées par un sas de récupération du matériel, et dans le même sens toutes les deux : Portes ouvertes, on pouvait voir le collègue et la tête du malade sur la table d'opération. J'endormais mes patientes et Laurent préparait la femme pour la péridurale et la césarienne. J'ai dû faire deux personnes, biopsie et curetage, pendant que je le voyais de loin s'occuper de la femme. J'étais à la fin de ma deuxième anesthésie, lorsque j'entends Laurent pousser un cri d'angoisse : « Franca ! Vite, vite ! » Je me précipite... Et je vois sur la table d'opération la femme lever la tête de façon saccadée et cracher loin, sur le carrelage de la salle de longs jets de liquide mousseux : pas besoin de chercher un diagnostic, tout le monde alentour savait que c'était là un œdème aigu du poumon. Pourquoi ? Ça, c'était pour plus tard. « Moi, j'intube, toi, tu t'occupes des injections à faire » Rapidement, sans trop de mal, j'enfile une sonde endotrachéale dans la trachée de la dame, je branche l'oxygène pendant que Laurent s'affaire pour donner le traitement de soutien cardio-vasculaire... Le geste rapide, le mot bref. L'échange est parfait entre nous deux. J'essaye de toutes mes forces de faire passer l'oxygène vers les poumons. J'appuie sur le ballon comme une perdue... parce qu'il y a de la résistance dans la tuyauterie pulmonaire pleine d'eau... Mais vas-tu rentrer dans les vaisseaux, et laisser la place à l'air ? La femme est à moitié comateuse et ne peut plus râler, puisqu'elle a un tube dans le gosier. Au bout de dix à quinze minutes, nos efforts conjugués portent leur fruits. L'air passe bien, la respiration s'installe, le cœur se calme : on peut installer une vraie anesthésie et faire la césarienne : Car il faut bien le sortir, cet enfant là, puisque c'est son heure.

Pendant que nous nous affairions, quelqu'un a appelé notre médecin anesthésiste responsable de nous tous et qui se tient plutôt en chirurgie générale où le travail est plus divers et plus compliqué. Elle endort et surveille... à l'autre bout de l'hôpital. Elle arrive en courant. « Que se passe-t-il ? Oedème aigu ? Vous avez fait ce qu'il faut. Heureusement que vous étiez deux »

Certes ! même trois, ça n'aurait pas été de trop ! Puis, dans le calme revenu, l'enfant sortit heureusement il a crié de suite, et n'a eu besoin que des soins habituels, sans plus. Nous nous sommes consultés tous les trois, nous avons écrit les comptes-rendus et essayé de comprendre. A-t – elle reçu trop de liquide ? A-t-elle une défaillance cardio-vasculaire passée inaperçue ? C'est bien possible. Notre responsable a demandé d'autres examens complémentaires, a prescrit réa et traitement, et en repartant vers ses autres patients, nous dit « Voyez l'importance de ne pas être seul » Là, elle prêchait une convertie de longue date ! C'est seulement à ce moment là que je me suis souvenu avoir abandonné une patiente branchée, sous masque, dans l'autre salle. Effarée, je me précipite vers l'autre salle… « Et l'autre malade ? – Ne t'inquiète pas dit la panseuse. On s'en est occupé, elle est bien réveillée, toujours dans le couloir… Si tu veux la voir » – C'est vrai que dans les « coups durs » tout le monde fait quelque chose d'utile, à sa portée – Je vais voir la dame : « C'est fini ? dit-elle gentiment en ouvrant les yeux – Oui – Merci… Oui, il y a de quoi. Celle-ci est sauvée et heureuse d'être débarrassée d'une grossesse intempestive… Mais l'autre, celle que l'on a « rattrapée », et qui nous a donné tant d'émotions, ne dira pas merci, et portera plainte contre « les anesthésistes » Après la césarienne, elle a gardé (ou précisé ?) quelques difficultés respiratoires, une défaillance cardiovasculaire, prise en main par un cardiologue. C'est ce dont nous nous doutions, et c'est le sujet de sa plainte.

Cette fois, c'est Laurent qui balise sec au reçu de la convocation pour l'expert. En profession libérale, l'hôpital ne prenait pas la responsabilité à sa place. Je le rassure et lui explique que ce n'est que procédure pour obtenir des dommages intérêts auxquels elle a droit. Je suis également invitée à comparaître. Le jour venu, nous nous rendons tous les deux à la convocation. L'expert fait entrer d'abord Laurent, et au bout de quelques minutes, me demande d'entrer aussi « Et vous ? Comment avez vous vécu l'évènement ?

Je raconte qu'occupée dans une salle, je voyais Laurent installer son anesthésie péridurale, et que je n'avais aucune raison de m'inquiéter car ce n'était pas la première fois, et que tout se passait bien d'habitude… Puis l'incident de l'œdème aigu et notre intervention conjuguée et rapide pour rétablir la situation. « Oui, tout est bien expliqué, et votre médecin chef m'a fait parvenir ses conclusions » Un médecin anesthésiste, expert, devait comprendre tout ça facilement. « Je vous remercie, madame, monsieur, au revoir »… A ne pas vous revoir, plutôt ! Deux fois, ça suffit !

En sortant, Laurent me dit : « Merci, tu as été très chic de ne pas faire de commentaires défavorables. » « Mais c'est qu'il n'y avait pas lieu… La vérité est bien suffisante ! » – « Tout de même, c'est un coup dur pour ma carrière » – « Tu crois ? » – « Peut-être, oui » Je sais aussi qu'il n'est pas facile de ne pas culpabiliser dans un incident de ce genre, même lorsqu'on a bien conscience de ne pas être responsable. On est toujours en train de se dire que, peut-être, en s'y prenant autrement… on aurait pu… et tout ça tourne dans la tête pendant un bon moment.

C'était un bien gentil garçon, ce Laurent. Un « fils père » Et oui ! cela arrive aussi. J'ai vu le cas, quelquefois… Après avoir reconnu une petite fille, née de ses amours avec une jeunesse, celle ci lui a laissé l'enfant, et est partie très loin, sans plus lui donner de nouvelles. Encore une qui n'était pas prête pour la maternité. Mais lui, a gardé l'enfant et s'y est très paternellement attaché. Il nous en parlait souvent. Elle avait alors six ans. Il lui apprenait la musique et le piano. Il était lui même bon pianiste, il nous avaient tous régalés, un soir en salle de garde, sur un mauvais piano qui traînait là. A cause de cette petite fille, à cause aussi, sûrement, de « l'incident », il a fini par abandonner l'anesthésie. Il est devenu hématologue. En garde, quand j'avais des résultats à demander au laboratoire, je tombais parfois sur lui. « Ah ! c'est toi ? Ça va ? – Ça va – mais tu ne fais plus d'anesthésie ? Non je préfère l'hémato, je suis plus facilement près de ma fille – Mais là aussi il y a des gardes – Oui, mais il y en a moins, et surtout ça ne va pas durer toute la vie, Lucette a besoin de moi – Bien sûr » Je crois aussi qu'il a vécu une « pétoche » terrible, dont il a eu bien du mal à se remettre. Je comprends très bien ça. Quand, dans son travail, on a vu la mort des autres d'aussi près, on peut ne plus avoir très envie de s'occuper de leur vie.

SALLE DE GARDE

La salle de garde est un peu la base du foyer provisoire du personnel médical hospitalier qui, en tant qu'étudiant en médecine et occupant un poste dans un service, provisoire ou définitif, passe une grande partie de sa vie à l'hôpital. Là, la vie personnelle se retrouve parfois avec la vie professionnelle, car, si l'on ne veut pas se perdre de vue trop longtemps, il faut bien se rencontrer quelque part.

Pour ma part, j'y allais parfois pour le repas de midi, plus souvent le soir. Quand je dis « midi », c'était au plus tôt entre 13 h 30 et 15 heures, voire 16 et le soir, à toutes les heures passé 20 heures.

C'était un lieu de repos, que souvent rendaient convivial la jeunesse et la verve pleine d'esprit des étudiants. A leur contact, j'y ai complété et approfondie mes connaissances médicales, car on y discutait beaucoup médecine : les cas où nous étions engagés dans le service, et aussi d'autres, venus d'ailleurs, et rapportés par les revues médicale, ou les confrères de passage. On y plaisantait aussi beaucoup. Il fallait bien libérer les tensions du travail, et la jeunesse sans cesse renouvelée du gros de la troupe avait ce besoin, bien compréhensif, du rire et de la plaisanterie. On prenait les choses du bon côté : les lieux comme la nourriture pourtant peu appétissants. Surtout lorsque cette nourriture vous a attendu dans de grosses gamelles assaillies par les cafards.

J'ai passé une très grande partie de ma carrière, accompagnée en bien des lieux par les cafards, ces blattes des villes. Il s'installaient dans les lieux de préférence chauds et humides, certains d'y trouver nourriture saine ou détritus : pour eux cela ne faisait aucune différence. Pour nous, cette compagnie à nos repas tardifs nous encourageait à ouvrir les frigidaires et, selon ce que l'on y trouvait, à se fabriquer un petit repas. J'ai donc appris aussi en salle de garde à faire la cuisine, et à tirer parti au mieux de n'importe quelle nourriture. Dans les services aussi nous étions périodiquement envahis par les cafards. Ils sortaient surtout la nuit, car personne ne les chassait à coup de bombe insecticide. Le matin, lorsque le personnel de jour arrivait, le premier travail était de se débarrasser de cette colonie d'insectes qui, profitant de l'absence de tout chasseur, entraient dans les placard, investissaient les restes de pain, parfois un repas ou un dessert qui avait été prévu pour un personnel de garde ou même un malade. Malgré les précautions prise de couvrir ces mets, les petites bêtes savaient très bien trouver l'interstice qui leur ouvrait la voie au festin. Souvent en revenant d'une anesthésie en salle de travail, je venais boire un café et dire bonjour au personnel qui arrivait, et je voyais les bombes insecticide, les pelles et balayettes s'activer, pour débarrasser placards et paillasses des envahisseurs de la nuit. L'administration faisait bien venir régulièrement des équipes de nettoyage et désinfection en vue d'éliminer les petites bêtes. On ne les voyait plus, pendant un petit temps, puis de nouveau... Un beau bronzé, couleur whisky, plus ou moins gros, traversait la paillasse de l'office ou du réfectoire, et cela en même temps au quatre coins de l'hôpital, très bientôt suivi par toute une colonie, et l'envahissement ne tardait pas à refaire surface. J'en ai vu partout, en salle de garde, dans les offices, dans les toilettes et même parfois dans nos chambres de garde. Il n'y a qu'en salle d'opération que je n'ai jamais constaté la présence de ces familiers. Il est vrai qu'en ces lieux, l'hygiène et la désinfection sont constante, après chaque opération, et de fond en comble, au moins trois fois par jour. Même avant l'arrivé des produits miraculeux, ils n'ont jamais pu franchir la garde sévère que leur dressaient les infirmières panseuses et les aides soignantes.

Une nuit, nous étions en salle de travail avec l'interne, lorsqu'une infirmière du service de suites de couches nous rejoint pour nous dire qu'une jeune accouchée voulait rentrer chez elle, là, de suite, à trois heures du matin, et qu'elle avait déjà appelé un taxi. Pourquoi? Parce que, se réveillant, elle avait vu un cafard traverser tranquillement la couverture de son bébé dans son berceau. Nous qui en poussions régulièrement une colonie pour pouvoir boire une tasse de café, nous avons de suite été solidaires de sa demande, comprenant très bien sa colère. L'interne a fait son travail, et après examen de la jeune femme et du bébé, a autorisé la sortie après avoir fait signer une décharge: elle n'était qu'à son quatrième jour de l'accouchement... mais aujourd'hui, les dames sortent plus vite encore... – Ou bien elles se remettent plus vite, ou bien il y a moins de place dans les hôpitaux – Son souhait était de se plaindre à la direction de l'hôpital, ce que nous lui avons vivement recommandé.

Et puis, dans les années 80, ces années de grand changement, les services de désinfection sont venus une fois de plus, et cette fois… Miracle! nous n'avons plus jamais revu les petites bêtes! Sans doute un chimiste de grand talent avait enfin trouvé le produit pour les éliminer… Très, très longtemps… Pour ma part, cela faisait bien une trentaine d'années que, régulièrement, je les voyais apparaître, d'abord quelques solitaires, puis rapidement en rangs serrés… Presque, de quoi les regretter!

En salle de garde, nous avions parfois la visite d'un ou d'une conjointe. Les internes faisaient une garde un jour sur deux, pareil pour nous, dans les premières années, 24 où 48 heures d'affilée… Les jeunes couples et même les bébés n'avaient que la ressource de venir de temps en temps partager les moments libres, la nourriture fade et… les cafards… avec nous.

Nous chantions également. Bien sûr des chansons de salle de garde, paillardes à souhait, dans un beau chœur de voix d'homme, relayé par les voix menues ou aigues des femmes… Ce n'était pas tout à fait les Chœurs Russes, mais tout de même ça ne manquait pas d'une certaine beauté! Inventifs et pleins d'esprit, les étudiants tenaient à garder les traditions de leurs aînés. Par exemple, un jour qu'il y avait « Amélioré » – un repas du soir, pris tous ensemble, ceux de garde et ceux qui ne l'étaient pas et qui revenaient avec amis et famille, en apportant quelques mets plus succulents que l'ordinaire des gardes habituelles – donc – ce soir là, à la fin du repas, joyeusement chanté et bousculé, mon voisin me tend l'assiette de fromages, apportée par les participants, en désignant un fromage orange « Tu aimes la mimolette vieillie? – Oh, oui, et plus elle est dure, meilleure elle est »… wouah! Tollé général: couteaux frappant les verres, et les fourchettes les assiettes: l'externe se lève pour écrire sur le mur cette belle phrase révélatrice… Plus elle est dure, meilleure elle est, dixit Franca, et la date du jour. Cette phrase écrite sur le mur à la craie rejoint d'autres écrits, tout aussi tendancieux, qui, au cours du temps et des divers Améliorés ou Tonus, qui ont eu lieu dans cette salle, ont enrichi les murs du réfectoire et distrait les occupants, en des temps moins joyeux que ce soir là. Il y avait aussi, sur ces murs, des dessins, graphismes explicites en diable, œuvres d'art éphémères, souvent rappelant le quotidien vécu dans le service. L'un d'entre eux est resté longtemps, tellement bien fait que personne ne voulait l'effacer pour faire place à une autre facétie. Ceux qui travaillait dans le service aimaient voir leurs chefs ainsi glorifiés: partant de la bande dessiné Astérix, l'artiste avait personnalisé nos trois chefs, réussissant à nous donner une image éclatante des bien connus Astérix, Obélix et leur barde, dans une ressemblance parfaite, tout en leur accordant, dans l'allure et l'expression le reflet évident de chacun de nos chefs, dans leur comportement et leur manies. Une réussite totale ! On ne pouvait s'y tromper : c'était bien nos chefs. Pour l'auteur de ces dessins : médecin ou graphiste, le talent était là.

Ces réunions en salle de garde, quelques-unes par an, souvent préparées pour la présentation des nouveaux internes, ou l'adieu à ceux qui partaient, étaient la révélation de plus d'un talent, autre que celui du diagnostic ou du bon traitement. Que d'esprit ! Exprimé en chansons, en pamphlets ou saynètes. Ah ! Ils n'avaient pas les yeux dans leur poche nos jeunes étudiants en médecine ! Plus d'un chef de service, d'une surveillante ou d'un directeur d'hôpital ont fait les frais de ces soirées. La dent dure parfois, mais la satire tellement proche de ce que tout le monde pouvait voir tous les jours, que toute la salle croulait de rire, et que fusaient de toute part félicitations et bravos… Cela faisait du bien à tous les participants de tourner en farce ce que nous devions bien accepter quotidiennement, d'accord ou pas, pour la bonne marche du service. Nous faisions tous des choses sérieuses et importantes, et de se détendre dans la dérision et la bonne humeur, ne pouvait relever que d'une bonne vitalité dont nous avions tous besoin.

De temps en temps, le téléphone sonnait. Tout juste audible, dans le chahut de la salle. Le participant assis le plus près du combiné, demandait le silence, de suite obtenu, et transmettait à celui où à ceux appelés les demandes les concernant. Ceux-ci se levaient, de suite dans le sérieux, et avec un regard vers les desserts… « Gardez-en un peu pour nous avant de vous « goinfrer » Ce qui était toujours fait par leurs proches qui restaient avec nous.

Aussi débridés que j'aie pu voir tous ces jeunes gens, y compris moimême, je n'en ai jamais vu un seul pris en défaut, dès qu'on faisait appel au professionnalisme.

A CHACUN SA FACON DE DONNER

Mon amie Francine qui était toujours danseuse, pendant que je devenais infirmière, puis anesthésiste, faisait en cette fin d'été un spectacle pour quelques temps encore, dans la principauté monégasque. Il me restait quelques jours de congé à prendre à l'hôpital, et pour pouvoir à la fois me payer un séjours à Monaco et bénéficier de la présence de mon amie, j'avais répondu à une annonce de notre journal professionnel, où une infirmière anesthésiste de l'hôpital d'enfants de Nice demandait une remplaçante pour deux semaines. « Enfin j'ai une réponse positive, me dit au téléphone, la collègue de cet hôpital. Je commençais à penser que je ne pourrais jamais partir, ça fait plus d'un an que je n'ai pas décollé du service ! Je te laisse ma place à l'hosto, et dans mon appartement. Ça te va ? » Oui, ça m'allait. Pas de frais supplémentaires, et une petite rallonge à mon budget habituel, cela ne pouvait que me plaire. J'étais toutefois un peu inquiète, car je n'avais en matière d'anesthésie enfants que l'expérience de Poissy. « Ne te fais pas de soucis, me dit ma collègue, tu ne feras que les matinées et les interventions prévues, c'est le plus souvent des opérations simples, il n'y a pas de gardes, donc pas d'urgences, où c'est souvent plus compliqué – Et le médecin sera là ? – Ah ! non. La journée il travaille ailleurs, sauf cas exceptionnel, il n'assure que les gardes. Il m'a dit qu'il viendrait juste le premier matin, pour faire connaissance et seulement si tu as un besoin impératif de sa présence – Oui, c'est comme partout » Bon. Je prends date, ses coordonnées, et m'apprête à partir.

J'arrive par une fin d'après midi de dimanche, à Monte-Carlo. Je rejoins Francine chez elle : un grand studio dans la rue principale, qu'elle partage avec son amour, un petit bonhomme souriant, quelle me présente (non, ils sont de même taille, mais dans ce cas la femme paraît toujours plus grande). A côté d'une grande belle fille comme elle, j'ai l'impression « qu'il ne fait pas le poids », mais c'est une vilaine habitude de juger si vite au premier coup d'oeil...

En fin de soirée, j'ai changé d'avis : il est gentil, serviable et plein d'humour. Je passerai mes soirées avec eux, et assisterai au spectacle de

Francine avec son ami Georges, avant de rentrer à Nice pour aller à l'hôpital chaque matinée. Ainsi s'organise mon séjour.

Le premier matin, dans le service, j'arrive pour huit heure. Première intervention : une petite fille de six ans, pour appendicectomie. Elle est déjà sur la table, pas consentante du tout. L'infirmière panseuse et l'aide soignante essaient de la rassurer... Pas facile ! Je prépare la perfusion, à ce moment le médecin anesthésiste entre avec le chirurgien. « Bonjour. Vous remplacez Caroline ? – Oui, je peux endormir ? – On commence à l'éther, ce sera plus facile après pour prendre la veine » Bon. C'est lui qui commande. C'est un grand bel homme, jeune, beau, avec une belle carcasse bien bronzée, un visage fin et équilibré, de beaux yeux bleus. Tout en parlant avec le chirurgien qui s'habille, il pose le masque sur le visage de la petite fille et ouvre le réservoir d'éther. Ça ne plait pas du tout à la fillette, qui, bien qu'attachée, se met à gigoter bras et jambes, et à se soulever. L'infirmière panseuse et l'aide soignante maintiennent au mieux le petit corps sur la table. Le bel homme tient fermement avec sa grande main recouvrant tout le petit visage, le masque où passe le mélange gazeux, et manipule le loquet d'ouverture, plus où moins grande, pour approfondir petit à petit l'endormissement. Ça dure... Pour moi, une éternité. Mais peut-être pas même deux minutes. Ah ! c'est une bonne anesthésie ! Pas de surcharge, pas même un petit hoquet ! Mais j'en ai eu mal au ventre de voir le petit corps se débattre. Le bras devenu tout mou je n'ai eu aucune peine à poser la perfusion. Je préfère la méthode du médecin de Poissy : On demande à l'infirmière de tenir fermement l'épaule de l'enfant et rapidement on prend la veine du pli du coude – tous les enfants ou presque, ont cette veine très visible, bien que fine – l'enfant n'a pas le temps de se rendre compte ni de se débattre : c'est tout aussi efficace et moins spectaculaire.

Tout le reste de la matinée se passe bien, les deux autre enfants étaient plus grands. J'ai commencé l'anesthésie en intra-veineuse, sans m'attirer aucune réflexion.

Je n'ai pas revu l'anesthésiste du tout pendant les deux semaines, je n'ai pas eu besoin de lui non plus : J'ai préféré faire et réussir le travail avec les enfants, à l'aide de nos petites mains, et je n'avais pas envie de revoir la grande main puissante et si efficace de notre bel anesthésiologiste.

Aujourd'hui, nous avons des produits plus performants que l'éther qui est complètement abandonné. Des gaz puissants et rapides, avec lesquels on peut endormir un enfant en deux inspirations, à peine le temps pour lui de s'apercevoir que le ballon qu'on lui présente n'est pas un vrai ballon pour jouer.

Je n'ai pas eu trop de travail dans ce remplacement, ce qui m'a permis de me gaver de spectacles au Casino avec mes amis. Chacune de nous prise par une vie très différente, ce fut la dernière fois que je passai un long moment avec mon amie d'enfance Francine.

IMPOSSIBLE DE PARTIR EN COURANT

A ce moment là, dans un hôpital du Val d'Oise, je remplaçais une collègue partie en vacances. Sur une semaine en horaire de jour. J'arrive le matin pour remplacer celle qui a fait la garde. Nous nous saluons, et de suite elle me dit : « J'ai eu un gros pépin en fin de nuit, nous avons fait une amputation, et au moment de lâcher la jambe, le malade a fait une syncope cardiaque. Et nous n'avons pas pu le rattraper « – Non ! Si. Et j'ai bien du mal à accepter ça. – Je comprends. De toute façon, il avait bien des problèmes cardiaques et circulatoires, puisqu'on l'amputait ! – Oui, mais on espérait bien qu'il allait supporter ça – Bien sûr – J'ai essayé de le protéger au mieux, mais ça n'a pas empêché la syncope » Elle me tend sa feuille d'anesthésie, bien détaillée, où je ne vois rien que je n'aurais fait moi même. « Quelle malchance ! Pour ce pauvre homme, et pour toi, tu auras du mal à oublier – Sûrement. Mais attends, tu as toi aussi une amputation en début de programme ce matin – Quoi ? C'est pas vrai ! Tu me fait une farce macabre ? – Non, je ne ferais jamais çà ! – Je commence à sentir mon estomac s'étirer et se tordre… « C'est le même cas ? Tout à fait, tiens voilà son dossier : même sexe, même âge, même état semble-t-il. Mais comment faire mieux et éviter ça ? – Je ne sais pas, il y a toujours une part de chance. Il est préparé de la même manière, et il arrive, là, le voilà. C'est à toi de t'en occuper maintenant. Je souhaite que tous les deux, vous ayez plus de chance que moi. Au revoir, à demain – Oui » J'en suis toute retournée, mais je me dis que ce n'est pas du tout le moment de perdre ses moyens. Une page est tournée, la nôtre commence. Pendant que l'on installe le malade sur la table, je fais mes dilutions et prépare ce dont j'ai besoin, et dans ma tête, chante une litanie : sommeil, protection, relâchement, et ne pas oublier la perte sanguine qui va partir avec la jambe, et compenser tout ça en temps voulu, et… et… Ma collègue a dû penser à tout ça aussi, et pourtant, c'est arrivé ! Ah ! Et puis zut ! Je ne vais pas me manger d'angoisse ! Je vais être, comme d'habitude, très attentive, écouter, suivre et comprendre cet organisme humain qui m'est confié, et comme j'ai plutôt de la chance, nous en aurons tous les deux.

Les chirurgiens entrent, les mains en l'air, prêts à être gantés par l'infirmière panseuse. « J'ai commencé l'anesthésie, pour approfondir en douceur – Bien sûr – Vous savez ce qui nous est arrivé cette nuit ? – Oui. C'est une nouvelle donne. Je préfère ne pas trop y penser – Je comprends. Nous pareil. De toute façons il n'y a pas le choix »

L'intervention commence, je suis accrochée à mon malade comme la moule après son rocher. Le visage, les ongles, leur coloration, le pouls, la tension… la perfusion, la transfusion… De temps en temps, je lève le nez pour voir où en sont les chirurgiens. Je vois le principal opérateur prendre la grande scie. Tous les vaisseaux sont noués : il va s'attaquer au fémur. Il n'y en a plus pour très longtemps. Mon patient est-il assez profondément endormi ? est-il assez protégé ? Il ne faut pas non plus que j'aille trop loin avec mes drogues… Exagérer n'apporterait rien de plus, sinon un choc supplémentaire. Je relève le nez. Je vois l'assistant qui tient la jambe à plein bras, se reculer légèrement : ça y est, la séparation est faite. Mais je ne m'attarde pas à l'étrange sensation que cette vision donne. Je reviens au patient, il faut que je sois sûre, que je « sente » qu'il est bien… car à cette époque, seule une surveillance sans faille et l'intuition de l'anesthésiste remplissaient le rôle de toute l'instrumentalisation performante d'aujourd'hui.

L'intervention se termine, les chirurgien sortent de la salle, le chariot rentre pour ramener le malade dans sa chambre. Au passage, le chirurgien arrête le brancard roulant que je suis : » Ça va ? Oui, pour le moment tout est bon, il faut voir la suite – Oui, on s'en occupe, on continue votre « réa », le temps de finir la matinée et j'irai le voir de suite – Je l'accompagne jusqu'à sa chambre, et je reviens – D'accord »

Et mon malade est bien reparti, non pas sur ses deux jambes, mais dans son lit, et dans la vie, pour encore un bon moment, je suppose.

JE CHERCHE UN REMPLACEMENT

C'est la seule fois de mon existence où j'ai cherché du travail. J'en avais déjà à plein temps à l'hôpital, mais la maigre consistance de ma feuille de paye me poussait à faire plus, d'autant que ma formation – qui n'avait rien coûté à l'administration de l'hôpital – intéressait les hôpitaux et les cliniques. Ma période de vacances arrivant, personne ne m'avait encore sollicitée pour un remplacement... Chose rare. Je décide donc de poser ma candidature, à l'aide de nos journaux professionnels. Je sélectionne cinq cliniques autour de Paris qui cherchent un remplaçant, et j'envois un petit laïus, que l'on pourrait aujourd'hui qualifier de C. V... Beaucoup plus simpliste et court que tous ceux que j'ai eu l'occasion de voir autour de moi de nos jours. Je reçois trois réponses positive – j'ai donc le choix – et j'opte pour une jolie petite ville du nord de Paris, au bord de l'Oise, réputée pour sa grande plage.

Je me présente au rendez-vous que l'on me propose, et rencontre la femme du chirurgien de la clinique, qui, comme beaucoup d'épouses de cette époque, assiste son mari, en faisant plusieurs rôles : chef du personnel, assistante en salle d'opération, et même l'anesthésie.

Elle ne me demande pas mes certificats – peut-être parce qu'elle-même n'en a pas – mais seulement avec qui je travaille, et à quel endroit. Elle m'explique que partant en vacances avec sa famille, elle a besoin d'un chirurgien pour faire le travail de son mari, d'une infirmière de salle d'op, et d'une anesthésiste pour que, bien qu'en moins grande quantité, le travail puisse continuer pendant leur absence. D'autant que, en grande part, il vient surtout de la maternité, qu'il n'est pas question de fermer pour deux semaines. Je serai logée, nourrie, et bien sûr, disponible à toute heure, en cas de besoin. C'est donc la même chose que mon premier remplacement à Poissy. Quand nous passons à la rémunération, je lui signale que j'aurai le temps de travail de deux infirmières, et donc deux payes aussi. Elle me trouve bien gourmande, mais comme elle n'a personne d'autre sous la main, accepte tout de même. Je ne me permets pas de lui demander si, elle, est rémunérée pour toutes les fonctions qu'elle remplit, auprès de son chirurgien de mari. En plus de celles, sociale et professionnelle, qu'il lui demande sûrement d'assumer, sans parler bien sûr de son rôle de mère de famille, probablement nombreuse. C'était la même organisation à la clinique de Villejuif, où l'épouse assumait toute la clinique, en tant que chef du personnel et d'économe. Là aussi, l'équipe habituelle partait ensemble. Mais je n'ai fait qu'une fois le remplacement, alors qu'à Villejuif, Christiane et moi avons fait les remplacements pendant cinq ans.

Toutes ces épouses qui se sont données sans compter, pour l'avancée de la carrière de leurs maris, et l'investissement de la clinique dont il était propriétaire, n'ont pas toujours eu la chance qu'elles méritaient d'en partager les bénéfices. Certaines se sont vues remercier, vingt ans et quatre enfants plus tard, au bénéfice d'une belle gazelle, bardée de diplômes, au regard de biche, et aux longues jambes fuselées. C'était peut-être la même chose dans les petites entreprises. Rappelez – vous, c'était « les trente glorieuses » Il n'y avait pas de chômage, et la croissance marchait bon train. C'est, je pense, là, ce genre de situation, qui a dû créer juridiquement ces indemnités compensatoires, si décriées aujourd'hui.

Mais je ne pensais pas à tout ça pendant ce remplacement. Le chirurgien était un interne des hôpitaux de Paris, l'infirmière et moi-même également. Nous étions jeunes, joyeux et bien portants, et nous avons assumé nos responsabilités dans la bonne humeur, et la bonne entente.

J'ai tout de même eu une surprise, dans ce remplacement. Il y avait à peine deux heures que j'avais pris mes fonctions : on m'appelle en maternité, pour un accouchement un peu difficile où il faut une pose de forceps. Je n'avais pas encore eu le temps de visiter le service, et le matériel qui s'y trouvait. La sage-femme me présente le cas de la dame, en même temps qu'un masque d'Ombredane : c'était un matériel déjà très ancien qui ne faisait plus partie de notre anesthésie, dite « moderne » de mon époque. J'avais appris son fonctionnement dans mes cours, mais je n'en avais jamais vu nulle part et bien sûr jamais utilisé. J'ai donc fait « comme dans les livres » : mouillé d'éther les feutres du corps de l'appareil et utilisé la vessie de porc qui fait ballon, pour faire respirer ma patiente : ça a très bien marché, et l'on a pu sortir le bébé sans que la dame souffre trop.

C'est peut-être quelqu'un que je rencontre aujourd'hui dans la ville, car, je ne pouvais l'imaginer à l'époque, je suis venue m'installer tout près de cette jolie ville où il fait bon vivre, avec ma famille et pour notre plus grand bonheur, même si elle ne ressemble plus à la petite ville provinciale de ces temps anciens

IMPUISSANTS

Le téléphone sonne et me réveille en plein sommeil profond, de suite j'ai les jambes coupées et le coeur qui s'emballe. C'est l'interne lui même qui m'appelle : « Tu peux venir au premier, nous avons une femme enceinte qui fait des pauses respiratoires et de la cyanose et je dois dire que je ne comprends pas – J'arrive » – Vite : J'enfile ma culotte et ma blouse, je m'asperge le visage d'eau, j'en bois un peu au passage pour me rafraîchir et retrouver mes esprits. Qu'est-ce qu'il a dit ? Ah Oui, des pauses respiratoires et de la cyanose… Il vaut mieux que je passe au deuxième étage prendre mon appareil, mes sondes et mes raccords pour pouvoir donner une oxygénation active, ce qui n'est pas possible avec le masque installé dans chaque chambre. Mon chariot n'est pas fait pour rouler à toute allure dans les couloirs, d'autant qu'il a une roue coincée, ce qui fait qu'il remue à toute vitesse son intérieur bardé de pièces métalliques en tout genre… Ça fait un bruit d'enfer. Les autres femmes endormies dans leur chambre vont croire que c'est l'heure du laitier : ce qui n'est pas le cas ! J'arrive à la chambre dite : l'interne est là, aussi l'infirmière et la sage femme qui tient le masque à oxygène au dessus du nez de la patiente. Celle-ci à l'air totalement absente et respire mal, en effet, une respiration anarchique : un, deux coups rapides, un arrêt, ça repart, une inspiration longue, un arrêt… Je prend la place de la sage femme et installe le masque pour pouvoir faire une respiration assistée. « Elle n'aurait pas pris des drogues ? « Non dit l'interne. Elle n'a donné aucun élément qui pourrait nous faire comprendre. Sur le plan obstétrical tout va bien – Oui ajoute la sage femme qui tient « la trompette » : le stéthoscope obstétrical pour écouter les bruits de coeur du bébé. « Tout à l'heure il y a eu ralentissement, mais depuis qu'on l'oxygène, ça tape à 120 : c'est bon – « Elle n'a aucune reprise respiratoire… et regarde : elle a une énorme mydriase ! On dirait « un truc » central ? – J'y ai pensé aussi. Je vais essayer de la transférer – En neurologie ? – Oui – J'appelle les collègues ». Pendant ce temps là, je l'intube et l'insuffle régulièrement parce qu'il n'y aura sans doute aucune reprise. L'infirmière retourne s'occuper des autres femmes, la sage femme reste avec moi pour contrôler les bruits du coeur. J'apprends que la dame est à 6mois trois quart de grossesse, que jusqu'a présent tout allait bien, qu'elle à 28ans et que c'est une première grossesse… Et, dit la sage femme, je te laisse, il faut que j'aille voir ce qui se passe en salle de travail. Je reste donc seule. Bien sûr, pas plus que mes collègues, je ne vois pas autre chose à faire que de la faire respirer. A coup sûr, elle vient d'entrer dans un coma. Mais pourquoi ? Voilà qui nous laisse sans voix. Sa tension et son coeur continuent leur chemin… Que faire d'autre que de l'aider à respirer pour rester en vie ? J'imagine qu'il y a quelque chose de grave, qui dépasse la compétence d'une équipe obstétricale.

Voilà l'interne qui revient. C'est Coco : on l'appelle ainsi parce qu'il a un nom pas très prononçable commençant par Co et suivi d'un tas de lettres du genre X W Y K agrémentées de quelques voyelles. C'est un bon vivant, chaleureux et convivial toujours souriant. Quand on lui demande ses origines il répond dans un grand éclat de rire : » Moi ? J'suis normand ! » Avec sa tête aux yeux bridés qui font disparaître son regard malicieux, ses cheveux raides et noir corbeau, son aspect bébé sumo, personne ne peux croire qu'il est né à Vire dans notre humide Normandie… Mais ce sont peut-être ses ancêtres qui ont parcouru le globe. En tout cas on n'en saura jamais plus, et il continuera à nous émerveiller par sa constante bonne humeur et sa très grande gentillesse. Pour l'heure, il n'est pas trop souriant, sa moue dubitative et son regard caché derrière ses lunettes expriment plutôt l'inquiétude. « Qu'ont-ils dit ? Ils viennent la chercher et l'emmènent en neuro-chir pour éventuellement agir. Continue comme tu fais. A l'heure qu'il est, ils ne devraient pas être longs à venir ici. Ils vont la brancher sur le respirateur pour la transporter dans l'ambulance. En arrivant ils feront un électroencéphalogramme qui révèlera peut être le diagnostic ». Il la regarde pensivement en caressant ses cheveux blonds qu'elle a longs et brillants. « Tu te rends compte, j'ai failli ne pas l'admettre quand elle est arrivée avec son mari, je n'ai rien vu d'anormal. Ils m'ont bien dit qu'elle avait du mal à respirer et ne se sentait pas bien, mais elle était rose et fraîche, comme maintenant, je n'ai noté aucun ralentissement devant moi ni d'elle ni du bébé, et comme elle s'énervait un peu après son mari, j'ai pensé que c'était peut-être une dispute qui l'avait fait venir vers nous. Je me suis dit qu'elle serait aussi bien ici pour finir sa nuit loin de son mari et que demain elle retournerait chez elle plus sereine. Quand l'infirmière m'a dit qu'elle avait bien vu des difficultés, je n'en revenais pas. Tu imagines, si elle était repartie et avait fait son coma chez elle, après être venue consulter ? J'étais bon pour la casse ! – Eh oui ! C'est ça la médecine. L'important est de ne pas passer à côté de quelque chose de grave, et c'est loin d'être toujours facile à déceler, je le sais bien, je vous entends dire vos craintes à ce sujet et je sais que vous y pensez souvent. »

L'équipe de « neuro » arrive. Ils ont un bahut plus silencieux que mon petit chariot. Un respirateur comme nous en attendons un pour nous, bientôt je pense, ce sera notre « Noël », c'est souvent en fin d'année qu'on reçoit les nouveautés. Ils y en a presque partout maintenant dans les salles d'op et les services de Réa, mais la Mater est restée longtemps la dernière servie. Un brancard suit le respirateur. La nouvelle équipe prend la jeune femme en charge : brancard et respirateur prennent l'ascenseur et la voilà partie vers… Son destin.

« Coco » me rejoint. « Il nous reste encore une petite heure pour dormir, je ne sais pas si je vais y arriver, ça m'a tué cette histoire – Oui… C'est dur et inquiétant. Tu as prévenu le mari ? – C'est la surveillante qui s'en est chargé. Il va rejoindre sa femme dans le service où elle va… Salut. Essaye de dormir » Pour moi c'est sûr : je vais dormir, j'ai le sommeil le plus accommodant du monde : un endormissement facile, un réveil de même, je dors dès que j'en ai la possibilité et si besoin est, je remets le sommeil à plus tard sans aucun problème. C'est sûrement pour cela que j'ai pu travailler en jour/nuit si longtemps.

Je retrouve l'interne au petit-déjeuner, vers 9 heures, lorsque les collègues qui prennent le relais arrivent. « Tu as des nouvelle ? – Oui. Pas bonnes du tout. Elle a une tumeur cérébrale, énorme, on ne peut rien faire pour elle. Ils l'ont déjà déclarée en mort cérébrale. Je m'écroule sur la chaise, les jambes coupées. Et le bébé ? – Pour le moment ils continuent l'assistance, parce que, lui va bien. S'il peuvent maintenir la mère un mois seulement, il est viable. Il m'ont dit qu'ils allaient réfléchir pour une meilleure naissance possible, et demander conseil en néo-nat, parce que leur connaissance en ce domaine est limitée. – Alors elle est entrée en mort cérébrale avec nous ? – Probablement. Mais l'enfant n'a pas eu de manque d'oxygène puisque tu l'as intubé et oxygéné juste au moment de son arrêt définitif. » – Grâce à moi. Grâce a nous ? Mais est-ce bien une grâce ?… – « Et le père ? Il a un père cet enfant là ? Oui, Je ne pense pas qu'il puisse s'opposer à la naissance parce que l'enfant, avec une bonne assistance, sera parfaitement normal – Le pauvre homme n'a peut être pas encore bien compris ce qui lui arrive. C'est son enfant, il n'a pas envie de le voir mourir, sûrement. – J'imagine. C'est trop tôt pour connaître la suite. Mais c'est un drame de toute façon. » J'avale mon café, et là, c'est tout ce que je peux faire. J'ai la gorge et l'estomac trop noués pour du plus solide. Voilà un enfant déjà orphelin avant même de naître. Avec une mère transformée en incubateur. Qu'a t-il senti depuis le début de l'incident ? Il est fini, complet, les derniers mois ne servent qu'a croître et prendre des forces pour affronter l'extérieur. Il a eu quelques ralentissements cardiaques mais il y en a aussi dans une naissance ordinaire. Avec une césarienne pour venir au monde, il n'en aura pas d'autre. Comment une telle naissance peut-elle agir sur sa vie future ? Ce n'est plus un tas de cellules, au stade où il en est c'est un enfant. Les « Psy » disent que le bébé perçoit beaucoup de choses, surtout les émotions. Eh bien celui là est déjà bien servi ! Pauvre petit être déjà martyrisé par la vie avant même d'en voir la lumière. Quel drame dans la vie d'une famille. Dans la vie, on peut s'attendre à tout et personne n'est à l'abri de rien. C'est ça la Vie, et c'est le seul cadeau que l'on reçoive jamais.

RESPONSABILITE – HIER ET AUJOURD'HUI

Je revenais à la maison, après une garde habituelle. A peine rentrée, le téléphone sonne. « C'est la clinique des Glycines, pouvez vous venir de suite pour une césarienne? – Mais je ne connais pas la clinique des Glycines. – Je suis la surveillante générale et c'est notre obstétricien le Dr Sruc qui nous demande de vous appeler, car notre anesthésiste habituel, le Dr Harriet n'est pas disponible. – Mais je ne connais aucun de ces médecins, pas plus que votre clinique! – C'est le Dr Carlier qui a dit au Dr Sruc qu'il pouvait vous appeler. – Ah! Oui, le Dr Carlier, je connais, et pourquoi ne vient-il pas, lui? – Il est à Chartres, sur une grosse intervention, et ne pourra pas être là avant quatre ou cinq heures... la césarienne presse... Oui, je pouvais endormir pour une césarienne, et oui, j'avais une voiture devant la porte qui pouvait m'amener à la clinique assez vite. Qu'auriez-vous fait à ma place?... « Et où est-elle votre clinique? – A Colombes, vous connaissez? – Oui, ce n'est pas loin. – Après la gare de Bois Colombes, commence la ville de Colombes, et la clinique est juste là. – Bon, j'arrive, je pense pouvoir être là dans quinze à vingt minutes. – D'accord, on prépare tout et on vous attend.

J'arrive à la clinique, on m'amène à la salle d'opération, on me donne une blouse, je rentre: « Bonjour, je ne vous ai pas trop fait attendre? – Non, ça va encore dis le D. Sruc – et la future maman: J'en ai marre!... » Tout le monde est en place, la parturiente perfusée, les champs placés. Je vérifie tout... – je peux endormir – « J'y vais? – Oui, c'est bon.

Cinq minutes après, bébé est là, criant bien, tout rose et tout dodu. Tout est bon. Pas besoin de réa très importante, ni pour l'enfant, ni pour la mère. Une demi-heure après, je ramène la femme auprès des sages femmes, salue les collègues, et rentre chez moi.

Sans doute, avait-il été difficile de me trouver pour faire le travail, mais ça l'a été plus encore pour me remercier, car, pour cet acte, je n'ai jamais été payée. Probablement, l'anesthésiste de la clinique a signé « les papiers », sans même se rendre compte qu'il n'avait pas donné cette anesthésie là.

Je suis sûre qu'aujourd'hui, personne ne prendrait une pareille responsabilité, moi la première… il faut donc être bien certain d'avoir les bons professionnels au bon moment. Et si j'en crois les rumeurs du temps… on craint de manquer d'anesthésistes… Et que fait celui qui doit naître ?

ET PARFOIS AUSSI... musique et sérénité

De temps en temps, j'allais le samedi matin dans une clinique de Neuilly, pour faire une où deux césariennes programmées. Je n'ai jamais rencontré l'anesthésiste officiel, qui probablement, ce jour-là, s'offrait un week-end à la campagne. Je lui avait été recommandée par un de ceux avec qui je travaillais régulièrement, et il m'avait contactée pour que je rejoigne son chirurgien accoucheur, dans une clinique de Neuilly, quand il ne pouvait y être lui-même.

La première fois que j'arrive à la clinique, on me présente le Dr Laurent (je n'ai jamais su si c'était son nom où son prénom) On fait rentrer en salle d'op une jeune femme, belle femme, longues jambes et joli visage. Je lui pose quelques questions tout en lisant son dossier. « Attention à ma gorge me dit-elle, je suis chanteuse », je la rassure tout en installant ma perfusion. Le Docteur entre, les main en l'air, vient dire quelques mots à sa patiente, enfile ses gants, place les champs stériles... « Vous pouvez endormir » – J'endors – j'installe tout – à peine cinq minutes et bébé est là, gigotant et criant à souhait. A ce moment je réalise qu'il y a de la musique dans la salle, et que le chirurgien fredonne un air d'opéra, qu'il est seul, sans aide, qu'il a fait une incision dite « de Pfannenstiel » et qu'il est déjà en train de refermer... Je n'en reviens pas !

La sage-femme s'occupe du bébé dans un coin de la salle et l'infirmière sert le chirurgien et ramasse quelques instruments... Elle rit en constatant mon air étonné... » C'est toujours comme ça avec le Dr Laurent... il ne s'occupe que des artistes, chanteuses, danseuses où comédiennes... et comme il est lui même pianiste, il aime travailler en musique » – « Oui, dit-il, ne trouvez vous pas cela agréable ? Et puis l'enfant est tout de suite dans le bain, à la maison il va vivre avec les trilles et les gammes de ses parents «

Trois quarts d'heure après, je ramène la maman auprès de la sage femme, qui doit la surveiller encore un peu. « Je suis très étonnée de la façon de travailler du Dr Laurent, je ne suis pas habituée à une telle rapidité et une telle facilité ! – Il faut dire aussi qu'il fait des césariennes qui ne posent aucun problème... ce sont toutes des artistes qui ne tiennent pas à accoucher »… Ça, c'est elle qui le dit. Je n'ai pas à me poser de questions sur l'indication d'une opération… Et quand bien même elle aurait raison… c'est bien vrai qu'il fait ça très bien parce qu'il n'y a aucun problème De temps en temps l'infirmière de salle d'op lui donne un coup de main pour tenir les pinces, mais tout seul, en faisant une incision le long du sillon pubien… quelle dextérité ! Personne à l'hôpital ne travaillait ainsi. On disait que cette incision prenait trop de temps pour sortir l'enfant. Et pourtant, aujourd'hui, tout le monde fait de cette façon, pour toutes les césariennes, ou presque. Il y a toujours eu des précurseurs… Et partout aussi on fait les accouchements sous péridurale… donc sans souffrance… il ne manque que la musique. Ça viendra peut-être, la beauté d'une naissance vaut bien cela.

LA VIE CHANGE

« Tu fais l'amour comme un prince – Et toi tu es ma princesse. »

Oui je suis ta princesse ! La princesse réveillée, revivifiée, redonnée à elle-même… et pour toi mon bien aimé. Car je t'aime. Eh oui, je l'aime ce grand garçon aux yeux bleus et à la peau fraîche et dorée comme du bon pain, aux fesses bien pommées, si fermes que j'y planterais les dents volontiers, les belles cuisses longues, et la douce fourrure du pubis… Tout ça m'enchante et m'excite, tout en me redonnant l'envie d'aimer et d'aimer encore jusqu'à en perdre la raison !

J'en suis là de mes réflexions quand le téléphone sonne. A cette heure là, c'est sûrement pour moi… Une césarienne. Le chirurgien arrive à minuit et demi. » Bon. J'arrive, je serai là à minuit ». J'ai accepté le remplacement de notre anesthésiste de l'hôpital qui avait envie de faire du ski. Mais comme je n'ai pas le téléphone chez moi, une amie m'a prêté son appartement, un deux pièces joliment arrangé, c'est plus sympa que notre petit sixième habituel. Nous nous y rejoignons pour la soirée et la nuit, avec Bertrand puisque c'est surtout à ce moment que je risque d'être appelée. Cela donne un petit aperçu conjugal qui me fait frissonner… Je suis amoureuse à ce point là ?

Pour le moment, j'ai autre chose à penser. Une dernière bise à la tête blonde qui déjà s'endort sur l'oreiller… A plus tard. La voiture est en bas, j'ai juste le temps pour ne pas être en retard. Je vais dans une clinique de Suresnes, alors que je suis, moi, dans le cinquième arrondissement de Paris… mais la nuit, il n'y a pas de problème de circulation, et je commence à bien connaître Paris depuis toutes ces années que je le sillonne en tous sens. Comme d'habitude, je partage les gardes avec Christiane, une pour l'hôpital, l'autre pour la ville. C'est en général moins fatigant que l'hôpital car les cliniques ne reçoivent pas les urgences, mais dans les maternités, il y a parfois des clientes que l'on ne peut faire attendre : si bébé a décidé d'une heure incongrue, c'est parfois impossible de lui faire changer d'avis. Notre médecin de l'hôpital, le D. Lurian n'a pas pris de vacances depuis un an. Je comprends qu'il ait eu envie de passer Noël à la montagne, pour donner un peu de plaisir à sa femme et à ses enfants, et se refaire une santé, que comme tous les anesthésistes il a excellente, mais tout de même, un peu d'entretien ne fait pas de mal.

A cette époque, personne ne mettait le nez dans nos arrangements de travail : bien sûr il fallait une formation, examens et même concours, mais nos horaires, notre responsabilité, c'était affaire de conscience entre nous. Codifier, exiger, légiférer, tout ça en vue d'une meilleure sécurité... Oui, bien sûr, personne ne peut être contre. Mais cela coûte cher, et pour tenir le pari à longue distance, il faut prévoir – gouverner c'est prévoir – et la situation actuelle des hôpitaux me laisse sans voix... on ne va tout de même pas revenir à tout ce que je raconte ici ?

Pour nous, le bon passeport, bien sûr après une formation, c'était la confiance : « Voyons ce que vous savez faire » et si vous apparaissez compétent et consciencieux, toutes les portes s'ouvrent... Maintenant, il faut préparer ses demandes d'embauche avec la minutie d'une manoeuvre militaire. Un C.V parfait, bien présenté, bien lisible sans rien oublier... diplômes, mais aussi expériences, stages côté professionnel, et côté loisirs, quels sont-ils ? quelles sont vos habitudes, vos passions... c'est tout juste si on ne vous demande pas ce que vous faisiez en maternelle. Et puis aussi, la lettre de motivation ! Comme si, avoir besoin de travailler n'était pas une motivation suffisante ! Mais non : il faut dire pourquoi on a envie d'être là. Entreprise ou administration c'est pareil, et pourquoi on a envie d'y participer, et on a intérêt à savoir ce que l'on y fait... sinon, pourquoi serait-on motivé ?

Entre le sida et les complications en tous genre dans le monde du travail, je me demande souvent comment j'aurais pu vivre ma jeunesse dans cette fin de vingtième siècle... Mais la jeunesse est faite pour gravir les montagnes, à chaque génération de trouver la meilleure pente pour grimper.

Avec Bertrand nous avons passé quelques heures agréables dans ce deux pièces douillet puis nous sommes repartis dans notre petit sixième où nous avons continué d'être heureux.

Au bout d'un moment – plus d'une année – ce bonheur m'interpelle vraiment. Ai-je envie de m'engager ? Mais je le suis déjà, puisque j'aime. Je suis bien dans ses bras, je suis bien dans son lit, je suis bien dans sa vie. Y a-t'il mieux que cela ? Je vois bien que nous avons les mêmes conceptions sur la vie. Il a su faire renaître l'émotion amoureuse, ce si bel élan qui nous jette l'un contre l'autre pour goûter le corps aimé. Il dit « Ce qui est bon pour un garçon, l'est aussi pour une fille » – donc il n'est pas macho… Il regarde en effet les hommes et les femmes et moi-même, avec un seul regard. Et puis, surtout, il a une qualité d'honnêteté très rare… il m'étonne. Cette droiture totale que l'on ne réserve souvent qu'à ceux que l'on aime… lui est capable de la donner à tous !… Il n'y a pas d'études à privilégier : il a son travail, moi le mien. Et puis j'ai trente ans, l'heure des premiers bilans. Je pense à mes amours avec Robert : nous nous sommes quittés alors que nous étions toujours heureux de nous rencontrer, peut-être poussés par le hasard, mais aussi et surtout parce que dès le départ, nous avions décidé d'une liaison provisoire, à laquelle nous avons tout de même donné quatre ans de notre jeunesse. Je suis sûre que j'aurais pu l'aimer longtemps, et lui aussi peut-être, mais ni l'un ni l'autre n'avons songé à reconsidérer le principe du provisoire. Je ne vais pas recommencer sans cesse les mêmes histoires ! Après tout, je ne suis pas forcément destinée à faire le même parcours que mes parents. On peut, je le crois davantage maintenant, vivre ensemble sans se disputer continuellement. Je constate que plus j'ai une relation longue, plus je m'attache, c'est donc que je ne suis jamais aussi bien que dans l'habitude.

Et puis, quand on s'aime, on a envie de vivre ensemble – ce que nous faisons déjà – de faire des projets, de s'engager dans du solide… en somme, de se marier. Et voilà, j'y suis ! Aujourd'hui j'ai envie de me marier ! J'en suis bien étonnée, mais je pense vraiment que c'est un bon chemin. Je ne veux plus donner mes forces vives n'importe comment, les éparpiller à n'importe qui, pas toujours capable de les apprécier. Et comme je ne suis pas douée pour le sacrifice, si je donne, je veux recevoir aussi.

J'expose toutes ces bonnes idées à Bertrand, je lui dis que je veux me marier, avec lui bien sûr… et s'il ne veut pas… Maintenant que nous sommes mariés depuis longtemps, nous aimons nous rappeler quelques souvenirs, et pour celui-là, Bertrand dit que je lui ai posé un « ultimatum » Je pense que cela devait être plus gracieux et plus doux… Ultimatum auquel il n'a jamais répondu, bien qu'ayant prononcé une phrase tout à fait merveilleuse « Je ne veux pas te perdre ». Un peu plus tard mes parents partaient s'installer en province. Je dis donc à Bertrand que pour que ce ne soit pas trop compliqué ensuite, il valait mieux faire les présentations de nos parents respectifs avant le départ des miens. Sans plus de discours, date fut prise, et quelques mois plus tard, nous passions devant Monsieur le Maire, ayant soigneusement programmé cet important événement avec la possibilité de partir en montagne faire du ski. Pour lui comme pour moi, c'était l'engagement total de vie entière, que dans l'immédiat présent nous avons eu besoin de transformer en quelques jours de plaisirs intenses.

Ma vie n'a pas beaucoup changé pendant un bon moment. J'avais de nouveau un homme dans ma vie, un amour, un travail passionnant. En fait, mon horizon était assez restreint, j'avais beau sillonner la région parisienne du nord au sud et d'est en ouest : c'était partout l'anesthésie et l'amour. A l'hôpital comme en clinique, je servais surtout la gynéco obstétrique et la petite chirurgie. Les grands services où les progrès s'affichaient à grands pas, s'équipaient en matériel et en médecins réanimateurs : la maternité et la petite chirurgie étaient censées n'avoir pas de gros problèmes de pathologie à régler et les petites infirmières expérimentées y étaient toujours très appréciées.

Entre mes gardes et quelques remplacements, il y avait forcément des moments où Bertrand et moi étions séparés… peut-être en étions nous encore plus amoureux. Il travaillait aussi beaucoup : 50 heures par semaine, puis 48, puis 40… jusque 35… enfin, vous savez. Aussi lorsque les vacances arrivaient, c'était un moment de grand bonheur.

Cependant, peu de temps après notre mariage, et notre installation dans notre premier petit logement – propriétaires déjà ! – je constate une baisse d'intérêt de mon cher mari pour ma personne. Comme toutes les femmes, je pense de suite que je suis moins aimée. Moi, je garde le même intérêt pour lui, son regard et sa présence charnelle commencent à me manquer. Il me revient à l'esprit avoir entendu dire que de nombreux mariages, faits à la suite d'une plus ou moins longue relation, se terminent par un divorce peu après la consécration du mariage. Comme si passer à l'acte civil donnait à l'un ou à l'autre, un pouvoir, une domination, jusque là évitées par la liberté de partir, donc de rompre facilement, quand rien n'est officiel… Mais il ne me semble pas en être là… Pourtant, mon cher mari a beaucoup trop sommeil à mon goût ! Et que faut-il faire quand on n'intéresse plus son mari ?

A peu de temps de là s'organise un « amélioré » un soir en salle de garde : chic ! on va danser, moi qui aime tant ça, c'est un vrai plaisir qui s'annonce. Et puis, il y a aussi depuis quelque temps avec nous, un bel externe au yeux de velours et à la peau dorée, comme j'ai toujours aimé les jeunes hommes… Depuis quelque temps aussi, Bertrand ne vient plus passer quelques instants avec moi, lorsque je suis de garde… il n'y a pas de doute : je l'intéresse moins. Tant pis ! Je m'amuserai sans lui ! Après le repas, meilleur que d'habitude, on installe la musique de danse, et un bout de piste pour les danseurs… pas d'appel pour le travail… pour le moment, c'est la liberté. J'ai à peine le temps de m'élancer dans une valse endiablée, au bras du bel andalou qui me fait frémir… que la porte du fond de la salle s'ouvre, et qui je vois entrer ? Bertrand ! Une grosse bouffée d'amour et de reconnaissance s'empare de tout mon corps : j'avais besoin de mon mari, et il est là, il est présent… il a tout « senti » Quelle merveille ! Si ce n'est pas de l'amour, ça, qu'est-ce que c'est ? En un clin d'œil je me demande quelle est cette idée de séduction qui m'a traversé l'esprit ! Je n'ai pas voulu rendre mon mari jaloux, je sais qu'il l'est, modérément, mais il l'est, tout comme moi, et on n'a pas envie de se faire du mal… non ! Après tout, si j'ai besoin d'un petit orgasme, j'ai tout ce qu'il faut sur moi. Ça peut très bien faire, en attendant mieux. Peut-être, chez certains couples, une petite « virée » à l'extérieur de celui-ci n'est pas grave et n'entraîne pas beaucoup de conséquences, mais je savais que Bertrand en souffrirait plus que de raison, et je ne voulais sûrement pas faire de mal à celui qui était mon amour et ma vie. Rien n'est pire à mes yeux qu'une trahison. Je n'ai, en effet rien trouvé de plus important dans la vie, que cela. Se dérober, ou trahir la confiance que l'on vous accorde est impardonnable à mes yeux : la trahison est mortifère et détruit celui qui la subit et peut-être même, à long terme, celui qui la donne. On ne compose pas avec la confiance… La libido de mon bien-aimé va sûrement se réveiller, ce n'est qu'un petit incident de parcours.

Aujourd'hui, quand on en parle, Bertrand dit que c'est un pur hasard s'il est venu ce jour là. Le hasard, oui, peut-être. Mais moi je pense que l'attachement et la sensibilité qui nous unissent ont plutôt trouvé leur chemin à travers les ondes qui nous entourent.

Quelques temps après, fatigué, un peu déprimé, Bertrand prend un arrêt de travail de quelques jours, dûment recommandé par le médecin qu'il consulte. Et puis tout rentre dans l'ordre, et le cours de la vie reprend, dynamique, vivante, et notre amour aussi. Ce n'est que bien plus tard que nous comprendrons que ce petit incident et cette baisse de tension n'a pas été seulement un incident, mais la première expression d'un tempérament, d'une réalité qui va colorer toute notre vie de couple et notre famille, et avec laquelle il va bien falloir composer.

LE TEMPS PASSE

Et le temps passe… Jusqu'au moment où j'atteins mes 36 ans. Bigre ! Si je souhaite faire une famille, il faudrait y penser sérieusement ! Depuis déjà de longues années, j'étais tout à fait persuadée être stérile. J'avais été plusieurs fois horrifiée d'avoir pris des risques inconsidérés. Mais comme nous étions toujours à l'ère du bricolage de la contraception, je trouvais que c'était une chance, ça m'arrangeait bien, et je savais que nos bons gynécologues me trouveraient sûrement une solution le jour où je la demanderais. J'en avais bien évidemment parlé à Bertrand. Il était plus jeune que moi, et ce n'était pas du tout son souci. Tout de même… lui aussi avait passé 30ans.

Je me suis donc décidée à consulter. Dans le service de Paris que j'avais quitté pour la Seine St Denis lors de notre mariage. La confiance est très importante en ce domaine, mais je préférais ne pas confronter ma vie personnelle à mon ambiance de travail.

Je pris rendez-vous avec l'assistant qui me connaissait bien pour avoir souvent fait des gardes ensemble lors de son internat. Lui et moi établissons mon dossier, je n'oublie pas de signaler mes deux avortements, que je suppose être à l'origine de cette stérilité secondaire. « Peut-être, me dit-il, on va vérifier la perméabilité de vos trompes » Il me donne un rendez-vous pour une insufflation, premier examen de contrôle.

Mais tout passe très bien. Apparemment rien n'empêche une conception. « C'est peut-être hormonal » me dit-il, mais avant de rentrer dans des suites d'examens qui peuvent être difficiles pour vous, je préfère vérifier la fertilité de votre mari. Il y a plus de stérilité masculine que l'on ne le suppose, et pour lui, ce n'est pas un examen douloureux ni difficile « – Aie ! Ça ne vas pas plaire au monsieur, ça ! – « Prenez contact avec nos infirmières, elles vous donneront la marche à suivre… ». Ce n'est pas la peine que j'essaie de passer outre. Son éthique médicale ne fait sûrement pas de concession. Et puis je pense qu'il a sans doute raison. Je passe voir les collègues en question et je reviens à la maison avec un rendez-vous pour Bertrand. J'explique. « Oui, bien sûr, je vais le faire. Mais là, ce rendez-vous là, c'est trop tôt, laisse moi le temps de me faire à cette idée – Ben ! C'est pas compliqué : tu te fais un petit plaisir en pensant à moi, comme quand je ne suis pas là par exemple – Oui, mais il faut aller à l'hôpital, dire bonjour à tes collègues – C'est pas des collègues de travail – C'est pareil, et qu'est-ce qui te fait croire qu'il faut que je pense à toi ? – Oh ! moi ou une autre, pour changer un peu, ça m'est égal, à Marilyne, si tu veux, je sais que tu la trouve belle et sexy, ce qu'elle est sans aucun doute… du moment que c'est dans ta tête et pas dans ton lit, surtout pour une bonne cause… ça ne me dérange pas du tout. – On verra, on verra » – On a vu, on a vu… Que de rendez-vous en rendez-vous, monsieur n'arrivait pas à se décider. Bon, disent les collègues, puisqu'il a la chance d'avoir une femme infirmière, emporte la boite de Pétri chez toi, et débrouillez vous tous les deux. Rapporte nous le tout en faisant bien attention de bien la garder au chaud, avec coton et lainage pour que le laboratoire puisse travailler correctement. – Je vais essayer –

C'était la bonne solution : la boite de Pétri était sur la table de nuit depuis seulement deux jours, que je commence à penser que je suis enceinte ! Bien entendu, elle n'y était pour rien ! Nous étions probablement un couple simplement hypo fertile, comme il en existe d'hyper fertile. Il faut dire aussi que nous venions d'aménager dans notre première maison, que j'en avais une très grande joie d'être enfin bien logée, également que l'âge s'avançant vers la fin de la fertilité ; tout cela avait pu bousculer gentiment mes hormones… Le « chant du Cygne » en quelque sorte.

J'étais tellement impatiente d'être sûre, que je suis allée consulter le généraliste de notre petite ville. Lorsque je lui dis que je pense être enceinte, il fait un petit geste d'agacement avec les épaules… évidemment il a bien vu que je n'avais pas vingt ans, et j'imagine qu'il suppose que je viens demander un avortement. « Mais je suis très contente, j'attends cela depuis très longtemps, ce serait un premier bébé – Vous avez peu de retard – Mais vous pouvez tout de même avoir un avis ? – Oui, je vais vous examiner » C'est bien ce que j'étais venue chercher car je ne doute pas que, comme moi, il connaisse les tous premiers signes de grossesse. « A mon avis, c'est oui, mais on va tout de même faire un test en laboratoire » Parfait, Merci Docteur. Et je sors de son cabinet, l'ordonnance à la main et l'esprit en fête.

J'étais de garde à la date prévue du résultat. Je n'allais pas attendre demain pour le connaître. Je vais téléphoner dans le bureau de la surveillante (à l'époque très peu de téléphone, deux ou trois par unité de travail, et bien sûr aucun portable) et lorsque j'entends la réponse positive, je laisse éclater ma joie et sors en courant du bureau pour la crier partout… Justement un interne passait, le plus fluet de la bande : c'est lui qui a reçu dans ses bras frêles tout le poids de mon bonheur.

Notre fille est née au printemps, sans que j'aie eu à prendre de précautions particulières, pas plus en tout cas que si j'avais eu 25ans. J'étais convaincue qu'une fois en place, mon bon organisme ferait un travail parfait pour nous donner un beau bébé, et je n'ai eu aucune inquiétude, j'ai seulement trouvé le temps un peu long.

L'ANESTHESIE en HOPITAL seulement

La vie a repris son cours habituel, notre bonheur aussi. J'étais contente d'avoir du temps pour mon bébé, et lorsque j'étais absente, Bertrand prenait le relais, ainsi qu'une assistante maternelle, les jours où nous étions absents tous les deux.

J'avais prévenu mes collègues et les médecins avec qui je travaillais en clinique que je ne ferais plus de supplément et que j'allais me consacrer seulement à l'hôpital et à ma famille.

Ça tombait bien, justement les médecins anesthésistes commençaient à prendre des postes dans les services moins importants que tous ceux qui les attendaient depuis longtemps et où ils étaient affectés dès leur formation faite, nous laissant toujours en première ligne ailleurs.

J'ai tout de même fait une apparition dans une bien connue clinique de Clichy Un médecin cloué au lit par une grippe me demande ce service un jour où justement j'étais à la maison. « Je ne trouve personne, ni chez tes collègues ni chez les miens, et je ne tiens pas à envoyer quelqu'un que je ne connais pas et qui ne connais pas non plus la clinique. Il y a deux interventions à faire en O.R.L... Tu avais l'habitude, et le Dr Leroy sera content de te revoir – Si c'est exceptionnel, je suis libre, j'y vais »...

J'endors mes deux malades ou plutôt, je les protège d'une douleur trop excessive, selon le protocole habituel. A la fin de la deuxième intervention, je ramène avec le brancardier mon malade dans sa chambre et pour ce faire je traverse en partie une salle d'op contiguë à celle où j'ai travaillé. Je vois une anesthésiste aux prises avec un malade qui se réveille en s'agitant et en lui mordant les doigts. Comme je comprends de quoi elle a besoin, je m'arrête et lui viens en aide pour passer ce cap. « Merci – me dit-elle – il y a des moments où l'on a bien besoin d'être à deux. J'aurais bien pris avec moi... vous savez, une de ces petites... les infirmières anesthésistes... mais il faut en trouver une en qui on a entière confiance, et puis... il faut les payer »... Certes, même mal, il faut faire un effort en ce sens !

Je lui ai souhaité une bonne journée, sans lui dire que moi, je faisais justement partie « d'une de ces petites » Et c'est ainsi que j'ai définitivement quitté le circuit de travail en clinique, où j'avais toujours travaillé sous la responsabilité d'un médecin anesthésiste absent à mes côtés pendant l'intervention, et parfois même, jamais rencontré.

GRAVITE

En Maternité, la grande affaire, c'est le Bébé. Le grand souci, c'est l'hémorragie.

Si on a pu pratiquement chaque fois maîtriser les hémorragies de la délivrance, grâce aux « révisions utérines », de suite après accouchement, avec anesthésie courte et médication, chaque fois que cela est nécessaire, il reste encore une hémorragie dont tout le monde se méfie et que personne ne souhaite rencontrer au cours de sa carrière… Bien que très rare, cela ne me semble pas trop possible de ne pas y être confronté, si on passe des années au service des femmes et des naissances. C'est l'hémorragie qui peut survenir dans certains cas – saignement en cours de grossesse avec rupture du placenta – par exemple. Le foie « décroche » de ses fonctions, et ne fabrique plus les facteurs de coagulation : il s'ensuit une hémorragie utérine à grand débit, que l'on a toutes les peines du monde à juguler. Obstétricien et anesthésiste ont là à régler un travail de grande urgence et de grande rapidité. Le bébé est très rarement sauvé, mais la femme est en grand danger également.

Pour ma part, j'ai eu à affronter ce problème trois fois dans ma carrière de 35 ans. C'est d'ailleurs, avec mes plus grandes frayeurs, ma plus grande gloire, car mes patientes sont reparties chez elles bien en vie et avec leur utérus bien en place, ce qui n'est pas toujours le cas. Entre la vie et la fécondité, un chirurgien obstétricien est parfois obligé d'opter pour la vie de la femme, et décide d'enlever l'utérus de celle-ci, que rien n'arrête de saigner abondamment. Dans ce cas, seule la chirurgie et la ligature des vaisseaux ont raison de ce grave accident.

La première fois que ce problème se pose lorsque je suis de garde, j'étais en fonction à la première maternité parisienne où j'ai travaillé comme anesthésiste, et où je partageais le travail avec Christiane, aussi bien à la Mater qu'à la clinique de Villejuif. Aucune de nous deux n'avait connaissance de cet accident.

L'affaire avait commencé avec une grande multipare, qui avait grand mal à expulser son huitième bébé, que l'on savait mort des suites d'une albuminurie importante. La femme sous anesthésie, nos deux internes se relayaient pour aider à cette expulsion difficile. Tous deux étaient de corpulence très différente : l'un très mince et fluet, l'autre remplissant bien de partout le pantalon et la blouse blanche : ce qui nous incitait à les appeler Laurel et Hardy (ceci, d'ailleurs, ne les a nullement empêchés de devenir chefs de service un peu plus tard.) Lorsqu'enfin le très gros bébé a pu quitter sa mère, c'était celui qui faisait penser à Laurel qui l'avait en main, ce qui a provoqué un recul important de l'interne tenant le gros bébé contre le mur de la pièce. Nous étions tous jeunes, et malgré la difficile situation, cela nous a fait rire. Mais nous n'avons pas ri longtemps ! De suite la dame s'est mise à saigner très fort. Sans attendre on a fait comme d'habitude pour arrêter ce flot… sans résultat. L'interne appelle l'Assistant pour lui signaler la gravité et suivre ses consignes. « Passez moi l'anesthésiste – Oui – j'écoute – Il faut lui apporter ce qu'elle ne fabrique plus, les facteurs de coagulation, et le sang ». Il me donne les noms des médications à faire et des liquides à passer. « Mais nous n'avons rien de tout ça dans notre pharmacie – Faites le demander à la banque de sang en grande quantité. Et surtout, ne comptez rien, il n'y a aucune surcharge ni aucune toxicité possible, il faut remplacer tout ce qu'elle n'a plus, et aller plus vite par en haut que ce qu'elle perd par en bas, jusqu'a ce que vous constatiez un début de coagulation, vous ferez alors un autre produit (il m'en donne le nom), et recommencerez à surveiller la réa comme d'habitude – Bon, alors si c'est un match, on va le gagner ! – Oui. Vitesse et courage sont la seule possibilité de réussite ».

Je traduit tout ça à Christiane, et avec les produits qui arrivent de la banque, nous nous organisons toutes les deux, assistées de l'aide soignante et de l'infirmière, un des deux internes reste aussi un peu avec nous, tandis que l'autre va prendre son déjeuner, car il faut bien rester disponible pour toutes les autres femmes du service.

Christiane s'installe au bras gauche, moi au bras droit. Chacune fait ses dilutions, ses injections, sur un rythme assez rapide, tout en ayant un oeil vers le sang qui coule toujours dans le baquet. L'aide soignante dilue aussi les flacons et recueille dans un haricot les conteneurs vides de tout ce que nous utilisons. De temps en temps l'interne vient voir où nous en sommes, et de temps en temps aussi, la femme, qui s'est réveillée de l'anesthésie, geint et murmure… Je m'en vais… Je sens que je pars… » Non. Dit Christiane. Jamais nous ne vous laisserons faire ça ! et j'ajoute : on va y arriver et vous allez retrouver votre bonne santé et tous vos enfants. Mais elle n'est pas très présente et ne doit ni nous entendre, ni bien comprendre se qui se passe. Elle sent seulement qu'on s'occupe d'elle.

Et ça dure... plus d'une heure. L'interne qui est en relation avec le laboratoire et le Patron, nous donne les résultats et nous encourage à poursuivre. Et puis, à un moment, le filet continu qui coule dans le baquet s'étire et devient grosses gouttes... « Regarde, Christiane, ça doit être le moment de changer de produit et de consolider la coagulation », elle constate comme moi, prend la tension au brassard que nous avons installé à la cheville pour avoir les veines des bras libres « Oui, ça va mieux, on y arrive «

Une heure encore, et cette fois, c'est sûr, il n'y a plus de saignement: ce que confirme le laboratoire, à qui nous faisons parvenir les prélèvements. « Je peux te laisser seule? me demande Christiane. Oui, bien sûr ». Pour la première fois je regarde l'heure: 17 heures. Christiane devait finir son temps de présence à 13 heures, mais il ne lui est même pas venu à l'idée de me laisser seule avec un tel problème! « Sauve toi vite et va te reposer, je peux continuer à la surveiller encore un moment, et si j'ai le temps, j'irai manger un morceau et me reposer un peu aussi – A demain matin »

On a pu descendre les jambes de la dame, l'allonger et la couvrir plus confortablement. J'ai laissé la place à la sage-femme et à l'interne, qui sont venus expliquer à la dame, bien présente cette fois, ce qui lui était arrivé. Dans la soirée, lorsque je suis venue la voir, elle m'a dit ne pas me connaître, ni ne se souvenir de rien, mais qu'elle savait bien que son bébé était mort.

Chaque semaine, au cours de ce que nous appelons « le staff », pour en discuter, on reprend les dossiers des cas les plus importants, ou qui sortent de l'ordinaire. Bien sûr le cas de cette dame en faisait partie. C'est ainsi que j'ai appris que souvent, on était obligé de faire une hystérectomie dite d'hémostase, supprimant ainsi toute autre possibilité de porter un enfant. Ce n'était bien entendu pas à Christiane et moi de prendre une telle décision: tant que le point de non retour n'a pas semblé atteint, nos chefs nous ont laissé continuer. Dans ce cas là, sur une grande multipare, cela n'aurait peut-être pas eu de grande gravité, mais cela peut arriver alors qu'il n'y a qu'un ou même pas du tout d'enfant.

C'était le cas pour une de mes collègue anesthésiste, qui est venu nous rejoindre dans la deuxième Maternité de la Seine-St Denis, où j'ai fini ma carrière. L'accident lui était arrivé à 17ans ! On avait pu la sauver, mais pas son utérus. « Mais tu es folle de venir travailler en maternité ! – Oh ! j'ai très bien intégré cette mutilation, c'est à cause de ça que j'ai décidé de faire les études d'infirmière, mais j'ai très bien accepté de ne jamais être mère ».

Sans doute ne le supportait-elle pas si bien qu'elle le pensait en arrivant : à force de voir tous les jours les mamans au gros ventre et les bébés hurlant de joie à leur arrivé en ce monde, elle a demandé une mutation… et personne ne lui en a demandé la raison.

Les deux autre cas me sont arrivés presque simultanément… Pour quelque chose de rarissime, ça l'a été doublement pour moi.

J'arrive un matin, pour relever mon collègue, et prendre ma garde. On me dit qu'il est en salle de travail avec notre responsable. De suite je comprends qu'il y a quelque chose de difficile à régler, et je me précipite vers eux. Je les trouve tous deux fatigués, le visage tiré, auprès d'une femme qui vient d'accoucher d'un mort-né, et qui saigne. « On a mis en place le traitement de la fibrinolyse*, me dit Madame Dury… Mais il n'y a pas encore de résultat, il n'y a qu'une demi-heure qu'on passe les perfusions, et tous les deux, nous avons eu une nuit très agitée. Ici il y a eu une césarienne et d'autres problèmes à régler, et moi j'ai reçu en chirurgie un polytraumatisé avec un enfoncement thoracique. Il faut que j'aille voir les radios, et sa réa : on va peut-être l'opérer dans la foulée » On peut vous laisser ? Je reviendrai tout à l'heure, et téléphonez moi, si vous avez besoin » Mon collègue, qui est gris de fatigue, me dit qu'il doit partir aussi. Je me retrouve seule avec l'aide soignante, qui comme moi est une « Françoise » efficace et rapide, et qui, comme moi, vient d'arriver. Je regarde, dans le haricot ce qui a été donné – car on n'écrit rien pendant qu'on s'agite autour de la dame, il y a plus urgent que ça – Je me remémore mon premier cas : ne pas trop compter, aller vite, plus vite par en haut que ce qui s'en va par en bas… toutes ces indications, données par téléphone par mon premier Patron, sont

---

* *Fibrinolyse : perturbation de la coagulation.*

inscrite en ma mémoire, et puisque ça a bien réussi une première fois, pourquoi pas aujourd'hui ?

Et comme la première fois, j'ai la grande chance de réussir... il n'y a pas eu lieu d'enlever l'utérus.

Le troisième cas, j'étais encore plus seule, en pleine nuit, pas de garçon pour le transport des prélèvements... l'infirmière d'étage est venu un moment m'aider, l'interne faisait la course dans la cour pour le portage des premiers prélèvements, lassé de demander quelqu'un qui n'existait nulle part cette nuit là. Prévenu, le Patron a quitté son domicile pour venir nous assister, mais il discutait surtout avec l'interne du bien fondé des choix du traitement... à un moment, je les entends parler d'injection d'héparine... Quoi ! l'héparine ? Mais c'est un *anti*-coagulant ! L'interne m'explique : il parait que ça peut marcher, c'est tout nouveau, et c'est pour ça que le Patron hésite... faut-il le faire ?... On m'aurait projeté un moteur aux fesses que cela m'aurait fait le même effet ! – il faut aller vite... ne perd pas de temps à compter... aucune surcharge possible... pas de toxicité... plus vite par en haut que ce qui part en bas... L'aide soignante qu'on avait trouvée pour moi dans le service n'en revenait pas... » Mais je n'ai que deux mains ! »... et puis le miracle s'est produit : le sang qui coule moins, le traitement qu'on peut consolider, la tension artérielle qui réapparaît, la femme qui demande ce qui lui est arrivé... et moi et moi et moi... rompue mais heureuse !

Nous avons eu cette chance, de pouvoir préserver pour ces femmes, le choix de maternités futures.

Aujourd'hui, je pense qu'il y a des traitements plus fiables encore. On peut sûrement mieux maîtriser ce grave incident... Par contre j'ai bien peur que le personnel médical et paramédical se retrouve assez seul également – la nuit – dans pareil cas. Le bienfait des années 80 n'a pas duré longtemps me disent aujourd'hui les collègues que je rencontre parfois.

LA PSYCHIATRIE ME RATTRAPE

Les gens heureux n'ont pas d'histoire, et le temps s'était remis a passer très vite. Mais nous avions envie d'avoir une plus grande famille et un deuxième enfant ne se présentait toujours pas, malgré notre désir de donner un frère ou une soeur à notre petite fille. Je ne pouvais me permettre d'attendre davantage, et je suis retournée consulter dans mon ancien service. L'assistant était devenu Patron, et le nouvel assistant, que je connaissais également était bien d'accord pour ne pas attendre. « Vous avez quarante ans, on a vu déjà, même si ce n'est pas fréquent, des primipares de 46 ans, pourquoi pas une deuxième pare… il vaut mieux faire une petite induction d'ovulation pour ce deuxième bébé, je suppose que vous êtes d'accord ? – Je suis venue vous consulter dans cet espoir là – Pour une stérilité secondaire, peut-être semblable à la première, ce n'est pas la peine de lui donner du temps, il vaut mieux que vous soyez en bonne forme pour élever vos enfants »

Encore plus rapide que la boite de Pétri, mais cette fois avec raison, à peine le traitement terminé, bébé s'annonçait. Tout allait pour le mieux dans le meilleur des mondes… Et nous ne pouvions nous douter de ce qui se préparait.

Au retour de vacances, prises en Juin, très calmement à la campagne pour cause d'attente du bébé, chacun de nous reprend son travail. Il me semble que la vie reprend son cours normal… mais pas du tout !

Au troisième jours de la reprise de travail, Bertrand me dit : « Je ne peux plus travailler, je ne comprends plus rien, je ne vois plus rien, je ne peux que rester dans mon lit – Tu es malade, allons voir le médecin » – Celui-ci, en effet donne un arrêt de travail pour deux semaines. Mais dit-il, il faut voir l'évolution, si cela ne s'arrange pas, il faudra consulter un spécialiste : un psychiatre. « Un psychiatre ! mais pourquoi ? Vous ne voulez pas vous en charger ? – Certaines dépressions sont longues et compliquées à rééquilibrer, il faut voir »

On a vu en effet, deux semaines après, rien n'a changé. Confiné à la maison, au lit, dans le noir, sans manger, désespéré… La situation est inacceptable, il faut bien chercher une solution. « Essayez de trouver un service convenable, mieux que ceux, hospitaliers, de notre secteur » nous dit notre médecin. Bertrand prend conseil auprès de ses collègues, dont certains ont déjà eu ce problème de dépression, et nous allons consulter dans une clinique de Saint-Mandé, soi-disant « convenable », bien que cela soit pratiquement impossible de trouver « convenable » n'importe quel service de psychiatrie, et nous aurons tout le temps de le constater au cours des années à venir. Malgré notre incompréhension devant ce si grand malaise, de suite, tous les deux, nous faisons confiance aux médecins qui nous reçoivent. Il faut une hospitalisation et un traitement adapté. Hospitalisation assez courte, et poursuite du traitement la maison.

Il avait des crises d'angoisse très fortes, accompagnées de tremblements intenses… hagard, essoufflé, livide, une petite sueur grêle perlant sous le nez… il me regardait avec des yeux écarquillés et me disait : « Je deviens fou, tu vois bien que je deviens fou – Je ne vois que de la souffrance, prends comme on te l'a dit les comprimés qui doivent t'aider à passer ce moment, assois-toi, ça va passer. Ce qu'il faisait. Et ça passait, en effet, pour recommencer, une autre fois, puis une autre encore, un autre jour. Mais on lui avait dit qu'il devait reprendre son travail, qu'il ne devait pas rester sans travailler, encore moins à la maison… alors il partait, bourré de médicaments, pour supporter tout ça, et accomplir sa tâche, car il avait la hantise de ne pas assurer ses responsabilités, à son travail comme à la maison. Moi j'avais repris mes gardes à la maternité. Avec une collègue en vacances cela faisait dix gardes par mois : deux cent quarante heures de présence et de travail, pour parler comme aujourd'hui. Je courais d'un endroit à l'autre sans relâche. Saint-Mandé, lorsque Bertrand y était, le Val-d'Oise pour rentrer à la maison, et la Seine St Denis pour assurer mon travail et pour embrasser de temps en temps ma fille qui était provisoirement gardée par une nourrice proche de mon hôpital, car au mois d'Août, tout le monde ou presque est en vacances et il avait fallu le prévoir. C'était les deux derniers mois de ma grossesse, et mon bébé était passablement bousculé. N'importe quel. médecin consulté m'aurait certainement accordé un congé, car la maladie de mon mari était un vrai choc pour moi, mais je voyais mal mes deux collègues se partager tout le mois d'Août, d'autant qu'à la suite de la naissance, mon congé maternité allait les obliger à continuer les dix gardes par mois, jusqu'à mon retour.

Et surtout, je ne comprenais rien ! Mais que nous arrivait-il ? J'étais obligée d'abandonner mon cher mari entre les mains des médecins psychiatres, médecine que j'avais toujours ignorée, voire dénigrée. L'anesthésie était le monde du silence, mais un silence peuplé de certitude et de réalité sans équivoque. Là, j'abordais un univers où tout était interprétable. Pour quelqu'un d'aussi réaliste que moi, je ne pouvais m'y adapter rapidement. Dès la première consultation avec Bertrand, le médecin m'avait signifié qu'il n'avait pas à me revoir, et que si j'avais besoin d'aide, je devais chercher un autre psychiatre, car il ne pouvait s'occuper de deux clients en même temps, surtout des proches. Moi, je travaillais, je portais un enfant, j'écoutais mon mari (et leur traitement de cheval l'avait drôlement rendu bavard !), je sillonnais en voiture la région parisienne... et le psychiatre m'éloignait de tout commentaire que j'aurais aimé entendre de sa part sur la santé de mon mari : il fallait que j'en trouve un autre pour moi même. Comme si j'avais le temps de m'occuper de ça ! Pourquoi est-il dans un état pareil ? La maladie ? Le traitement ? Ou toutes ces parlottes avec son médecin et moi-même ? Ce n'était plus de la conversation, mais de la rumination mentale... fatigant ! pour lui comme pour moi. Le médecin qui s'occupait de lui le branchait sans cesse sur sa mère et sa petite enfance. Justement, sa mère, veuve depuis peu, venait de passer quelques mois à la maison. On lui avait découvert un cancer, et comme elle avait des problèmes de poids, de vaisseaux fragiles et de mauvaise circulation sanguine, on avait écarté la chirurgie, pour ne faire que radiothérapie et radium, dans un service parisien, loin de son domicile. J'avais trouvé normal de la prendre avec nous à la maison. Mais c'est vrai que parfois cette présence avait été difficile pour nous deux, et j'avais noté un peu d'agacement chez Bertrand. Mais de là à en faire une dépression !... Et puis, ce n'était pas tellement le présent qu'il fallait creuser, mais le passé, la petite enfance, toujours...

L'enfant est né. Quelle ambiance pour accueillir une telle joie ! Et pourtant on en a eu. C'était un garçon et notre famille se complétait bien : « Le choix du Roi » me disait-on.

Le traitement que suivait Bertrand semblait réussir : il avait repris son travail, un certain dynamisme, et même une énergie étonnante... On a cru qu'il était guéri... Innocents, nous étions !

Quelques semaines de répit, puis de nouveau : dépression, angoisses fortes, découragement et désespoir. Nous voulions comprendre. Je cherchais des causes... mais y en avait-il vraiment ? Etait-ce moi la coupable, ou bien, sa mère dont on le faisait sans cesse parler ? Il est vrai que, empêchée par une santé un peu fragile, elle avait besoin des autres... Très douce et gentille, elle ne demandait jamais rien, mais toute sa personne criait « à l'aide ». Devant une demande, exigeante et répétitive, même en prenant le temps, on peut finir par crier « NON » mais si on laisse seulement supposer le besoin sans jamais en parler... celui à qui ce silence demande sans cesse, ne peut que se sentir coupable... Et sa mère avait ce tempérament depuis très, très longtemps. Alors, entre bouffées de haine et bouffées d'amour, j'essayais de trouver un chemin de compréhension. Et peut-être j'étais moi aussi coupable : avec mes certitudes et mes décisions rapides, je pouvais aussi être source d'angoisse.

Il y a eu des hauts et des bas pendant... très longtemps. Il faisait, paraît-il de la Manie Dépressive : Bon : c'est un diagnostic ; quant au traitement, j'ai bien vu que les médecins se posaient des questions et naviguaient comme ils pouvaient sans être bien sûrs du résultat. Je trouvais Bertrand très courageux, avec une ouverture d'esprit remarquable pour cette psychiatrie, si mal connue à l'époque, si décriée. Toute son énergie était concentrée pour continuer à travailler et à comprendre, « se comprendre », se remettre en question. Puisqu'on lui disait que la solution à ses problèmes passait par là.

Nous avons lu, beaucoup d'ouvrages traitant de psychiatrie, de psychologie, nous en parlions ensemble, il faisait de la psychothérapie avec ses médecins et moi, pour mieux comprendre et le suivre, je me suis inscrite pour une formation longue, répartie sur trois années, de conseiller familial. Ça complétait bien mon travail en maternité, d'autant plus que s'installaient la contraception et l'I.V.G. Il fallait apprendre à faire passer le message à nos patientes et entre nous également. Il faut être au clair avec soi-même pour pouvoir entendre et parler de ces choses intimes avec ceux qui le demandent.

UN PEU PSYCHOLOGUE

C'était une nouveauté pour moi. Quelques cours, en psychologie, en psychiatrie, en biologie et autres paramètres socioculturels. Des séances de dynamique de groupe, étalées sur trois week-ends par an. C'est, je crois, ce qui m'a le plus aidée. Apprendre et comprendre : le silence, la parole, l'écoute des autres, l'histoire des autres, tout aussi intéressante et chargée d'émotion que la sienne propre... parler de soi même : il y a trente ans, ce n'était pas courant. Cela ressemblait un peu à l'émission de télévision actuelle de Mireille Dumas : Vie Privé Vie Publique ; mais il n'y avait ni thème ni animateur. Il y avait bien la présence d'un psychiatre, mais il se tenait un peu en retrait du rond formé par nous et n'a jamais prononcé un seul mot, sauf « Bonjour et Au revoir » Il prenait des notes sur un calepin, ce qui en énervait beaucoup, moi j'avais tendance à penser qu'il avait un « job » de tout repos... à côté du mien ! mais je l'ai très vite oublié au bénéfice de tous les participants du groupe. Puisqu'on était là pour parler, on parlait, de soi. Le système s'est mis en route tout seul et chacun y a trouvé sans doute son compte. Je parlais comme tout le monde de ma petite enfance, et de ce père que j'aurais souhaité aimant, et qui m'apparaissait comme un ogre méchant. Après avoir raconté, un participant me demande « As-tu déjà pensé que tu étais amoureuse de ton père ? » Et dans la spontanéité la plus totale, j'ai répondu : « Jamais avant de l'avoir lu dans les livres » Toute la salle est partie d'un grand rire qui n'en finissait plus. Je n'en revenais pas. Qu'avais-je dit de si drôle ? J'avais en effet rêvé de mon père, le voyant venir sur moi avec le visage du désir... d'un bond assise au bord du lit, je m'étais demandé quelle idée saugrenue m'étais venue et pensé que jamais je n'aurais fait un tel rêve si je n'avais lu récemment que toutes les petites filles voulaient se marier avec papa... rendormie aussitôt, je n'y avais plus pensé. C'était peut-être aussi un avertissement à ne pas confondre ce que je lisais avec ce que j'avais vécu. Car si j'avais en effet bien regretté la tendresse d'un père, je n'avais aucun contentieux sexuel avec lui.

Ce père peu présent, ne me manifestait pas d'attention. Je me souviens des salutations si brèves que je lui faisais : « Bonne nuit Papa ». Sans quitter des yeux les lignes de son journal, il me tendait sa joue gauche ou droite, selon la place ou je me tenais, et continuait sa lecture sans un mot ni un regard vers moi. Je trouvais cela très humiliant et lui en voulait à mort. Ajouté à la façon dont il traitait ma mère, je ne lui trouvais aucune excuse. Je savais pourtant que c'était un homme honnête et courageux, un résistant des premières heures, engagé civiquement et politiquement : pour ça, j'avais une certaine admiration, mais je me disais qu'il donnait le meilleur de lui même aux autres et rien pour sa famille. Et je me sentais d'autant plus inexistante pour lui. Mais... allez savoir, c'est peut-être à lui et à cette attitude, que je dois de m'être construite si jeune et d'avoir trouvé en moi seule force et équilibre.

Ce que je comprenais bien, au cours de ces séances, c'est que chacun de nous doit faire son chemin seul, envers et contre tout, que mes interprétations ou mes découvertes ne pouvait en aucun cas servir à d'autres et en particulier à Bertrand. Je n'avais aucun conseil à lui donner : je ne pouvais que l'écouter. C'était à lui d'arranger son présent avec son passé, ses souvenirs et ses déductions ; lui seul pouvait trouver réponse et compréhension a propos de ses émotions présentes, à la lumière de ses émotions passées. Même en étant sincères dans nos discussions, nous n'avions certainement pas les mêmes interprétations, et il était impossible de trouver les mêmes réponses, et cela, nous l'avions tous les deux très bien compris : je ne donnais rien d'autre que ma présence attentive et aimante, et Bertrand n'attendait rien d'autre de moi.

Médicaments à l'appui, tant bien que mal, le temps passait. Les parents, les amis, me demandaient souvent des nouvelles de mon mari... Quoi dire ? lorsque nous les rencontrions, (le moins possible) il faisait de très gros efforts pour paraître « normal » et moi seule le savais : je n'allais pas dire : « c'est moins bien que ce que vous croyez »... pas plus que je ne pouvais prévenir personne des bons jours, des moins bons et des très mauvais... Sa vie n'était pas en danger (jamais il n'a voulu disparaître – il connaissait la joie de vivre et voulait seulement la retrouver) Comment partager une telle chose avec les autres ? D'autant que peu de gens peuvent comprendre : beaucoup pensent qu'il suffit de vouloir pour pouvoir. Quand on à un système nerveux en bonne santé, c'est sans doute possible. Mais le système nerveux est comme tous les autres organes, quand il est malade il ne répond à aucune volonté. Alors, nous

nous épaulions l'un l'autre sans rien demander ni attendre de quiconque. Et puis ce sont des problèmes qui font peur… c'est plus simple de les ignorer.

Les enfants ont grandi au milieu de tout ça.

Et le temps a passé.

Nous avons une fois encore changé de maison, plus belle, plus grande, plus loin aussi de Paris. Une joie et un remue-ménage qui ont apporté un air nouveau dans la famille. Bertrand était bien. Finis les anxiolytiques et les anti-dépresseurs, arrêtés petit à petit, ils laissaient la place à un homme, un mari, un père, plus présent, plus participant. Il nous a installé la nouvelle maison avec une grande habileté. En somme, tout ressemblait à une famille unie et heureuse.

La région était très belle, et les promenades aussi. A quelques kilomètres de la maison, était installé un grand hôpital psychiatrique. En passant devant, je dis à Bertrand « Tu vois, si tu en a de nouveau besoin, tu peux être hospitalisé près de la maison – Tu exagère ! C'est fini tout ça – Bien sûr » – Mais rien n'est sûr dans cette fichue vie, et j'aurais mieux fait de me taire… car trois mois après, c'était moi qui étais hospitalisée dans cet hôpital. En urgence, de nuit, dans l'ambulance des pompiers, suivie du fourgon des gendarmes, que suivait le médecin appelé en urgence, suivi de la petite 2cv de la famille dans laquelle pleurait Bertrand.

Je lui ai servi en concentré tout ce qu'il m'avait fait vivre les dernières années. Ce n'était pas de la dépression, plutôt une hyper-pression, une crise de folie, je crois que l'on appelle ça une bouffée délirante. Je me rappelle très bien de la crise : une force inouïe me précipitait par terre, criant, gesticulant. Par trois fois, j'ai subi ce violent mouvement : à la troisième reprise, j'ai juste eu le temps de dire à Bertrand « Appelle les urgences », avant de sombrer dans une sorte d'inconscience. Sur le moment, je n'ai rien compris : je sais que j'avais peur de perdre « mon identité », je voulais tenir en mains un objet féminin pour me protéger… je parlais à Dieu, qui me répondait de suite… Plus tard, lorsque j'ai repris mes esprits, car je les ai bien repris, j'ai compris que j'avais fait une décharge d'adrénaline foudroyante qui avait fait voyager ma masse sanguine des extrémités vers le centre du corps, privant ainsi mon cerveau de l'oxygène indispensable à son bon fonctionnement. Je ne m'étonne plus de voir tant de dessins ou d'écrits faits par les hospitalisés en psychiatrie, qui font appel à la religion, à Dieu, au Christ, car lorsque l'on a senti dans son corps cette violence… une telle force, un tel voyage sanguin courant vers les poumons… on ne peut pas croire en être soi même l'auteur, cela vient forcément de l'extérieur : donc de Dieu ou des Démons ! Mais ça ne change rien à la réalité des choses, quelle que soit la signification qu'on lui donne. Pourquoi cette crise ? C'était bien une crise massive d'angoisse. Aucun de mes collègues n'en a été vraiment étonné, plutôt surpris que cela ait été si long à venir… Il parait que j'avais trop supporté. En y réfléchissant… Une grossesse, deux enfants très jeunes, un mari déstabilisé, des gardes chargées, mon bébé qui subit une opération chirurgicale le jour même de ses un an, une formation psychologique en cours, un déménagement… On a beau être solide, ça fait en effet beaucoup.

Bertrand s'est trouvé seul pour tout assumer… Un peu inquiet pour sa solidité psychique qui venait tout juste de se rétablir, il téléphone à son psychiatre qu'il ne rencontrait plus, pour savoir s'il ne serait pas prudent de se protéger d'une rechute éventuelle : la réponse a été formelle « Je n'ai pas d'inquiétude pour vous, ce n'est pas maintenant que vous craquerez, vous allez continuer d'assumer sans problème » Quand il m'a rapporté cette phrase, je n'ai pas fait de commentaire, mais j'ai « admiré » cette médecine, que j'avais vue dubitative et hésitante dans sa façon de traiter Bertrand, si pleine de contradictions, mais tout de même capable de certitudes, tout en gardant des doutes pour l'avenir ! C'est compliqué la psychiatrie, il faut dire aussi que la psyché humaine n'a nulle part, chez aucun être vivant son pareil : incongru et merveilleux s'y mêlent de façon si intriquée que l'on n'a sûrement pas fini de tout comprendre.

Je suis restée trois semaines hospitalisée. Je n'étais pas malheureuse du tout, au contraire, joyeuse et pleine d'énergie. Je disais à Bertrand que j'étais comme au « club Med » (ça ne devait pas le rassurer). Je participais à tous les ateliers, entraînant dans mon sillage dynamique trois jeunes femmes déprimées qui, me disaient-elles, n'avaient pas eu la chance d'avoir si bonne compagnie depuis leur énième retour dans cet endroit au cours des… trois dernières années ! Energique et satisfaite j'ai demandé à revenir chez moi : « C'est un peu tôt, mais vous pourrez avoir une permission de sortie pour dimanche prochain » Ce qui fut fait, ainsi que pour mes trois copines, qui n'était pas retournées chez elles depuis un certain temps.

Et Youpi ! A la maison, tout était très bien, j'ai embrassé les enfants, mon cher mari, et vu qu'il n'y avait aucun problème, Bertrand était parfaitement efficace. La dernière semaine, à l'hôpital, j'ai continué les ateliers, de couture, de décoration, de gymnastique, et le dimanche matin je suis rentrée chez moi, laissant mes trois copines qui, elles, sont restées hospitalisées, pour longtemps je crois. Quant à moi, je ne suis jamais retournée dans cet hôpital, je n'ai même pas été suivie par un psychiatre. Tout allait très bien, j'avais encore deux semaines de repos, et j'avais hâte de reprendre mon travail et toutes mes activités « d'avant ». Je terminais un anti-dépresseur et ne prenais plus le calmant que je connaissais bien pour l'avoir utilisé parfois dans mes anesthésies. J'ai pensé que tout était fini… et c'est là qu'à commencé pour moi le mal-être.

Un système nerveux, une fois déraillé, ne se remet pas en place si facilement. La joyeuse activité, l'optimisme et l'énergie m'ont quittée brusquement. Euphorie et déprime sont les deux côtés d'une même médaille. J'avais repris mon travail, et j'arrivais à assumer mes responsabilités, mais j'étais triste, lente, incertaine. Il y avait un complet contraste entre mon intellect et mon émotivité. Je me regardais faire, comme à l'extérieur de moi-même. Je savais que j'étais en dépression, mais je savais aussi que ça finirait par passer. J'étais a l'intérieur d'une bulle, et tous les autres autour de moi gesticulaient à l'extérieur de cette bulle. Je les comprenais à peine et les entendais mal. Plus question de participer à quoi que ce soit. J'avais surtout très peur de faire des erreurs dans mes anesthésies. J'avais toujours eu l'habitude – et je sais que tous les anesthésistes font ça – de contrôler ce que je faisais, mais là, c'était trois, quatre fois la même chose : je m'accrochais à mon patient et c'était lui qui me rassurait, alors que j'avais toujours eu l'impression de porter mes endormis. Je regardais la belle coloration du visage, je touchais la peau bien sèche, et j'avais l'impression que le souffle tranquille me disait « Tu vois, tout va bien, je suis bien… entre tes mains »

Ça a duré, quelques mois, puis je me suis rendu compte que je recommençais à parler, à participer aux conversations et commentaires de mes collègues, je me suis surprise à rire, j'ai osé dire que j'avais été mal… et j'ai été très touchée par la réflexion de mon chef de service qui m'a dit « On a vu (il englobait sûrement le chef d'obstétrique avec qui il avait dû parler), on attendait de retrouver notre Franca habituelle »… Ainsi, ils avaient fait comme moi : attendu que ça passe, tout en me laissant seule juge de ce que je pouvais faire ou ne pas faire. Cette confiance m'a fait beaucoup de bien et sûrement aidée à reconstruire la confiance en moi même

A la maison, je n'avais pas été follement gaie non plus, mais Bertrand allant mieux, il m'entraînait un peu. Les enfants grandissaient, sans problèmes… apparents, car ils devaient bien ressentir l'atmosphère de la maison…

Et le temps passe… Autour de nous, à peu près la même vie : la famille, les amis… eux aussi avaient l'emploi du temps chargé entre enfants et travail et les vacances familiales. On se rencontrait parfois, en soirées ou autour d'un barbecue. La vie banale de tout le monde en quelque sorte… mais je la trouvais tout de même belle et agréable et je ne demandais qu'à continuer.

SOURNOISEMENT NEFASTE

Un jour, ma fille m'a raconté son expérience avec la drogue… avec « les joints », partagés entre amis. C'est tellement facile ! Il y a toujours un copain qui a ça dans sa poche, et qui, par plaisir de braver l'interdit et mettre un innocent « dans le coup », vous propose une première prise. Pendant qu'elle parlait, je sentais un iceberg me déchirer les entrailles, de la gorge au bas ventre. Mon Dieu, à quoi a-t-elle échappé ? Car elle me dit ça aujourd'hui, après pas mal d'années où les faits se sont produits. Elle dit avoir compris toute seule le danger pour elle-même, après avoir chuté quelques instants sur le sol, perdue dans l'inconscience d'un étonnant malaise. Elle n'a jamais souhaité refaire cette pénible expérience. Pour elle c'était clair et net : la drogue ne lui convenait pas. D'autres n'ont pas eu la chance d'avoir de suite cette clairvoyance.

Alors, tous les jeunes passent par là ? Mon fils aussi, je suppose. Et nous n'en avons rien su ! Sans doute, mes enfants m'ont-ils entendu souvent m'élever contre ce commerce meurtrier… mais, était-ce suffisant pour les protéger ? J'en doute. Une amie m'avait dit qu'à son avis, toute la jeunesse d'aujourd'hui était confrontée un jour où l'autre à cette proposition de drogue. Je n'avais pas admis cela : Tous ! Certains peut-être, mais tous ? Pauvre jeunesse qui ne comprend pas le sordide engrenage qui lui est proposé…

Dans nos pays démocratiques et dans nos sociétés de droit, on peut espérer et rechercher une certaine égalité entre les individus. Mais aucun humain n'est génétiquement et biochimiquement identique. Cela fait sa richesse mais aussi sa faiblesse. La conscience, cette belle conscience que nous cultivons et enrichissons de connaissances, de génération en génération, collectivement et individuellement, c'est elle qui fait la différence entre l'humain et tous les autres êtres vivants : animal où végétal. Dès sa naissance, un individu humain est totalement différent de son voisin et même de ses parents, par ses gènes et sa chimie personnelle. Il n'y a aucune égalité entre les individus. Dès le départ il y a le hasard et la chance qui préside à chaque destin… Bien sûr, il y a aussi l'acquit : les billes de départ ne donnent pas toutes les mêmes résultats selon que l'individu sera élevé dans un environnement physique et comportemental différent, dans une société plutôt que dans une autre. C'est l'impossible débat à clore entre l'inné et l'acquit. Quoi qu'il en soit, pour chaque individu, il en résulte une conscience unique, qui se modifie, s'agrandit de connaissances, d'apprentissages et de convictions personnelles. On peut appeler ça aussi l'esprit ou l'âme… On peut lui donner une connotation religieuse ou pas. Ça ne change rien au développement de cette superbe conscience individuelle et collective qui fait l'unicité et la marche tout entière de l'humanité. C'est à cela que s'attaque la drogue. C'est en ce sens, que pour moi, l'industrie de la drogue est un crime contre l'humanité. Les marchands d'armes me semblent moins hypocrites : on sait tous qu'une arme est faite pour tuer. La drogue est une arme au même titre qu'une mitraillette. L'industrie de la drogue, dans son organisation diabolique, est l'expression du mal, à l'état pur. D'autant que cette organisation se calque sur celle du bien. C'est un « Téléthon » à l'envers, en quelque sorte : votre générosité est en faveur des malfaisants, les petits ruisseaux faisant les grandes rivières, le moindre centime qui entre dans cette grande collecte, le petit « joint » innocent que l'on achète quelques euros à son copain, va grossir la cagnotte des trafiquants, qui eux, ne se droguent pas, mais se procurent avec cet argent, tous les autres plaisirs de la vie. Il savent très bien que même s'il n'y a que dix joints sur cent qui continuerons le chemin progressif de la dépendance, en passant par la morphine, l'héroïne, le crack et je ne sais quelle autre saloperie bien enveloppée… Ils sont certains qu'au bout de la chaîne, le retour du « fric » fera leur fortune. C'est ainsi qu'ils font leur comptabilité et leur fortune : ils se nourrissent de la vie des jeunes, de leur sang, de leur conscience, de leur unicité humaine. Et plus ils mettent de temps à se perdre et à mourir, plus les trafiquants s'enrichissent.

Vous qui prenez un premier joint pour paraître libre et affranchi devant les copains, peut-être aussi à cause du malaise de l'adolescence… Mais que savez vous de l'impact que va avoir sur vous cette drogue ? Si de plus vous ajoutez alcool et nicotine comment croyez vous que votre système nerveux va absorber tout ça ? Vous n'en savez rien, ni pour cette première fois, ni pour éventuellement d'autres prises. Car non seulement vous n'avez pas les mêmes réactions que votre voisin, mais vos propres réactions changent également dans un autre environnement ou d'autres circonstances. Ce que j'ai vu, c'est que tout le monde a peur de se faire endormir pour une opération nécessaire, voir indispensable, alors que quelqu'un veille sur vous en permanence, contrôle et corrige toutes vos réactions. Mais personne n'a peur de faire entre copains l'expérience de la drogue, alors qu'il s'agit des mêmes produits : ce sont tous des neuroleptiques. Ces produits, tous cousins de la morphine, font disparaître la conscience en premier, assorti d'une diminution de la respiration, voire d'une apnée. Tout est une question de dosage. Dans ce qui est proposé « entre amis » le résultat donne le plus souvent une diminution de la conscience mais aussi une hyper activité du système nerveux qui se traduit par les rêves, les visions psychédéliques et les pensées libérées qui font de vous un héros, celui que vous aimeriez être en permanence... Ce qui donne envie de continuer.

Et c'est ainsi que vous devenez la « Vache à lait » des trafiquants de drogue. Trafiquants ! Combien ce mot est juste ! Ce qui est vendu par *les Dealers* est manipulé et préparé hors de tout contrôle, dans les arrière-cuisines, les laboratoires clandestins et autre lieux sordides.

Perdre le contrôle de sa conscience, cette richesse unique à l'humanité, et servir de coffre fort à la partie la plus abjecte de cette même humanité : ces hommes et ces femmes qui font commerce de la vie et du malheur de leur semblables. C'est ça que vous voulez ?... Il paraît qu'il y a des drogues douces... Le Cannabis et ses cousins. Mais comment peut-on oser croire que l'on restera maître de son emploi ? Partout en médecine on suit des protocoles d'essai et il y a cependant parfois des surprises, que les professionnels savent corriger. Et comment n'y en aurait-il pas avec ce qui est vendu en dehors des circuits médicaux dûment contrôlés ? Entre les erreurs de fabrication, les mauvais dosages et les réactions inattendues de certains individus, il ne peut que se produire des accidents : overdoses peut-être, mais différences insoupçonnables, sûrement. Certains sont sûrs de pouvoir tout connaître tout comprendre tout maîtriser. C'est d'autant plus impossible lorsque l'on est néophyte en la matière. Avec la drogue, comme en mer ou en montagne, qui sont des éléments très forts qui ne se laissent manipuler que par les connaisseurs, cette fausse certitude ne peut générer que des accidents, parfois mortels.

Je pense à tous ces malheureux jeunes entraînés dans l'infernal chemin de la drogue. Beaucoup ont peu de connaissances et pas toujours la possibilité intellectuelle pour discerner le danger. Mais d'autres plus avertis, se croient suffisamment forts et lucides pour apprivoiser un plaisir qu'on s'autorise parce qu'on a les moyens de se l'offrir… Il y réussissent parfois. Ceux là aussi entretiennent les rouages de ce commerce qui déshonore l'humanité. Parmi eux, certains tomberont après quelques temps de prises bien contrôlées, dans des accidents graves ou la perte de la vie. Ce sera leur grande surprise, s'ils ont le temps d'être surpris.

C'est ce qui est arrivé à l'un de nos médecins. Pourtant, il n'y avait là aucune ignorance, ni des produits, ni de la dépendance, et à 30ans, après dix ans de médecine, qui d'autre que lui même devait le mettre en garde ? A t-il voulu expérimenter sur lui ce qu'il distribuait aux autres, bien ajusté et choisi pour chaque patient ? A t-il voulu se « soutenir » dans un moment difficile ? Il semble qu'il soit tombé dans la dépendance, et un jour, peut-être un peu trop sûr de lui, une overdose l'a arraché à la médecine, sa passion, à sa femme et à ses deux petits enfants. C'était pourtant un homme averti.

Et si un homme averti peut tomber dans cette horrible chausse-trappe qu'est la drogue, comment de très jeunes gens ignorants pourraient-ils l'éviter ? Et comment les aider et les informer ? Je n'ai, hélas pas de solution miracle à proposer, sinon celle de savoir refuser catégoriquement même un tout petit essai… Mais pour cela, il faut déjà être tout à fait convaincu de la perversité de ce trafic commercial et de son attaque pernicieuse sur l'humanité.

MAIS NOTRE DESTIN: C'EST LA PSY...

Impossible de se faire entendre, impossible d'expliquer. De toute façon, il n'écoute rien... c'est une succession ininterrompue de mots qualifiant mes pensées et mes actes, j'ai beau dire que ce n'est pas ça, pas ça du tout, il n'entend rien, n'écoute pas, ne suit que son idée a lui. J'en ai tellement marre de ce dialogue de sourds où je me sens piégée, épinglée comme un papillon, et pas plus habile pour m'échapper... que j'attrape mon sac et me sauve brusquement, sans plus discuter. J'ouvre la porte du garage, monte dans la voiture, démarre à grand bruit et quitte la maison sans refermer la porte. Je roule vivement, tendue dans une coléreuse douleur qui me prend tout le corps et me vide l'esprit. Je fais quelques kilomètres, quatre ou cinq sans doute, et m'arrête à la ville voisine, au bord du lac. C'est samedi, il fait beau, il y a du monde. J'avise une place restée libre du petit parking près des berges, j'y place la voiture et m'écroule sur le volant. Je pleure à gros bouillons... Mais pourquoi cette dispute? De quoi avons nous parlé? Je ne sais pas, je ne sais plus, j'ai mal, c'est tout. Comment un homme que je sais être sensible et intelligent peut-il faire un tel harcèlement? Là, tout de suite, je le déteste, je le trouve bête et méchant... je ne l'aime plus, plus du tout... Mais que suis-je venue faire dans cette galère du mariage? Je savais bien que c'était impossible, que l'amour ne dure pas, que le mariage c'est le bagne! J'avais tout, pour une vie facile et sympa: un travail passionnant, amants tout autant, amis nombreux et fréquents... et pourquoi j'ai oublié qu'il ne fallait pas s'attacher, que rien ne dure... Je m'imagine, libre, fantasque et libertine... et je pleure de plus belle! J'ai beau me raconter tout ça à haute voix muette, en fustigeant mon homme et glorifiant tous les autres... j'ai beau me crier que je me suis fourvoyée... Derrière cette colère silencieuse, ces reproches et ces mots gros – très gros – condamnant Bertrand... J'entends une petite voix qui ose prendre de plus en plus d'ampleur et qui me dit: « Tu sais bien que tout cela est faux, tu en avais assez de tes amours de passage, tu voulais construire... – Construire, oui, mais aujourd'hui tout s'écroule – Allons, allons, ne soit pas grandiloquente! C'est une dispute ménagère. – Non, c'est très grave » ! Et tes petits, tu y penses ? Alors là, la grosse voix vengeresse et vulgaire se fait toute petite… Et si je pars, ça donne quoi ? Une maison a partager, une nouvelle installation… ça encore ce n'est pas insurmontable. Et les enfants ? Quarante six chromosomes… vingt trois de lui, vingt trois de moi : ça c'est indélébile, à vie. J'ai beau le traiter de tous les noms, il est le père, je suis la mère, et dans leur tête à eux, il n'y a pas de partage possible. Les parents, c'est un tout que l'on ne peut imaginer autrement. Et puis quoi ? Ce n'est pas un monstre, alors il faudra partager les enfants, aucune raison de les garder pour moi toute seule : un week end chez lui, un chez moi, pareil pour les vacances, et pour les fêtes, les anniversaires, et tout quoi ! Et quand ils seront avec lui, comment supporter ça ? Et je vais rester seule ? à quarante cinq ans ? Je me connais ! Et lui ? Il aime faire l'amour lui aussi, quand il est en forme… il y aura quelqu'un d'autre, d'autres enfants peut-être. Oh là là… que ça devient compliqué ! Et que voilà de bonnes raisons pour réfléchir. Et pourquoi tout ça ? Bertrand ne vaut pas un clou ? Est-ce bien certain ? Du coup, il me revient pleins de souvenirs des plus tendres. Chaque fois que nous partons tous les deux pour un petit séjour, c'est une nouvelle lune de miel. C'est pas beau ça ? Et puis, nous nous complétons bien : il aime faire tout ce qui m'ennuie, et je suis bien contente qu'il sache faire aussi tout ce que j'ignore, bricoler comme pas un, alors que moi je suis tout juste bonne à pousser un balai, et bien sûr, mes seringues… Quand il a envie de faire les choses, je laisse faire, quand il n'a pas envie, je prends le relais. Le relais… En toute choses, et à tout moment important de notre vie commune, pour lui, comme pour moi, quand l'un défaillait, l'autre a toujours été là pour continuer. Là, aucun de nous ne se pose de question – Tu ne peux pas ? Alors c'est moi qui fais. C'est ça l'amour ? Oui, c'est ça l'amour… et aussi les tendres ou tumultueuses rencontres sous la couette. Quand il y en a, c'est « Super » Quand il n'y en a pas, on pense à autre chose. En somme, qu'est-ce que je lui reproche ? Ah ! Oui, il me harcèle. Je lui ai demandé ce que lui, avait à me reprocher : rien a t-il dit. Alors, pourquoi tant de hargne ? Les enfants ? Je ne suis pas assez ferme avec eux… « Il faut être plus dure, plus autoritaire… tu laisses tout faire »… Mais quoi ? Ils sont sages en permanence ! Peut-être ont-il une scolarité un peu défaillante, mais lui aussi il pourrait se pencher sur la question autant que moi. Ce qu'il voudrait, c'est que moi, je m'occupe d'eux avec ses méthodes à lui ! Non. Ça ce n'est pas possible. Il est lui, je suis moi. Puisque nous ne pouvons concerter nos méthodes, chacun doit rester dans son naturel. Et d'ailleurs, si moi je ne m'occupe pas de grand chose, lui encore moins. Il dort, il dort beaucoup. C'est vrai qu'il a été malade... il y a peut-être des restes ? Il se ronge facilement d'angoisse... alors que moi, pas trop. C'est peut-être cette liberté qui le gêne : ma liberté. C'est vrai que lorsque tout fatigue, tout angoisse, on peut se demander comment l'autre peut rester serein... et pourquoi tout semble facile pour lui alors que tout est galère pour soi.

Ce doit être ça. S'il souffre, je ne peux que pardonner, et comprendre. Sans doute, sa tendance dépressive le rend parfois hargneux.

J'ai encore de gros sanglots involontaires, je hoquette comme une petite fille après un gros chagrin... Ma tête est dans le pardon, et mes yeux, dans l'environnement...

Il y a du monde autour de moi, mais qui ne s'occupe pas de cette pleureuse, seule dans la voiture. Il y a aussi un rassemblement de canards, tout près du bord. Peut-être quelqu'un a jeté du pain pour eux. Mais, c'est mieux que ça ! Les voilà qui montent sur la berge en rangs serrés et s'apprêtent à traverser la chaussée. Un groupe important traverse, en effet, se dandinant et caquetant de concert. Les promeneurs les suivent des yeux, et les voitures s'arrêtent pour laisser passer ce flot inattendu... Attendus, les canards le sont sûrement, et doivent le savoir, car une dame vient d'ouvrir son portail, un seau à la main, et commence à le vider sur le trottoir alors que les canards premiers arrivés se bousculent pour se servir. Ils doivent avoir l'habitude, et avoir une petite pendule dans le gosier, ou bien l'oreille fine pour avoir repéré la sortie de la dame. Il semble que ça leur plait bien ! Ils se mettent a manger en caquetant et gloussant d'aise... Mais j'avise, côté lac et toujours sur l'eau, deux canards occupés à autre chose. L'un poursuivant l'autre, une cane, je suppose... le canard lui pince les plumes et grimpe sur son dos, mais ça glisse... et elle en profite pour donner de grands coups d'ailes en s'éloignant, une fois, deux fois. Il la poursuit, la rattrape, la pince et regrimpe sur son dos, et sans doute, pour bien la tenir et ne plus avoir à la poursuivre, lui tient le cou bien serré dans son bec, et pour plus de commodité, il allonge son propre bec sur le cou de la cane, ce qui a pour effet de plonger complètement la cane sous l'eau... il s'agite frénétiquement, bien arrimé sur le dos. Là, elle ne peut plus s'échapper. Et ça dure, ça dure... Moi qui ai l'habitude de comptabiliser le temps d'apnée, je commence à trouver le temps long et je m'inquiète... mais, suis-je bête, le canard est amphibie... pas de quoi appeler le Samu! La petite affaire a duré le temps qu'il fallait, il lâche la cane qui réapparaît tout entière à la surface de l'eau. Chacun s'ébroue à coups d'ailes, puis s'éloigne de l'autre à grands coups de palmes, pour se rejoindre plus loin, bec à bec. Si bien que le sillage dessine sur l'eau comme un grand coeur. Ah! L'amour! L'amour, tout le temps et partout! Puis soudain... ils doivent prendre conscience que c'est l'heure du casse croûte, et se précipitent ensemble vers le groupe de l'autre côté de la rue: ils traversent à grands coups de déhanchements en faisant un bruit tonitruant, sans doute pour prévenir les automobilistes de les laisser passer... ce qu'ils font. J'espère pour eux qu'il leur reste un peu de la bonne soupe que la dame a répandue sur le trottoir, car l'amour, souvent ça donne faim!

Je ne pleure plus. Les gros soupirs se font plus rare, je me dis qu'il faut rentrer.

Je suis restée plus d'une heure près du lac. Partie en colère, sans rien dire, peut-être Bertrand se fait-il du souci? C'est pas bien ça! Alors je met le moteur en marche, je tourne la voiture pour revenir à la maison.

Quand j'arrive devant notre porte, un gros camion est arrêté devant, Bertrand est là et aide un jeune gars à descendre un gros sac de pommes de terre. Je descends de voiture, Bertrand vient vers moi. Je vois qu'il a souffert lui aussi, il est bien pâle, ses yeux bleus très brillants et les paupières comme descendues lui donnent un air effaré. « J'ai pensé qu'on pouvait faire une réserve de pommes de terre, alors j'ai accepté de lui acheter un sac – Oui, oui tu as bien fait » On mange a peu près quatre ou cinq pommes de terre par semaine, et là, il y en a bien pour vingt cinq kilos, mais je n'ai pas du tout envie de discuter, encore moins de réfléchir si c'est bien ou pas... de toute façon, les pommes de terre, ce n'est pas un article très cher: tant pis s'il y en a trop. On s'occupe donc de ce sac, on le transporte dans le dernier coin inoccupé du garage, je cherche de la monnaie dans mon sac pour payer le jeune gars, généreuse, j'ajoute quelques francs pour l'aide au transport… et voilà : merci, au revoir. Bertrand et moi rentront dans la maison… et c'est reparti : Qu'est-ce qu'on mange ce soir ? Où sont les enfants ? Tu as pensé à ma blouse pour lundi ?… L'ordinaire quoi ! A quoi bon commenter la dispute : on s'est fait assez de mal comme ça pour aujourd'hui. On pourra en parler plus tard, quand ça nous semblera tout à fait incongru d'avoir eu cette dispute.

La confiance retrouvée, le soir, bien calée tout le long du corps aimé de mon mari, je me dis que la première et meilleure raison de rester dans le mariage, c'est tout simplement que j'aime mon mari.

On prend les mêmes et on recommence

Comme la première fois, je n'ai rien vu venir, et c'est arrivé tout de même.

Un soir, Bertrand me dit : « Ça ne va pas du tout, je ne comprends plus rien, je suis mal, je ne peux plus travailler je n'ai qu'une envie rester au lit tellement je suis mal »

Ce n'est pas la peine d'en dire plus, ni de chercher plus loin. Tous les deux, nous comprenons de suite qu'il faut recommencer à voir le psychiatre, qu'on ne s'en sortira pas tout seuls.

Et cette fois, c'est moi qui conduis Bertrand en consultation dans cet hôpital, pas loin de la maison. Il veut absolument se faire hospitaliser, c'est pour lui la seule preuve qu'il peut donner aux autres, à ses chefs, puisque rien ne se voit de l'extérieur, et qu'il n'a pas envie de s'entendre dire : « Tu n'as aucune raison de te faire du souci, reprends toi, fais un effort ». Il sait bien, lui, que des efforts, il en fait déjà depuis un bout de temps, que personne n'a rien vu, et que là, il n'en peut plus... Vite un lit à l'hôpital, qu'enfin je puisse tout lâcher, me reposer, dormir... « C'est préférable dit le médecin consulté et mis au courant du premier épisode de la maladie. « Il faut faire un traitement efficace qui ne peut être entrepris qu'à l'hôpital... mais vous n'y resterez pas longtemps, le temps de pouvoir supporter votre vie habituelle. On va voir. »

En revenant toute seule à la maison, je me dis que ce que je vais sûrement voir, ce sera la même chose que la première fois... les retours à la maison, au travail, encore l'hôpital, les hauts et les bas... les discussions sans fin, les angoisses... Et toute ma chair se hérisse : non et non ! je ne veux pas revivre ça ! Mais comment faire ?

J'arrive devant la maison, sur la place je vois les enfants qui jouent avec deux autre enfants... ce sont ceux de nos amis, un des collègues de Bertrand. Les parents attendent à l'intérieur de la maison. De suite ils ce rendent compte que je ne suis pas comme d'habitude. « Qu'est-ce qu'il t'arrive ? Ça ne va pas ? » J'explique, ils savent que nous avons déjà traversé une période comme celle-ci. « Mais non, tu verras, il va se remettre vite, tu es trop pessimiste, ce n'est pas forcément pareil... Et ce soir, tu ne vas pas rester toute seule chez toi, avec cette inquiétude. Venez dîner tous les trois à la maison. – Oui, je veux bien, il vaut mieux que mes enfants jouent avec les vôtres plutôt que d'avoir devant eux le spectacle d'une mère défaite, je vous remercie d'avoir compris cela »

Et nous voilà partis eux dans leur grosse voiture familiale et nous trois dans l'une de nos deux 2cv. Je dois dire que j'ai un peu perdu le souvenir de cette soirée, mais je sais que j'y ai trouvé réconfort et amitié et pendant quelques heures, j'ai cessé de me projeter dans un avenir qui me faisait peur. Mais il faut bien retrouver son destin, et rentrer chez soi pour continuer le quotidien. A vingt trois heure, je reprend la 2cw avec mes deux enfant, j'ai à peu près une quinzaine de kilomètres à faire, et cela ne me gêne pas trop, je suis tellement habituée à circuler en région parisienne… Ce qui me gêne plus, c'est cette pluie qui commence à tomber de façon impressionnante. Je n'ai pas le temps de me replonger dans mon marasme, je suis obligée de donner toute mon attention à la route qui devient de plus en plus incertaine devant mes yeux… et pour comble de bonheur, je me mets à tanguer… Là, sans aucun doute, je viens de crever ! Il ne manquait plus que ça ! Je sors de la voiture et constate que ma roue arrière gauche est sur la jante, il n'y a plus qu'à changer la roue… Je me demande si je vais savoir… Il faut sortir le cric, lever la voiture… à gauche, où à droite ? Sans doute à gauche. Je me baisse pour repérer l'endroit… A ce moment là s'arrête à ma hauteur une voiture. Un homme jeune en descend… « Je peux vous aider madame ? Oh ! Oui. Je ne suis pas sûre de bien faire. »… Il me prend le cric des mains, et sans hésiter l'installe du bon côté de la voiture, soulève, enlève la roue, trouve celle de secours, la replace, descend la voiture… Tout cela sous une pluie battante. Il tombe carrément des hallebardes maintenant… Il fait comme s'il ne sentait rien et continue aussi vite qu'il le peut, mais ça prend bien cinq à six minutes, de quoi être aussi trempé que s'il avait plongé dans une rivière. Dans sa voiture, une femme attend, tranquille, à la place du passager. Comme je ne peux l'aider en rien, je m'abrite un peu dans ma voiture, à la place de devant… Et j'ai le temps de réfléchir et d'admirer cet homme qui, sans hésiter, sans se poser de question sur la difficulté de la chose, s'arrête en pleine tourmente pour porter secours à son prochain… Et moi je ne pensais qu'a fuir ma tourmente familiale ! Toutes mes cellules criaient à la fuite ! La honte m'envahit, mais en même temps mon courage se regonfle instantanément. Voilà un homme de conviction, s'il le peut, il doit aider celui qui est en difficulté : ce soir, moi et les enfants sur son chemin... qu'importe la difficulté ! Et moi, je partirais laissant l'homme que j'aime tout seul dans sa souffrance ? Sûrement pas ! Tel est mon destin, celui de Bertrand, celui de notre famille. Je suis toujours persuadée que ça va être long et difficile, mais au jour le jour, nous aviserons, ensemble, comme nous l'avons toujours fait depuis... plus de quinze ans.

A cet homme qui m'a remis la voiture en état, je n'ai dit qu'un pâle Merci... il n'a jamais su que son action a été bien plus importante que de replacer une roue de 2cv, même sous la pluie. Un inconnu m'a tendu la main dans un moment crucial de ma vie... Je ne l'oublierai jamais. Il a fait plus que me rendre service : quelque part, il m'a rappelée a l'ordre, le mien, car moi aussi j'ai assez de conviction et d'amour pour ne pas tourner le dos aux difficultés.

Cette histoire m'en rappelle une autre... Un jour aussi, je me suis égarée dans un désir qui n'avait pas sa place dans ma vie. Ce jour là, un presque inconnu en était l'objet, et mon mari est arrivé avant même que j'aie le temps de manifester quoi que ce soit à ce bel homme qui n'a jamais rien su de ce désir. Là aussi, j'ai été rappelée à l'ordre, le mien, celui de mes convictions et de mon amour. Dans les deux cas, je n'aurais probablement pas été plus avant. Mais j'aurais développé, en victime, un ressentiment destructif... et je ne suis absolument pas une victime.

Merci à mes inconnus, et à cette part de hasard, si toute fois c'en est un.

Deuxième Episode

Et notre vie c'est bien déroulée comme je l'imaginais. Ce deuxième épisode a peut-être été un peu moins difficile à supporter que le premier. Nous étions mieux avertis, on savait bien qu'on ne pouvait confondre moment de dynamisme et guérison, on savait aussi que les moments de déprime plus marqués ne duraient pas. Bien sûr c'était toujours trop long, mais on gardait l'espoir, avec patience on attendait que cet organisme en déroute retrouve son équilibre. Bertrand rencontrait son « Psy », au début tous les huit ou quinze jours, puis tous les mois, puis tous les trois mois… mais ça, c'était presque la fin. Bien entendu, j'étais écartée de ce traitement, et ne pouvais m'en offusquer, puisque c'est comme cela que cette médecine se pratique. Je savais ce que Bertrand me racontait, je connaissais aussi son traitement : des anxiolytiques et des anti-dépresseurs, mais aussi un médicament assez nouveau, un régulateur d'humeur. Lors du premier épisode, il avait déjà été question d'employer ce médicament, mais il était tout nouveau, et j'avais compris l'hésitation du médecin qui disait n'avoir pas assez de recul pour être sûr de devoir l'employer dans le cas de Bertrand.

Nous avons vécu comme tout le monde, apparemment, mais sait-on ce qui se passe chez son voisin ? Jamais. Bertrand ramassait toute son énergie pour pouvoir assumer ses responsabilités dans son travail. A la maison, en dehors des rencontres prévues, pour lesquelles il faisait un gros effort pour participer, il se reposait souvent, et mettait son angoisse à l'abri dans le sommeil.

Et le temps passe… Les enfants grandissent, ils sont en pleine adolescence maintenant. Un jour vient où Bertrand me dit « Mimi (C'est son psy, une femme, que nous appelions familièrement ainsi entre nous) donc, Mimi, me supprime une partie des médicaments, d'abord diminués, puis arrêtés, elle pense que peut-être, on pourra supprimer aussi le régulateur d'humeur… – Ah ! Ça, ça me fait un peu peur… c'est tellement long à mettre en route, à savoir si ça marche bien, tout ce que je lis à ce sujet a l'air d'être positif, si on arrête, si on retourne en dépression, il faudra encore attendre de long mois avant un nouvel équilibre… Parle-lui en ce sens – Elle même hésite, et en quelque sorte me demande si je le souhaite, je pense comme toi, je dirais plutôt non ».

Depuis quelque temps, les disputes à type de harcèlement étaient revenues dans notre vie… Une fois, ça passe, mais là c'était trop souvent à mon goût. Bertrand, qui ne participait guère plus au planning de la famille, tenait pourtant à être là à tous les repas pris ensemble, si bien qu'il n'apparaissait guère qu'en cette occasion. Une fois tout le monde assis, les conversations commençaient sur un ton acide, et au bout de vingt minutes, tout le monde pleurait. Moi je disais qu'il s'y prenait mal, qu'il manquait d'indulgence, qu'il ne comprenait rien. Lui, me disait que c'était moi qui ne comprenait pas, qui ne voulait pas voir ce qui se passait, que j'étais toujours prête à le rendre coupable… Coupable ! l'un ou l'autre, quelque part, je n'en avait rien « à cirer » ! « Ce que je sais c'est que ça devient insupportable et que je ne vais sûrement pas supporter ça encore longtemps »…

« On va aller voir Mimi ensemble » me dit Bertrand, pas loin de la dernière dispute – Oui, j'aimerais bien comprendre ce qu'elle compte faire avec ton traitement ». Le prochain rendez-vous étant proche, je me suis présentée avec Bertrand, et bien qu'elle ait eu un petit mouvement de surprise, elle a accepté nos deux présence… Je pensais que nous allions parler des médicaments, dire que nous voulions garder le régulateur d'humeur, mais de suite, à peine installés, Bertrand dit : « Ma femme veut divorcer »… Mimi a eu un petit glissement des yeux vers moi, et c'est comme si elle m'avait dit : « Si vous faites ça, il est fichu » – mais ça, c'est une pure interprétation de ma part, et je sais que je suis orgueilleuse – par contre, une fois lui avoir expliqué ce qui se passait, et lui avoir dit que je trouvais la situation intolérable, en me regardant cette fois bien en face, elle me dit : « Il cherche une place »… Et là, de suite la vérité et la compréhension me sont venu à l'esprit ! La lumière totale. Bien sûr qu'elle avait raison – les Psy, parlent peu, mais leurs paroles ont du poids ! – Pendant des mois, pour ne pas dire des années, Bertrand avait vécu dans sa famille, comme entre parenthèse. Les anxiolytiques et les anti-dépresseurs, chargés de le protéger, et de l'aider à supporter ce qu'il ne pouvait pas supporter seul, l'avaient un peu coupé de lui même, mettaient de force son psychisme à l'abri de toute angoisse, mais le détachaient aussi de tout de qui se passait autour de lui. Pendant tout ce temps, les enfants étaient arrivés en pleine adolescence. Ils n'avaient eu affaire qu'à moi, leur mère, j'avais donné toutes les autorisations, toutes les directives… La présence, c'était Maman, Papa… on ne savait pas trop ce qu'il faisait… Maintenant, la vrai personnalité de Bertrand refaisait surface, il n'y avait plus, pour lui, aucune raison de ne pas participer et de ne pas avoir d'importance dans la vie de sa famille.

Je ne peux pas dire ce qui s'est passé, je ne sais pas comment c'est arrivé, mais tout a changé. Sans doute, moi la première. Nous n'avons parlé de rien mais chacun de nous quatre a eu un comportement différent.

La fille faisait du bricolage avec son père, le fils, musicien et mélomane averti comparait avec Bertrand, lui aussi mélomane, les mérites des anciens et des nouveaux… Mozart, Téléman, Bach, mais aussi Mahler et même Bartok… Ils m'a semblé que les enfants vivaient des moments heureux de leur adolescence. Toute la vie est faites de « moments », du meilleur au pire… Ils n'ont pas pu éviter une atmosphère familiale aux couleurs de la psychiatrie… Ils ont pris leur envol, comme tous les enfants. Et s'ils ont à leur tour besoin d'un « Psy », ils seront bien de leur époque, et ne feront que continuer une certaine tradition familiale.

Quant à nous, nous n'avons jamais eu de désaccord profond et nous avons continué. L'heure de la retraite est venue, pour moi, puis pour Bertrand. Finis les obligations à ne pas différer, les devoirs pressants. Finies aussi, je suppose les grandes angoisses… En tout cas, Bertrand n'a pas refait de grandes crises. Peut-être encore une personnalité à variations, dûes à sa maladie… Mais je n'aime pas dire et penser « maladie ». Pour moi, c'est mon mari, il est comme ça : changeant. Et pourquoi pas ? Nous avons eu des hauts et des bas, des moments passionnels… Après tout, ça ne manque pas de charme : avoir d'un coup envie de partir, pour un petit voyage, ou une promenade… Je me rappelle dans l'allégresse, avoir parcouru Paris, à pieds, à la recherche de nos souvenirs : les siens, les miens, les nôtres. Et puis terminer la promenade par un bon restaurant. Avoir aussi parcouru le val d'Oise à la recherche d'un médaillon dont j'avais envie… Et d'autres surprises tout aussi agréables… D'un seul coup il me trouve jolie, et plus jolie encore habillée à son goût. « Viens, on va choisir pour toi une jolie robe, une jolie lingerie. « Quoi de plus délicieux? Quelle femme ne serait pas sensible aux tendres attentions de son mari? Le renouveau à domicile, sans avoir à changer de partenaire: c'est drôlement chouette, et ça évite bien des soucis!

Richard Antony chante *ce soir je suis amoureux de ma femme...* C'était parfois si pressant que je me suis dit que, dans ce cas là, n'importe quelle femme ferait l'affaire si je n'étais pas présente... Mais quelle importance? *Qu'importe le flacon pourvu qu'on ait l'ivresse...* Et l'amour le plus pur, n'est-il pas, lui aussi soumis à l'imaginaire? Nous avons eu ensemble assez de moments difficiles pour ne pas bouder le renouveau de l'amour et du plaisir. J'ai toujours été bonne cliente pour le plaisir, d'où qu'il vienne. Si on ne fait mal à personne, *y a pas de mal à se faire du bien!*

Et quand son regard se détache de moi pour survoler l'horizon des choses de la vie, j'ai assez de ressources en moi, d'amis autour de moi, pour attendre sagement un renouveau qui n'a jamais manqué de se produire. Entre magnificence et inexistence, il a bien fallu trouver nos marques. Mais n'est-ce pas le cas de tous les couples?

Ce que je sais, c'est qu'entre nous il y a une très grande confiance, nous nous sommes toujours respectés l'un l'autre, nous avons su reconnaître et accepter nos différences. Nous étions partis pour un long chemin, et nous avons fait ce long chemin.

Oh! Mon amour Mon doux mon tendre Mon merveilleux amour
Il nous fallut bien du talent Pour nous aimer sans être adultes.
Oh! Mon amour. Mon doux mon tendre Mon merveilleux amour

Il nous fallut bien du talent Pour nous aimer aussi longtemps.

Table des matières

1 Jeunesse et apprentissage 7
2 Stagiaire Infirmière 13
3 Moi, comme les autres 16
4 Infirmière diplômée d'Etat, je suis 23
5 Aventure Espagnole 29
5 Je deviens Monitrice 36
6 Je deviens Anesthésiste 38
7 Mes premiers stages 40
8 La lettre 45
9 L'amour de rêve 48
10 Poissy – Mon premier remplacement 52
11 La Vie bien sûr, mais la mort aussi 59
12 Vomissements 68
13 Trahison 74
14 Tu la donnes ou tu ne la donnes pas, cette anesthésie 79
15 Dommage, nous ne sommes pas des machines 82
16 Et l'amour fou 86
17 Une bien jolie inconscience 98
18 Je ne sais plus trop où j'en suis 101
19 Entre anesthésies et amour : ma vie 103
20 Les gardes en maternité 107
21 L'ordinaire – pas ordinaire – des gardes 110
22 La révolution sexuelle 114
23 La révolution professionnelle 117
24 Mes amours méli-mélo 125
25 Incident – Accidents 129
26 Salle de garde 134

27 A chacun sa façon de donner 138
28 Impossible de partir en courant 141
29 Je cherche un remplacement 143
30 Impuissants 145
31 Responsabilité hier et aujourd'hui 149
32 Et parfois aussi : musique et sérénité 151
33 La vie change 153
34 Le temps passe 159
35 L'anesthésie, en hôpital seulement 162
36 Gravité 164
37 La psychiatrie me rattrape 169
38 Un peu psychologue 173
39 Sournoisement néfaste 179
40 Mais notre destin c'est la Psy 183
41 On prend les mêmes et on recommence 188
42 Deuxième épisode 191

Cet ouvrage a été édité par la Société des Écrivains
147-149 rue Saint-Honoré 75001 Paris

Tél : 01 39 08 05 38 Fax : 01 39 75 60 11
societedesecrivains.com
info@societedesecrivains.com

Imprimé en France

Pour le plaisir d'être lu...

Dépôt légal 2e trimestre 2006.

ISBN 2-7480-2830-9

10358